医 药 卫 生 类 高 职 高 专 基 础 医 学 教 材

人体解剖学实验教程

Experiments for human anatomy

（供临床医学、护理、药学、医药技术、卫生管理等专业用）

主 编 张雨生 马志健

 中国医药科技出版社

内 容 提 要

本书依照教育部、卫生部相关文件要求，结合我国医学教育的发展特点，根据《人体解剖学》教学大纲的基本要求和课程特点编写而成。

全书共分为 A、B 两个平台，A 平台供临床医学、口腔医学、医学影像技术、针灸推拿等专业用，共安排 12 个实验；B 平台供护理、医学检验技术、药学、眼视光技术、家政服务等专业用，共安排 5 个实验。每个实验项目均包括"目的要求"、"实验材料"、"实验内容"等。

本书适合医学卫生高职教育、成人教育等相同层次教学使用，也可作为医药卫生行业培训和自学用书。

图书在版编目（CIP）数据

人体解剖学实验教程/张雨生，马志健主编．—北京：中国医药科技出版社，2010.5

医药卫生类高职高专基础医学教材．供临床医学、护理、药学、医学技术、卫生管理等专业用

ISBN 978 - 7 - 5067 - 4575 - 8

Ⅰ.①人…　Ⅱ.①张…②马…　Ⅲ.①人体解剖学 - 实验 - 高等学校：技术学校 - 教材　Ⅳ.①R322 - 33

中国版本图书馆 CIP 数据核字（2010）第 028700 号

美术编辑　陈群杞

版式设计　郭小平

出版　中国医药科技出版社

地址　北京市海淀区文慧园北路甲 22 号

邮编　100082

电话　发行:010 - 62227427　邮购:010 - 62236938

网址　www.cmstp.com

规格　787 × 1092mm $\frac{1}{16}$

印张　12 $\frac{1}{2}$

字数　232 千字

版次　2010 年 5 月第 1 版

印次　2010 年 5 月第 1 次印刷

印刷　**廊坊市华北石油华星印务有限公司印刷**

经销　全国各地新华书店

书号　ISBN 978 - 7 - 5067 - 4575 - 8

定价　25.00 元

编写说明

大力发展职业教育，既是当务之急，又是长远大计，是一项重大变革和历史任务。目前，高职高专教育已成为我国高等教育的"半壁江山"，在今后相当长时间内，我国经济建设和社会发展需要大批高职高专层次人才，医药卫生类高职高专教育具有广阔的发展前景。

高职高专教育的根本任务是培养具备"基础理论知识适度、技术应用能力强、职业道德良好"，适应生产、建设、管理、服务第一线需要的高等技术应用性人才，要达到高职高专教育人才培养目标，必须进行教学内容和课程体系以及教学方法和手段等方面的改革，而教材是体现教学内容和教学方法的载体。因此，高职高专教材建设对高等技术应用性人才的培养具有特别重要的意义。

目前，高职高专层次医药卫生类专业基础医学教材基本上按两种模式编写。一是按学科来组织编写，如人体解剖学、组织学与胚胎学、生理学等，具有给学生建立与常规学科体系接轨思维体系的优势。另一种是按重组方式来编写，如人体解剖生理学、病原生物学等，具有整体优化课程内容、淡化学科界线的优势。两种模式均值得探讨。

我们组织编写的这套医药卫生类高职高专教材，主要立足于挖掘传统优势，将传统优势应用到应用性人才培养之中。这套教材包括人体解剖学、组织学与胚胎学、生理学、生物化学、病原生物学与免疫学、病理学、病理生理学、药理学、细胞生物学和医学遗传学、法医学以及人体解剖学实验教程、基础医学实验教程，共 12 本。其中，为了突出技能的培养，特别编写了 2 本实验教程，其中基础医学实验教程基本涵盖了除人体解剖学以外的所有基础医学课程的实验内容。

这套教材的编写，内容以"必需、够用"为度，具有理论知识适度、技术应用能力强的特点，兼顾国家执业资格考试和职业技能考试的要求，以讲清概念、强化应用为重点，适当关照思维方法的启发性和理论的系统性。同时，注重教学方法和手段的改革，以跟上科技、教育发展和生产工作实际的需求。

海南医学院 1951 年起开展高职高专医学教育，在人才培养模式、教学改革、师资队伍等方面具有丰富积累，我们以该校长期在教学一线的骨干教师为主体，组织编写工作，以期将他们在教学实践中的经验编入教材之中，使高职高专医学人才的培养更贴近实际。

我们旨在通过这套教材的编写，深化高职高专医药卫生类专业教材建设的改革，推进高职高专医药卫生类人才培养模式改革，促进高职高专教育的发展，竭诚欢迎广大师生对这套教材提出宝贵意见。

医药卫生类高职高专基础医学教材

建设委员会

2009 年 10 月

医药卫生类高职高专基础医学教材建设委员会

人体解剖学实验教程编委会

主　　编　　张雨生　马志健

副 主 编　　郭　宇　张海英

编写人员　　（以姓氏笔画为序）

马志健　石小田　劳梅丽

吴志虹　张雨生　张显芳

张海英　汪坤菊　陈卫民

陈　敏　易西南　赵　丹

郭　宇　黄奕弟

编审秘书　　汪坤菊

图文校对　　张海英

前　言

　　人体解剖学实验教程是人体解剖学课程的重要组成部分。在中国医药科技出版社医药卫生类高职高专基础医学教材建设委员会的指导下，经主编和全体编写人员的辛勤工作，人体解剖学实验教程终于诞生了。本教材编写除了贯彻思想性、科学性、先进性、启发性、适用性和注重文图水平外，强调"为农村和社区培养基层医学人才"的基本定位，体现以应用为目的，以"必需、够用"为度，以讲清概念、强化应用为教学重点，以跟上生产工作实际的需求。

　　本教材的使用对象以医药卫生类高职高专学生为主，同时可供其他相关专业教学参考或使用。内容共分 A、B 两个平台，A 平台供临床医学、口腔医学、医学影像技术、针灸推拿等专业用，共安排 12 个实验；B 平台供护理、助产医学检验技术、药学、眼视光技术、家政服务等专业用，共安排 5 个实验。每个实验项目均包括"目的要求"、"实验材料"、"实验内容"等。另外，为了让学生能够学以致用，紧密结合临床，在 A 平台每个实验后面附有"临床联系"、"病例分析"、"问题思考"等内容，都是与相关实验内容有密切关系的解剖学知识的拓展，教学时可以根据需要取舍。

　　此外，为规范人体解剖学实验教学，指导学生学好人体解剖学，并培养学生自学能力，我们在教程后附有"人体解剖学实验教学规范"、"人体解剖学学习方法"、"人体解剖学网络课程使用方法"、"实验报告书写格式"、"人体解剖学专业名词生僻字读音"等内容。

　　在编写过程中，我们虽然努力使教材符合实验教学的要求，但由于编者水平有限，对书中存在的不足和错误之处，恳请同道和学生不吝指正和提出修改意见，以使本教材日臻完善。

编者

2009 年 12 月于海口

目 录 CONTENTS

第一部分 高职高专 A 平台

（供临床医学、口腔医学、医学影像技术、针灸推拿等专业用）

第二部分 高职高专 B 平台

（供护理、助产、医学检验技术、药学、眼视光技术、家政服务等专业用）

附　录

第一部分 高职高专 A 平台

（供临床医学、口腔医学、医学影像技术、针灸推拿等专业用）

实验一

绪论　骨学

【目的要求】

1. 理解人体解剖学姿势，了解描述人体解剖学方位术语。

2. 掌握运动系统的组成，了解骨的构造、化学成分和物理性质。

3. 在全身骨骼骨架标本上辨认主要骨的名称。

4. 在椎骨、胸骨、肋骨标本上辨认各骨的形态和主要结构。

5. 结合颅骨标本观察颅的组成及颅的各部诸骨的名称、位置，了解颅的整体观。

6. 在全身骨骼骨架标本上辨认四肢骨的组成，观察四肢骨分离标本，熟悉肩胛骨、锁骨、肱骨、桡骨、尺骨、髋骨、股骨、髌骨、胫骨、腓骨的基本形态和主要结构，了解手骨、足骨的名称和排列。

7. 活体触摸全身重要的骨性标志。

【实验材料】

1. 影像资料

运动系统解剖——骨学。

2. 标本

（1）全身骨骼骨架标本。

（2）新鲜猪骨纵切解剖标本（示骨质、骨膜、骨髓和骺软骨）。

（3）煅烧骨、脱钙骨标本（示骨的化学成分和物理特性）。

（4）躯干骨标本　游离椎骨、胸骨、肋骨标本。

（5）颅骨标本　完整颅骨标本、分离颅骨标本、颅的水平切面标本（示颅盖和颅底）、颅的正中矢状切标本、鼻旁窦标本、新生儿颅标本、鼻腔侧面观标本。

（6）四肢骨标本　锁骨、肩胛骨、肱骨、尺骨、桡骨和手骨标本，髋骨、股骨、髌骨、胫骨、腓骨和足骨标本。

3. 模型

脊柱模型、蝶骨模型、筛骨模型、颅水平切面模型（示颅底内、外面观）。

【实验内容】

一、绪论

介绍实验室的一般情况，实验室守则，解剖学的学习目的、要求、方法，成绩构成及计分方法。

教师示范人体解剖姿势、轴、面和方位术语。提醒学生注意人体的标准姿势与立正的区别。

二、骨学总论

（一）骨的分类

在全身骨架标本上观察全身骨的形态及分类，区分长骨、短骨、扁骨和不规则骨。

1. 长骨

观察肱骨标本，长骨见于四肢游离部，呈长管状，分一体两端，中部细长为体，表面有 1～2 个血管出入的孔称滋养孔，两端膨大为骺，表面为光滑的关节面。

2. 短骨

观察腕骨和跗骨标本，短骨形似立方体，多位于连接牢固且较灵活的部位。

3. 扁骨

观察颅盖骨、胸骨、肋骨标本，扁骨呈板状，主要构成容纳重要器官的腔壁。

4. 不规则骨

观察椎骨标本，不规则骨形状不规则。有些不规则骨内有含气的腔，称含气骨，如上颌骨和蝶骨等。

（二）骨的构造

观察新鲜猪骨纵切解剖标本。

1. 骨膜

覆盖骨表面的结缔组织膜，在关节面处缺如。表面粗糙，有肌肉附着。

2. 骨质

骨密质位于骨的表层，骨膜深面。长骨体的骨密质较厚，两端表面的骨密质较薄。骨松质主要布于长骨两端、骨密质内面，由骨小梁构成，呈海绵状。

在长骨、短骨切面标本上分析骨小梁排列的方向与压力和张力的关系。观察顶骨的剖面标本，可见骨密质位于内外表层，分别称内、外板，中间为骨松质，称板障。

3. 骨髓

骨干的内腔为髓腔（借一细钢丝插入较大滋养孔可通入髓腔）。在新鲜骨标本上观察，骨髓腔内和骨松质的网眼内充满有骨髓，为结缔组织。红骨髓颜色鲜红，黄骨髓为脂肪组织。

（三）骨的化学成分及物理性质

观察经稀盐酸脱钙后的骨标本，由于无机质已溶解而只含有机质，骨虽保持其外形，但却非常柔软而具有弹性。

观察煅烧的骨标本，有机质已除去，只含无机质，保持外形，但非常松脆、失去弹性。

三、躯干骨

躯干骨包括椎骨、肋和胸骨。

1. 椎骨

在全身整体骨架标本和脊柱的解剖标本上观察椎骨形态和分类。

（1）椎骨的一般形态　在游离椎骨标本观察，椎骨由椎体和椎弓构成。椎体和椎弓围成椎孔，全部椎孔相连成椎管容纳脊髓。椎体呈扁圆柱形，表层为密质，内部为松质。椎弓前部紧连椎体的缩窄部分为椎弓根，其上、下缘为椎骨上、下切迹。上、下两个相邻椎弓根的椎骨上、下切迹围成椎间孔，有脊神经和血管通过。后部较宽部分为椎弓板，其上发出7个突起，椎弓正中向后伸出一个棘突，向两侧突出一对横突，两侧向上一对上关节突和向下一对下关节突。

（2）各部椎骨的主要特征

①颈椎：横突有孔为横突孔，棘突短而分叉。

第1颈椎又称寰椎：环状，由较短的前弓、较长的后弓和两个侧块组成，无椎体、棘突和关节突。前弓后面正中有齿突凹，侧块有耳状的上、下关节面。

第2颈椎又称枢椎：椎体上方有齿突与寰椎齿突凹相关节。

第7颈椎又称隆椎：棘突最长，末端不分叉而形成结节。活体低头是颈部后方最高的突起为第7颈椎棘突。

②胸椎：侧面观椎体上、下缘后份有上、下肋凹，横突肋凹，棘突细长斜向后下，整体呈叠瓦状排列（见脊柱）。

③腰椎：椎体粗大，棘突呈板状水平伸向后方，故棘突间间隙较大，临床上常在此行腰椎穿刺术。

④骶骨：由5块骶椎融合成倒置三角形。上端为底，底中份向前的突出称岬。前（盆）面光滑略凹，可见四对骶前孔。后（背）面粗糙隆凸，有四对骶后孔。中央有骶椎椎孔连成的骶管，骶管下端有骶管裂孔；裂孔的两侧有骶角。两侧面上宽下窄，上部各有耳状面与髋骨耳状面相关节。

⑤尾骨：由3~4块尾椎融合，构成一块尾椎。

2. 胸骨

在全身整体骨架标本观察胸骨的位置（胸前壁正中），自上而下分胸骨柄、胸骨体和剑突三部分。胸骨柄上缘中份为颈静脉切迹，与第2胸椎体下缘线平齐。两侧为锁切迹。柄和体连结处略向前凸称胸骨角，两侧连第2肋软骨，为计数肋的重要标志，与第4胸椎体下缘平齐。在游离标本上观察锁切迹和肋切迹。同学可相互摸认胸骨角、颈静脉切迹。

3. 肋

在全身整体骨架标本上观察12对肋骨和肋软骨的形态及其与胸骨和脊柱胸段的关系。上7对肋骨的前端借助软骨连于胸骨，称真肋。第8~10对肋骨的前端借助软骨连于上位肋软骨，形成肋弓。第11、12对肋前端游离，称浮肋。

在游离肋骨上观察，可分为体和前、后两端，后端膨大称肋头，有关节面与胸椎体上的肋凹相关节。肋头外侧稍细称肋颈，颈后外方有肋结节，其上有关节面，与横突肋凹相关节。肋体内面下缘处一浅沟称肋沟，活体有肋间神经、血管走行。体的后份急转处称肋角。

第1肋骨为一形态特殊的肋骨，扁宽而短，分上、下面和内、外缘。无肋角和肋沟。主要辨认其上面的前斜角肌结节、锁骨下动脉沟和锁骨下静脉沟。（限临床类专业）

在活体上相互摸认：颈静脉切迹、胸骨角、剑突、第2~12肋、第1~11肋间隙、肋弓、棘突。

四、颅骨

在完整的全颅骨标本、水平切和正中矢状切标本上观察颅的组成、分部、各颅骨的位置及形态结构。

脑颅：位于颅的后上部，由8块脑颅骨围成颅腔，容纳脑。分为不成对的额骨、筛骨、蝶骨、枕骨和成对的顶骨、颞骨。

面颅：位于颅的前下部，由15块颅骨组成，构成面部及眶、鼻腔和口腔的骨性基础。

成对：鼻骨、泪骨、颧骨、腭骨、上颌骨、下鼻甲。

不成对：犁骨、下颌骨、舌骨各1块。

以上颌骨为中心，上颌骨上方为鼻骨，鼻骨后方为泪骨；上颌骨外侧为颧骨，下方为下颌骨；上颌骨后面是腭骨，内面是下鼻甲和犁骨；舌骨游离于颈部下颌骨下方。

在游离颅骨标本和模型上观察颅骨的详细结构。

筛骨：呈"巾"字形。辨认筛板、筛孔、鸡冠、垂直板、筛骨迷路、筛窦、上鼻甲、中鼻甲。

蝶骨：蝴蝶形，辨认蝶骨体及其上的垂体窝、蝶窦、大翼及其上的圆孔、卵圆孔和棘孔、小翼及其上的视神经管、眶上裂、翼突。

颞骨：辨认外耳门、鳞部、鼓部、岩部、茎突、乳突、乳突小房、内耳门。

下颌骨：辨认下颌体（牙槽弓、颏孔），下颌支（冠突、髁突、下颌孔）及下颌角。

舌骨：包括体、大角、小角。

颅顶面观：辨认额骨与顶骨间的冠状缝、两顶骨间的矢状缝、顶骨与枕骨间的人字缝。确认颅盖的外板、板障、内板三层。

颅后面观：辨认枕外隆凸、上项线、下项线。

颅盖内面观：辨认上矢状窦沟、脑膜中动脉沟、脑回压迹。

颅底内面观：高低不平，呈阶梯状，分前、中、后三个窝。颅前窝：辨认中部的鸡冠、筛板、筛孔。颅中窝：辨认居中的垂体窝、窝后方的鞍背、后床突、鞍结节，窝前面的交叉前沟、视神经管、前床突，窝两侧的颈动脉沟，沟前通眶上裂、沟后连破裂孔、孔后外有颈动脉管内口，沟外侧由前向后依次有圆孔、卵圆孔、棘孔，自棘孔行外上方的脑膜中动脉沟，在颞骨岩部前面辨认弓状隆起、鼓室盖、三叉神经压迹。颅后窝：辨认居中的枕骨大孔，孔前的斜坡、舌下神经管，孔后上方有枕内隆凸、隆凸上续上矢状窦沟，隆凸外续横窦沟、横窦沟外连乙状窦沟，乙状窦沟终于颈静脉孔。颈静脉孔前外侧（外上方）有内耳门，通内耳道。

颅底外面观：分前、后两区。前区：由前向后辨认牙槽弓、牙槽、骨腭、切牙孔、腭大、小孔、鼻后孔。后区：辨认下颌窝、关节结节、枕骨大孔、枕外隆凸、枕髁、舌下神经管外口、颈静脉孔、颈动脉管外口、茎突、乳突、茎突孔，通面神经管。

颅侧面观：可见额骨、蝶骨、顶骨、颞骨、枕骨、颧骨及上、下颌骨。在中部有外耳门，外耳门后下方为乳突，前方为颧弓，颧弓上方为颞窝，下方为颞下窝。辨认颞窝内由额骨、顶骨、颞骨和蝶骨四骨相交处所构成的翼点及上、下颞线。辨认颞下窝和翼腭窝的位置及其交通，颞下窝上通颞窝，并经圆孔、卵圆孔通颅中窝，前经眶下裂通眶，内经翼上颌裂通翼腭窝。观察深藏于颞下窝内侧之三角形裂隙称翼腭窝，此窝向外通颞下窝；向前经眶下裂通眶；向内经蝶腭孔通鼻腔；向后经圆孔通颅中窝，以翼管通颅底外面，向下经腭大孔通口腔。（教师示教，限临床类专业）

颅前面观：居中的梨状孔为骨性鼻腔；鼻腔上方为两个眶，鼻腔下方为骨性口腔。

眶：略呈四棱锥形，底为眶口，其上缘中内 1/3 处有眶上切迹或眶上孔，下缘中份下方有眶下孔。眶尖向后内方，有视神经管通颅中窝，辨认内侧壁前下方的泪囊窝及其下方的鼻泪管，下壁上的眶下裂、眶下沟和眶下管；外侧壁上的眶上裂。以一细铁丝穿经以上各管、孔、裂，探查其各与何处相通。注意构成眶各壁的骨。

骨性鼻腔：查看骨性鼻腔上、下壁和外侧壁的毗邻。鼻中隔的构成，在颅正中矢状面标本上观察外侧壁上的结构，各鼻旁窦的位置、形态，以一细铁丝探查各窦的开口位置。重点观察上颌窦的上、下、内侧壁的毗邻。

骨性口腔：由上、下颌骨构成，顶为骨腭，前、外侧壁为上、下颌骨牙槽突构成。观察颅底外面观。

在活体上相互摸认以下结构：枕外隆凸、上项线、乳突、眉弓、眶上、下缘、颧弓、下颌骨下缘、下颌角、髁突、舌骨。

五、四肢骨

在全身整体骨架上观察确认四肢各骨的名称、位置，用游离四肢骨观察其结构。肢带骨逐一细看，自由肢骨重点观察其两骺端的结构。

（一）上肢骨

在全身整体骨架上观察锁骨与胸骨柄和肩胛骨肩峰的连接关系。

1. 锁骨

在游离锁骨上确认胸骨端和肩峰端，胸骨端为内侧粗大的一端。肩峰端为外侧扁平的一端，上面光滑，下面粗糙。

2. 肩胛骨

在全身整体骨架上观察肩胛骨关节盂与肱骨头的连接关系。在游离肩胛骨上确认呈三角形的肩胛骨的3个缘、3个角和前、后两面。上缘短而薄。外侧有肩胛切迹和喙突。外侧缘肥厚。内侧缘薄而长。外侧角有关节盂、盂上结节和盂下结节。上角平对第2肋。下角平对第7肋或第7肋间隙。腹侧面为肩胛下窝。背侧面有横嵴称肩胛冈，冈内侧端约平对第3胸椎棘突，冈外侧端向前外伸展形成扁平的肩峰。肩胛冈将背侧面为冈上窝、冈下窝。

3. 肱骨

在游离肱骨上确认，上端膨大，有向后上内方半球形的肱骨头。头周围稍细的部分称解剖颈，肱骨头外侧和前方有大结节和小结节，其下方分别连于大结节嵴和小结节嵴，两结节间为结节间沟，肱骨头下方稍细的部分，称外科颈。体中份外侧有三角肌粗隆，后面有由上内斜向下外的桡神经沟。下端较扁，内侧部有肱骨滑车、内上髁、尺神经沟，外侧部有肱骨小头、外上髁。后面有鹰嘴窝，前面有冠突窝。

4. 桡骨

在游离桡骨上辨认：上端的**桡骨头**细小，其上面有关节凹，头周围有环状关节面，头下端稍细为**桡骨颈**，颈内下方为突起的**桡骨粗隆**。下端粗大，外侧部向下突出称桡骨茎突，内侧面有尺切迹，下面有腕关节面。体呈三棱柱形，内侧为纵行的骨间缘。

5. 尺骨

在游离尺骨上确认上端粗大，前面有一半圆形深凹称滑车切迹，切迹下方和后上方的突起，分别是冠突和鹰嘴，冠突外侧有桡切迹，下方为尺骨粗隆。尺骨下端细小称尺骨头，其前、外、后有环状关节面，其后内侧向下的突起，称为尺骨茎突。

6. 腕骨

在完整手骨标本上观察8块腕骨之间的位置关系：近侧列由桡侧向尺侧依次为手舟骨、月骨、三角骨和豌豆骨。远侧列由桡侧向尺侧依次为大多角骨、小多角骨、头状骨和钩骨。

7. 掌骨

在完整手骨标本上观察掌骨头、体、底的形态结构，掌握其排列关系和命名规律。

8. 指骨

在完整手骨标本上观察指骨底、体和滑车的形态结构。

在活体上相互摸认：锁骨、肩胛冈、肩峰、肩胛骨上下角、肱骨内、外上髁、鹰嘴、桡骨头、桡骨茎突、尺骨头、手舟骨、豌豆骨。

（二）下肢骨

1. 髋骨

在游离髋骨标本确认髋骨的位置（左、右），髋骨由髂骨（上）、坐骨（后下）和耻骨（前下）三者愈合而成。在三骨愈合处的外侧面形成深陷的髋臼，前下方形成一闭孔，上方为宽阔的髂翼，翼内为髂窝。髋臼为髂、坐和耻三骨的体合成，窝内半月形关节面称月状面，窝内没形成关节面部分为髋臼窝，髋臼边缘下方缺口为髋臼切迹。在小儿髋骨髋臼内可见髂骨、坐骨和耻骨三部分间为软骨，成人骨留有三骨融合后的痕迹，三骨均分为在髋臼处的体，和其他部分的支（翼）。分清三骨的位置关系后，可依次辨认。

髂骨：位于髋骨上方。髂骨体肥厚，髂翼宽扁，髂翼上缘为髂嵴，其前端为髂前上棘，后端为髂后上棘，髂前上棘后方5~7cm处，髂嵴外唇突起称髂结节，髂前、后上棘下方各有一突起分别称髂前、后下棘，髂后下棘下方为坐骨大切迹，髂翼内面称髂窝，窝下方有一斜行隆起线，称弓状线；髂翼后下方有耳状面，与骶骨的耳状面相关节。

坐骨：位于髋骨后下部，坐骨体占髋臼后下2/5，坐骨体后缘有坐骨棘，其上、下方分别有坐骨大、小切迹。坐骨体与支移行处后部肥厚粗糙，称坐骨结节。

耻骨：位于髋骨前下部，分体和上、下两支，髂骨体与耻骨体连接处为粗糙的髂耻隆起。上支连于体，上缘锐薄，称耻骨梳，向前终于耻骨结节。耻骨上、下支移行部的内侧，有椭圆形的耻骨联合面。耻骨下支向后下外与向前上内走的坐骨支结合，使坐、耻两骨围成闭孔。

2. 股骨

股骨是人体最长最结实的长骨，长度约为身高的1/4。在游离股骨上确认上端的股骨头，头上有股骨头凹。头下外稍细是股骨颈。颈体交界处外上方的突起为大转子，内下方的突起为小转子，两者间前称转子间线，后为转子间嵴。股骨体后有粗线，线上外延为臀肌粗隆，上内续为耻骨肌线。下端有两个膨大称内侧髁、外侧髁，二者间为髁间窝，两髁侧面之突起称内、外上髁。

3. 髌骨

人体最大籽骨。在游离髌骨上观察髌骨上宽下尖，前面粗糙，后面光滑。

9

4. 胫骨

在分离胫骨上确认上端膨大的**内侧髁**和**外侧髁**，两髁上关节面之间的骨性隆起为**髁间隆起**。上端与体移行处的前面为**胫骨粗隆**。下端稍膨大，内下方的突起为**内踝**，下端下面和内踝外面的关节面与距骨滑车相关节。体为三棱柱形，前面有前缘，可在体表扪及。

5. 腓骨

在游离腓骨上确认上端的膨大**腓骨头**，下端的膨大**外踝**。

6. 跗骨

在完整足骨上确认 7 块跗骨的位置排列。分近侧列的：距骨、跟骨、足舟骨；远侧列（由内至外）的：内侧、中间、外侧楔骨和骰骨。

7. 跖骨

在完整足骨上观察 5 块跖骨。其底、体、头与掌骨的比较。注意第 5 跖骨粗隆较突出。由内向外为第 1、2、3、4、5 跖骨。

8. 趾骨

在完整足骨上观察 14 块趾骨。各节趾骨的名称和结构均与手指骨类似。

在活体相互上摸认：髂嵴和髂后上棘、髂前上棘、髂结节、耻骨嵴、耻骨结节、耻骨联合、耻骨下支、坐骨支、坐骨结节和尾骨尖、股骨内、外侧髁、胫骨内、外侧髁、髌骨、胫骨粗隆、胫骨前缘、内踝、外踝等。

【临床联系】

一、骨髓穿刺，骨髓细胞学检查

骨髓穿刺（骨穿）是抽取骨髓的一种常用技术。在血液系统疾病的诊断上比一般血液检查更加灵敏和可靠，故是各类血液病的重要检验方法之一。骨髓穿刺检查内容包括细胞学、细菌学及寄生虫学等。通过骨髓涂片的细胞学检查可了解骨髓内各种细胞的生成情况、形态、成分改变及发现异常细胞等，以明确诊断，观察疗效，估计预后，也可用于骨髓移植。

骨髓是柔软的富于血管的网状结缔组织，充填于骨髓腔和骨松质的网眼内，分红骨髓和黄骨髓。红骨髓含有不同发育阶段的血细胞，呈红色，有造血功能，胎儿和幼儿的骨髓全是红骨髓。从 6 岁开始，长骨骨髓腔内的红骨髓逐渐被脂肪组织所代替，失去造血功能，呈黄色，即为黄骨髓。至成人，红骨髓仅保留于骨松质的网眼内，椎骨、胸骨、肋骨、锁骨、肩胛骨、髂骨、颅骨及股骨和肱骨上端的松质内，是人体的主要造血组织。慢性失血过多或重度贫血时，黄骨髓可转化为红骨髓，恢复造血功能。故骨髓穿刺除 3 岁以下幼儿可在胫骨处进针外，一般都有在髂后上棘、髂前上棘、腰椎棘突和胸骨进针。前二者位置表浅，骨的接触面较大，周围无重要的血管神经，为最常用的穿刺部位。后者红骨髓量虽多，但深部有心、肺、胸膜等重要器官，只有在其他部位抽不到骨髓时才在此进针。

血细胞的质和量的异常是血液病的重要病理变化信息。对抽取的骨髓样本作各阶段血细胞的分类计数和形态观察，通常在普通显微镜下进行观察，必要时可用电子显微镜观察，以了解骨髓造血功能及血细胞质和量的变化，从而对血液系统疾病作出诊断。骨髓细胞学检查对各类经一般检查不能确诊的各种贫血、各类型白血病、白细胞减少、皮肤紫癜、某些肿瘤以及不明原因的淋巴结和肝脾肿大等疾病的诊断、决定治疗方案、疗效观察和预后判断都有重要意义。细菌学检查对败血症、某些传染病或寄生虫病需行骨髓细菌培养或涂片寻找疟原虫及黑热病原虫者也有重要意义。

二、骨质疏松症

骨质疏松症是以低骨量、骨组织微细结构破坏导致骨脆性增加和骨折危险性增加为特征的一种系统性、代谢性骨骼疾病。可分为原发性和继发性。继发性的病因明确，常为内分泌代谢性疾病（性腺功能减退症、甲亢、甲旁亢和Ⅰ型糖尿病等）或全身性疾病（器官移植术后、神经性厌食、肠吸收营养不良综合征、骨营养不良、骨纤维化、慢性肾衰、营养不良等）而引起。原发性又分为两型，Ⅰ型为绝经后骨质疏松症，Ⅱ型为老年性骨质疏松症。

骨由骨质、骨膜、骨髓构成。骨质由骨密质和骨松质构成，二者的结构使骨能承受重量和耐受压力。骨质由有机质和无机质构成，有机质由胶原纤维和黏多糖蛋白组成，它使骨具有韧性和弹性。无机质主要是钙盐，使骨具有硬度。一生中骨的无机物与有机物不断变化，年龄愈大，无机物的比例愈高。因此，年幼者骨易变形，年长者易发生骨折。骨质疏松症主要因为年龄增长、退行性变、内分泌紊乱、营养不良及运动不足，导致骨钙丢失，骨转换发生改变，骨微细结构发生变化，骨小梁变窄、变细、弯曲、错位甚至断裂，骨小梁数目减少，有的被全部吸收，形成空洞，骨密质变薄，脆性增加，直至自发性骨折（椎体压缩性骨折，股骨颈、桡骨远端横断性骨折）。

骨质疏松发生后很难逆转，治疗的目的不在于逆转骨质疏松，而在于减少钙的丢失和补充过量丢失的钙，防治方面应以饮食中补钙或补充钙剂，适当补充维生素D，以促进钙吸收。避免外伤，防止骨折，积极锻炼身体。绝经后骨质疏松症应在补充钙剂的同时，在医生指导下使用雌激素。

三、骨折

骨折是指骨的完整性和连续性中断，也就是骨或软骨的断裂。根据成因分为创伤性骨折和病理性骨折。病理性骨折为有病骨骼（骨髓炎、骨肿瘤）骨质被破坏，受轻微外力即可发生的骨折。创伤性骨折系指健康骨受各种不同暴力（打击、压砸、碰撞或跌倒、负重、扭转等外力）的作用而断裂。

骨折的特有体征：畸形，骨折端移位后，患肢出现缩短、成角、旋转或出现假关节。异常活动。骨折端移动时有相互摩擦的骨擦音或骨擦感。

骨折的诊断主要依据病史和体征，X 线检查对了解骨折的具体情况和治疗效果有重要价值，凡是疑为或已明确骨折者，都应常规作 X 线检查，X 线平片面能显示临床检查时不能发现的损伤和移位：不完全性骨折、体内深部骨折、关节内骨折、撕脱性骨折或斜面骨折。为了明确诊断，摄片时应包括骨折处及其邻近关节的正、侧位，有时须加摄特殊位置或对侧相应部位的对比 X 线片。

 **思考题**

1. 为何老年人股骨颈易发生骨折？

2. 在一堆椎骨中，如何迅速正确的辨识颈椎、胸椎和腰椎？

3. 某男，38 岁，因患贫血需抽取骨髓检查其造血功能，请问在何处抽取为好，为什么？

（张海英　陈卫民）

实验二

关节学 肌学

【目的要求】

1. 在关节标本上辨识关节的基本结构和辅助结构，演示关节的运动形式。

2. 在脊柱和胸廓标本上观察脊柱和胸廓的组成、形态。了解躯干骨之间的连结方式。

3. 了解颞下颌关节、肩关节、肘关节、桡腕关节、髋关节、膝关节、踝关节等七大关节的构成、形态结构特点和运动形式。

4. 观察骨盆标本和模型，了解骨盆的组成、分部、性别差异及临床意义。

5. 观察全身骨骼肌标本和模型，了解骨骼肌的一般形态、起止、配布、作用及肌的辅助装置。

6. 在全身肌肉标本或模型上，寻找和辨认胸锁乳突肌、胸大肌、斜方肌、背阔肌、腹直肌、腹外斜肌、腹内斜肌、腹横肌、三角肌、肱二头肌、肱三头肌、臀大肌、梨状肌、股四头肌、股二头肌、小腿三头肌等，并了解其主要功能。

【实验材料】

1. 影像资料

运动系统——关节学，肌学。

2. 标本

（1）关节标本 全身关节标本，脊柱矢状切标本（示椎骨间连结），幼儿及成年整颅标本，颞下颌关节标本，胸锁关节标本，肩关节整体及矢状切标本，肘关节整体及冠状切标本，手关节冠状切标本，上肢骨连结整体标本，骨盆（干、湿标本），髋关节整体标本，膝关节整体及矢状切面标本，足关节整体及水平切标本，下肢骨连结整体标本，足关节湿标本。

（2）骨骼肌标本 全身骨骼肌标本，面肌（示枕额肌、颊肌、眼轮匝肌、口轮匝肌等），咀嚼肌（示翼内肌、翼外肌、颞肌、咬肌等），全身半边浅层肌（示胸锁乳突肌、胸大肌、前锯肌、腹外斜肌、斜方肌、背阔肌、三角肌、肱二头肌、肱三头肌、臀大肌、缝匠肌、股四头肌、阔筋膜张肌、股二头肌、小腿三头肌、颈部三角、腋窝和肘窝、腹直肌鞘和腹股沟管、股三角、收肌管和腘窝、三边孔和四边孔等），颈肌

（示舌骨上、下肌群、颈阔肌等），颈深肌（示前、中斜角肌、斜角肌间隙、头长肌、颈长肌等），膈肌、腹后壁肌及下肢带肌（示膈肌的三个起部、三个孔和中心腱、腰方肌、腰大肌和髂肌及腹股沟韧带、股内收肌群和髂胫束），胸背深层肌（胸小肌、肋间外肌和肋间内肌、菱形肌、前锯肌、肩胛提肌、竖脊肌、胸腰筋膜等），上肢臂部中段、前臂中段和手掌横断面、下肢大腿和小腿横断面，上肢带肌，臂肌连前臂肌，前臂肌深层，臀肌深层，腕管和踝管，手肌和足底肌。

3. 模型

膝关节模型，颈肌、咀嚼肌、手肌和全身肌肉模型，膈肌模型，咀嚼肌模型，头部（示面肌）、颈部局解模型（示头颈部肌肉），手部局解模型（示手肌），足部局解模型（示足肌），男性腹股沟管浅层结构模型，腹前外侧壁浅层肌肉层次模型。

【实验内容】

一、关节学总论

（一）直接连结

在部分矢状切椎骨间连结标本上观察：相邻椎骨棘突间的棘间韧带，相邻椎骨横突间的横突间韧带，相邻椎弓间的黄韧带。

在幼儿整颅标本上观察颅矢状缝和冠状缝中的少量纤维组织。

在成年颅、骶骨、髋骨标本上观察相应连结，注意与幼儿有何不同。

（二）间接连结（关节）

1. 关节的基本结构

在切开关节囊的肩关节标本和肩关节矢状切标本上观察关节的基本构造，包括三部分。

（1）关节面　肱骨头和关节盂一凸一凹，覆关节软骨。

（2）关节囊　外层厚而坚韧，较粗糙为纤维层。内层薄而柔润，与外层紧密相贴，为滑膜层，围成密闭腔。

（3）关节腔　为关节面和关节囊滑膜层之间的腔隙。

2. 关节的辅助结构

在完整膝关节标本上观察：膝关节前方有股四头肌腱包绕髌骨向下延续为髌韧带。膝关节外侧连于股骨外上髁与腓骨头间的腓侧副韧带，膝关节内侧连于股骨内上髁与胫骨内侧髁的胫侧副韧带，三者均为囊外韧带，为关节囊的纤维层局部增厚形成。纤维呈纵行排列。在切开关节囊的膝关节标本上观察：连于胫骨髁间隆起与股骨内、外侧髁的两条交叉韧带，为囊内韧带。同时可见位于股骨内、外侧髁与胫骨内、外侧髁间的半月板。髌韧带两侧突向关节腔的滑膜襞。

在切开关节囊的胸锁关节和颞下颌关节标本上观察两关节面间有一软骨结构为关节盘。

在切开关节囊的肩关节和髋关节标本上观察关节盂和髋臼周缘的关节唇。

3. 关节的运动

学生按以下形式运动自己的关节，不清楚的可让带教老师示教。

（1）屈和伸　沿冠状轴的运动，相关关节的两骨角度变小为屈，反之为伸。

（2）收和展　沿矢状轴的运动，内收是向正中面靠拢的运动，反之为外展。

（3）旋转　沿垂直轴所作的运动，骨的前面转向内侧称旋内，转向外侧称旋外。在前臂手背转向前方的运动称旋前，反之称旋后。

（4）环转　冠状轴和矢状轴上的复合运动，骨的近端在原位转动，远端作圆周运动。实为屈、展、伸、收依次连续进行的运动。

二、脊柱

1. 脊柱整体观

在全身整体骨架标本和游离脊柱标本上观察。

前面观：椎体自上而下依次由小变大，至骶骨下端又变小，试解释其大小变化的原因。

后面观：注意棘突排列方向及棘突间隙宽窄差别，讨论其临床意义。

侧面观：颈、胸、腰、骶四个生理弯曲的部位、方向，试解释弯曲形成因素和功能意义。

2. 椎间盘

在部分矢状切椎骨间连结标本和经椎间盘横切标本上可见相邻椎体间连有纤维软骨即椎间盘，外周为由多层同心圆排列的纤维软骨构成纤维环，中央为胶状的髓核。注意观察椎间盘后外侧部与椎间孔的相互位置关系。

3. 韧带

椎体和椎间盘的前、后面，可见纵向行走，坚韧的前、后纵韧带。连结相邻两椎弓板之间由弹性纤维构成的黄韧带。连结相邻的两个棘突之间的棘间韧带，注意观察其与黄韧带、棘上韧带的关系。连于棘突末端的棘上韧带，至颈部扩展成三角形片状的项韧带。连于相邻横突的横突间韧带。

4. 关节突关节

相邻椎骨的上、下关节突构成的关节突关节。

5. 脊柱的运动

相互间作脊柱前曲、后伸、侧屈、旋转和环转运动，注意脊柱各段运动的幅度。

三、胸廓

在全身整体骨架观察胸廓的构成及整体形态。重点关注胸廓上、下口的构成。

在胸前壁解剖示胸锁及胸肋关节的标本上，观察第1胸肋结合，第2～7胸肋关节，以及第8～10肋软骨前端与上位肋软骨借软骨间关节相连所形成的肋弓。

在活体上摸认：颈静脉切迹、胸骨角、第2～12肋（为什么摸不清第1肋）、第1～11肋间隙、肋弓、剑突。

四、颅骨的连结

在整颅标本上，观察矢状缝、冠状缝和人字缝。

在幼儿整颅标本及颅水平切标本上观察颅矢状缝和冠状缝中的少量纤维组织，蝶枕软骨结合、蝶岩软骨结合、岩枕软骨结合等。观察新生儿颅骨的前、后囟，注意其形态。

在骨架和颞下颌关节标本上观察：可见该关节由下颌骨的下颌头与颞骨的下颌窝及关节结节构成。关节囊松弛，其上方附于下颌窝和关节结节周缘，下方附于下颌颈。

五、附肢骨的连结

（一）上肢带骨连结的观察

1. 胸锁关节

是上肢骨与躯干骨间相连的唯一关节。在胸前壁解剖标本上可见胸锁关节由锁骨的胸骨端和胸骨的锁切迹及第1肋软骨的上面组成；关节囊较坚韧，周围有韧带加强，关节腔内有关节盘，将关节腔分为外上和内下两部分。

2. 肩锁关节

在肩关节标本上可见：锁骨的肩峰端与肩峰的关节面构成肩锁关节。

（二）自由上肢骨的连结

1. 肩关节

在切开关节囊的肩关节标本和矢状切肩关节标本上可见：肩关节是典型的球窝关节，由肱骨头与肩胛骨的关节盂组成。其结构特点是两关节面差别大，关节囊薄而松弛，囊的上、前、后方有肌肉加强。下壁薄弱。关节盂周缘有纤维软骨构成的盂唇加深关节窝。在关节囊内有肱二头肌长头腱穿过。肩关节是全身最灵活的关节，能作屈、伸、收、展、旋内、旋外和环转运动，且运动幅度较大。试分析肩关节运动灵活的解剖学基础。

2. 肘关节

在肘关节整体标本上可确认，肘关节是复合关节，由三个关节组成，肱尺关节由肱骨滑车和尺骨滑车切迹构成；肱桡关节由肱骨小头和桡骨关节凹构成；桡尺近侧关节由桡骨环状关节面和尺骨桡切迹构成，三个关节包在同一个关节囊内。肘关节主要作屈、伸运动。

3. 桡尺远侧关节

由尺骨头环状关节面构成关节头，由桡骨的尺切迹及自下缘至尺骨茎突根部的关节盘共同构成关节窝。关节盘将尺骨与腕骨分开。

4. 手关节

桡腕关节是由桡骨的腕关节面与尺骨头下方的关节盘共同构成的关节窝，与手舟骨、月骨和三角骨的近侧关节面共同组成关节头。关节囊松弛，其前、后和两侧有韧带加强。桡腕关节可作屈、伸、收、展和环转运动。

（三）下肢带骨的连结

在骨盆湿标本和骨盆模型上，观察骶髂关节由骶、髂两骨的耳状面构成。关节面对合紧密，关节囊紧张，周围有强厚的韧带加强，连结牢固，活动性甚微。

骨盆由左、右髋骨与骶、尾骨及其间的骨连结构成，可见两侧的耻骨联合面间有纤维软骨构成的耻骨间盘形成耻骨联合。

在整体骨架、骨盆标本和骨盆模型上观察骨盆的组成，大、小骨盆的分界，小骨盆上、下口的围成，耻骨弓的构成。在男、女性骨盆标本或模型上比较以下差别：小骨盆上口的形状、小骨盆下口的宽窄，骨盆腔的形状，耻骨下角的大小。

（四）髋关节

观察切开关节囊的髋关节标本，可见髋关节由髋臼和股骨头构成。髋臼较深，周缘附有纤维软骨构成的髋臼唇加深关节窝。髋臼切迹被髋臼横韧带封闭。股骨头凹处附有股骨头韧带，连于髋臼横韧带，此韧带有滑膜包裹，内含营养股骨头的血管。关节囊周围有韧带加强，关节囊上、后及前均有韧带加强，惟有下壁较薄弱，故股骨头脱位常发生在此处。

（五）膝关节

在切开关节囊的膝关节标本上观察，可见股骨下端、胫骨上端及髌骨构成膝关节。在股骨内、外侧髁关节面之间，垫有两块关节盘称内、外侧半月板，为透明软骨构成，内侧半月板较大，呈"C"形；外侧半月板较小，近似"O"形，内、外侧半月板可加深关节窝，增强关节的稳定性。

在膝关节标本上观察，可见厚而强韧的髌韧带。

（六）踝关节

在足关节整体标本上观察：可见踝关节由胫、腓骨下端与距骨构成。足尖上抬，足背向小腿前面靠拢称背屈，反之称跖屈。

（七）足弓

在完整足骨标本上观察足弓，可见跟骨、距骨、舟骨、3 块楔骨及内侧 3 块跖骨构成内侧纵弓；由跟骨、骰骨和外侧 2 块跖骨构成外侧纵弓；由骰骨、3 块楔骨和跖骨构成横弓。

六、肌学总论

1. 肌的辅助装置

在全身解剖标本上由浅入深辨认以下层次：皮肤、浅筋膜、深筋膜、肌、骨。把皮肤翻开，可见皮肤下面有一层脂肪，即为浅筋膜，包被全身，由疏松结缔组织构成，富含脂肪。在浅筋膜深面可见肌纤维方向不清晰，因其表面覆盖一致密结缔组织构成的深筋膜。在四肢深筋膜伸入各肌群之间构成肌间隔。试着在臀大肌腱与大转子之间寻找滑膜囊。在手、足部标本的肌腱外面寻找到腱滑膜鞘。

2. 肌的形态构造

在全身肌肉标本和上、下肢肌肉标本上观察四肢的长肌，胸腹壁的扁肌（腹内、外肌）和深层的短肌（肋间肌），在眼睛、口腔周围的轮匝肌。注意长肌中部的肌纤维为肌腹，两端是白色致密坚韧附于骨的纤维束为肌腱。用左手按住右臂前面屈伸右肘关节，感觉肱二头肌在前臂屈伸运动中的舒缩过程。

七、头肌

1. 面肌

在面肌标本和模型上观察：额肌连于颅顶的帽状腱膜，又与枕部的枕肌相连，三者相连构成额枕肌。围绕睑裂周围的肌，为眼轮匝肌。口周围可见环形的口轮匝肌。

2. 咀嚼肌

在咀嚼肌标本和模型上观察：可见下颌支表面的咬肌，颞窝内的颞肌。切除下颌支后，可见连于翼突窝和上颌结节与下颌角内面之间，肌纤维方向呈前上向后下走向（纵行）的翼内肌；翼内肌上方，肌纤维方向呈前后走向（横行）的是翼外肌。

八、颈肌

在颈部解剖标本和模型上观察：颈阔肌。掀起颈部皮肤，可见颈部浅筋膜内有上下斜行的肌纤维，薄而阔，自口角经颈部向下延伸至第二肋平面连于胸大肌和三角肌筋膜。胸锁乳突肌，掀起颈阔肌，可见位于颈部外侧面，起于胸骨柄前面及锁骨胸骨端，止于乳突，是颈部最大的肌肉和明显的肌性标志。一侧肌收缩使头歪向同侧，脸转向对侧并向上仰，两侧收缩时使头后仰。舌骨上肌群和舌骨下肌群，掀起胸锁乳突肌的胸骨锁骨端，于颈前中线两侧观察，舌骨上、下肌群。

在颈深肌标本上观察：起于颈椎横突，止于第 1、2 肋的前、中、后斜角肌。确认前、中斜角肌和第 1 肋围成的斜角肌间隙，内有臂丛和锁骨下动脉穿过。

九、躯干肌

躯干肌的配布以层次为主，浅层多为扁肌，深层则短肌居多，观察时要看清肌的层次、纤维方向以利于理解其功能。

（一）背肌

1. 背浅肌

在整尸背部解剖标本上观察：可见项部和背上部浅层左右各一块三角形的扁肌，两侧整体上呈一斜方形，故名斜方肌。在背下部浅层为背阔肌。

2. 背深肌

背深肌在脊柱两侧，分长、短两种，长肌的位置较浅，主要为竖脊肌（骶棘肌）。短肌位于深部，呈节段性。

（二）胸肌

1. 胸上肢肌

包括胸大肌、胸小肌和前锯肌。

在胸前区解剖标本和模型上观察：可见在除去皮肤和浅筋膜后，在胸前壁有扇形宽厚的胸大肌，起于锁骨内侧半下缘、胸骨和上位肋软骨，止于肱骨大结节嵴前缘。使肩关节前屈、内收、旋前。在掀起胸大肌后，可见三角形，起于第 3~5 肋外侧面，止于肩胛骨喙突的胸小肌，使肩胛骨向前下，并助深吸气。在除去胸大、小肌后，在胸廓侧后壁，可见锯齿状起于上 8 或 9 肋，沿胸壁向后内，经肩胛骨（肩胛下肌）的前方，止于肩胛骨内侧缘和下角，使肩胛骨向前紧贴胸廓的前锯肌。

2. 胸固有肌

参与胸壁的构成，有节段性。有肋间内、外肌。

在胸廓湿标本上观察：位于肋间隙浅层的肋间外肌，肌纤维自后上行向前下，提肋助吸气。去掉肋间外肌或从胸廓内面观察：在肋间隙深层的肋间内肌，肌纤维自后下行向前上，降肋助呼气。

（三）膈

在去除胸、腹前壁和胸、腹腔脏器的标本上观察：可见在胸、腹腔之间，有一穹窿形扁肌，为膈肌。周围为肌腹，中央为肌腱称中心腱。膈上有三个孔：主动脉裂孔（在第 12 胸椎前方，有主动脉、胸导管等通过），食管裂孔（平第 10 胸椎高度，在中心腱后缘附近，主动脉裂孔左前方，有食管、迷走神经等通过），腔静脉孔（平第 8 胸椎高度，在中心腱区，食管裂孔的右前上方，有下腔静脉通过），为主要的呼吸肌，与腹肌共同收缩，可增加腹内压。

（四）腹肌

位于胸廓与骨盆之间，分腹前外侧群和腹后群。

1. 腹前外侧群肌

构成腹腔的前外侧壁，包括腹直肌、腹外斜肌、腹内斜肌和腹横肌。

在全身肌肉解剖标本上观察：位于胸下部和腹前外侧壁浅层的是腹外斜肌，起自下 8 肋的外侧面，起点与前锯肌相交错。向前内止于白线，后部纤维止于髂嵴。在腹外斜肌的深面有腹内斜肌，起于胸腰筋膜、髂嵴及腹股沟韧带外侧 1/2，止于腹白线及下位 3 肋。在腹内斜肌深面是腹横肌，起自下 6 位肋软骨内侧面、胸腰筋膜外侧缘、髂嵴上缘及腹股沟韧带外侧 1/3，止于腹白线。

腹直肌鞘：包裹腹直肌，由腹外侧群 3 层扁肌的腱膜所构成。分前、后两层，前层由腹外斜肌腱膜与腹内斜肌腱膜的前层构成；后层由腹内斜肌腱膜的后层与腹横肌腱膜构成。

白线：位于剑突与耻骨联合之间，为两侧腹直肌鞘间的隔，由两侧 3 层扁肌的腱纤维交织而成，其中部有脐环，为腹壁一薄弱区。

2. 腹后群肌

位于腹腔后壁，包括腰方肌和腰大肌。

在去除腹腔脏器的解剖标本上观察腹后壁，可见脊柱两侧，第 12 肋和髂嵴之间的腰方肌可使脊柱侧屈。

3. 腹股沟管（教师示教）

在腹前下壁解剖标本和模型上观察：在腹前外侧壁下部，腹股沟韧带内侧半上方，由外上斜向内下的腹肌及其腱膜之间的潜在性裂隙，长约 4～5cm，男性有精索，女性有子宫圆韧带通过。

十、上肢肌

上肢肌分为上肢带肌、臂肌、前臂肌和手肌。

四肢肌多为长肌，数目众多，分群复杂，肢体近端多以形态位置命名，远端多为功能命名，观察时应首先分清肌群，再仔细辨认各肌（起止点、肌纤维方向、与关节的关系）。

（一）上肢带肌

在全身肌肉解剖标本或分离上肢标本上观察：可见位于肩部皮下，使肩部呈圆隆形，起于锁骨外侧份、肩峰、肩胛冈，止于肱骨三角肌粗隆，包围肩关节的三角肌。

在整尸背部解剖标本或分离上肢标本上观察：肩胛骨后方，冈上窝内有冈上肌，冈下窝内自上而下依次有冈下肌、小圆肌、大圆肌。在分离上肢标本上观察：肩胛骨前方，肩胛下窝内有肩胛下肌。注意这些肌肉在肱骨上的止点。

（二）臂肌

臂肌主要运动肘关节，还能协助运动肩关节，分前后 2 群。

1. 臂前群肌

在全身肌肉解剖标本或分离上肢标本上观察：臂前面，肌腹呈梭形，有长、短 2

头的肱二头肌。在肱二头肌下半的深面，起于肱骨下半前面，止于尺骨粗隆的肱肌。

2. 臂后群肌

在全身肌肉解剖标本或分离上肢标本上观察：臂后面可见肱三头肌。

（三）前臂肌

前臂肌分前、后两群，前群主要为前屈及旋前的肌肉，位于前臂的前面和内侧，共9块。后群主要为伸腕、伸指及使前臂旋后的肌肉，共10块。

（四）手肌

分外侧、中间和内侧三群，肌肉短小，可运动手指。

在手解剖标本和模型上观察：外侧群最发达，形成的肌隆起称鱼际。共有4块。内侧群形成的肌隆起称小鱼际共有3块。中间群位于掌心，包括4块蚓状肌和7块骨间肌。

十一、下肢肌

下肢肌分为髋肌、大腿肌、小腿肌和足肌。

（一）髋肌

位于髋关节周围，分前、后两群。

1. 前群肌

在全身肌肉解剖标本或分离下肢标本上观察：髂腰肌，在髂窝内有起自髂窝的髂肌和腹后群肌中的腰大肌合成，经腹股沟韧带深面，止于股骨小转子，屈并外旋髋关节，也协助内收；下肢固定时，可使躯干前屈、侧屈。

2. 后群肌

在全身肌肉解剖标本或分离下肢标本上观察：臀大肌，起于髂后上棘及附近骨面、骶、尾骨背面、骶结节韧带，止于髂胫束、股骨臀肌粗隆，形成臀部特有的隆起。使髋关节后伸、旋外。臀中肌，在臀大肌深面。起于髂骨翼背面，止于股骨大转子前面，外展髋关节。臀小肌，在臀中肌深面，起于髂骨翼背面前部，止于股骨大转子尖前面，外展髋关节。梨状肌，起于骶骨前面经坐骨大孔，止于股骨大转子上部后面，使髋关节旋外。

（二）大腿肌

分前、后和内侧三群。

1. 前群肌

位于股骨前面，包括缝匠肌和股四头肌。

在全身肌肉解剖标本或分离下肢标本上观察：在大腿前面，呈扁带状，由外上斜向下内的缝匠肌，为全身最长的肌，起于髂前上棘，止于胫骨粗隆后内侧。屈髋、屈膝关节。

股四头肌：全身最大的肌。有四个头，向下形成 1 个肌腱，向下包绕髌骨会聚为髌韧带止于胫骨粗隆。为膝关节强有力的伸肌，股直肌协助屈髋关节。

2. 内侧群肌

在全身肌肉解剖标本或分离下肢标本上观察：在股部内侧，有 5 块起于耻骨、坐骨，止于股骨粗线全长前内侧缘（股薄肌止于胫骨上端，大收肌腱止于收肌结节）的肌，属内收（髋关节）肌群，分层排列，主要有耻骨肌、股薄肌、大收肌。大收肌为该群肌中最大者，止于收肌结节的肌腱和股骨之间有一裂孔称收肌腱裂孔，内有血管通过。

3. 后群肌

在全身肌肉解剖标本或分离下肢标本上观察：位于大腿的后面，有股二头肌、半腱肌和半膜肌，均起于坐骨结节，止于胫、腓骨上端。3 块肌的主要作用均为屈膝关节、伸髋关节。

（三）小腿肌

小腿肌运动膝、踝及足部关节，分前、外、后 3 群。

1. 前群肌

在全身肌肉解剖标本或分离下肢标本上观察：在小腿骨间膜前面，自内侧向外侧为胫骨前肌、长伸肌、趾长伸肌。主要作用为使踝关节背屈、足内翻。

2. 外侧群肌

在全身肌肉解剖标本或分离下肢标本上观察：在腓骨外侧面，有腓骨长、短肌。主要作用为跖屈踝关节和使足外翻。

3. 后群肌

在全身肌肉解剖标本或分离下肢标本上观察：分浅、深两层，浅层有腓肠肌和比目鱼肌（小腿三头肌）；深层自内侧向外有趾长屈肌、胫骨后肌、踇长屈肌。主要作用是使足跖屈，腓肠肌还能屈膝关节。

（四）足肌

分足背肌和足底肌。足背肌较薄弱，为伸趾肌。足底肌的配布与功能与手肌相似，位于足底。分内、外侧群和中间群。

【临床联系】

一、椎间盘突出症

椎间盘纤维环破裂，髓核流出，称之为椎间盘突出。

椎间盘由髓核、纤维环、透明软骨板三个部分组成：①髓核位于椎间盘的中央稍后，纤维环与软骨板之间，是一种乳白色半透明富有弹性的胶状物质，由软骨基质和胶原纤维构成，有缓和冲击的作用。出生时含水量约 80%～90%。②纤维环呈同心圆排列的纤维软骨板，由胶原纤维束的纤维软骨构成，位于髓核的四周。纤维环的纤维束相互斜行交叉重叠，使纤维环坚韧而有弹性，能承受较大的弯曲和旋转负荷。纤维环的前侧及两侧较厚，而后侧较薄。③透明软骨板，覆盖于椎体上、下的骨面，与椎体连结紧密。上、下的透明软骨板与纤维环一起将髓核密封起来，在椎体间形成一坚韧的弹性垫样结构，除了连结椎体、传递体重、运动躯干、缓冲震荡保护脊髓及脑的作用外，还可使脊柱有一定的活动度，使椎体承受同样的力，保持椎间孔的大小，维持脊柱的生理性弯曲。

除纤维环周缘有少量血液供应外，椎间盘大部分无血液供应和神经支配，靠周围体液的渗透维持营养。青春期后人体组织开始出现退行性变，椎间盘是身体负荷最重的部分，因此，在日常生活中，随着年龄的增长和经常受挤压和扭转等外力的损伤，20 岁以后，腰椎间盘开始退行性变，髓核含水量逐渐减少，蛋白多糖含量下降，胶原纤维增多，逐渐被纤维软骨样组织代替，髓核张力减低，失去弹性，椎间盘变薄。同时，身体的剧烈运动，可引起纤维环的各层纤维互相摩擦，产生玻璃样变，从而失去弹性，最后导致纤维破裂。因此，随着年龄的增长，腰椎间盘的结构老化，其弹性和抗负荷能力也随之减退。椎体或者说纤维环的前部有强大的前纵韧带，后部的后纵韧带较窄、较薄。脊柱颈曲、腰曲凸向前，故腰椎间盘纤维环前部较厚，后部较薄。因此，当腰扭伤、过度负重（弯腰弓背提取重物时，椎间盘后部压力增加）、姿势不当、长期震动等急、慢性损伤使纤维环破裂和髓核向后外方突出至椎间孔处，压迫神经根或脊髓。受压神经根变扁、水肿、周围组织增生肥厚，甚至与突出的椎间盘粘连，使疼痛由间歇性变为连续性。大多数腰椎间盘突出发生在 L4～5 之间，其次为 L3～4 和 L5～S1 之间，此处易刺激 L4、5 和 S1、2、3 神经前支，累及股神经和坐骨神经，出现腰痛合并"坐骨神经痛"，放射至小腿或足部，活动时疼痛加剧，休息后减轻。卧床体位：多数患者采用侧卧位，并屈曲患肢。

根据临床症状或体征不难作出正确的诊断。X 线、CT 扫描和 MRI 等特殊检查可排除其他骨性病变协助诊断。上述检查无明显异常的患者并不能完全除外腰椎间盘突出。

二、关节脱位

关节脱位也称关节脱白，是指组成关节各骨的关节面失去正常的对合关系。临床上根据病因分损伤性脱位——因外伤引起；先天性脱位——胚胎发育或胎儿在子宫内受外界因素影响，出生时即存在；病理性脱位——因疾病破坏关节结构引起；习惯性脱位——损伤性脱位经不适当治疗复位后屡次复发者。根据脱位程度分：完全脱位——脱位后两关节面完全失去对合关系；不完全或半脱位——脱位后两关节面部分失去对合关系。根据脱位时间分：新鲜脱位——未满 3 周；陈旧性脱位——超过 3 周。

关节脱位后，关节囊、韧带、关节软骨及周围肌肉等软组织也有损伤，出现运动障碍、关节疼痛及肿胀，甚至合并血管、神经损伤。

特有体征：畸形——因肢体移位，可出现肢体缩短或延长，关节处明显畸形。弹性固定——关节囊、肌肉及韧带痉挛，使受伤肢体保持在主动运动和被动运动均受限的特定体位。关节盂空虚——关节盂空虚，在异常位置摸到脱离关节盂的骨端。

三、骨折与移位

大多数完全性骨折，骨折断端均有不同程度的移位。骨折移位的原因有：暴力的大小、作用力方向和性质；肌肉的牵拉，骨折肢体远端重量的牵拉；搬运或治疗不当。常见的移位有五种，临床上常合并存在：分离移位、旋转移位、成角移位、侧方移位、缩短移位。因肌肉的牵拉力持续存在，可因疼痛而增强，为骨折移位及复位后移位的常见原因。从解剖学角度来看，肌肉的配布与关节的运动轴有关，通常在一个运动轴的两侧配有作用相反的两组肌，关节运动轴越多，其不同部位和作用的肌越多，即在骨的不同部位配有起止、作用不同的肌肉，在骨的不同部位发生骨折，在起止、作用不同的肌肉牵拉下，骨折断端会发生位移。以肱骨为例：肱骨上端的大结节附有使肩关节外展、外旋的冈上、下肌和小圆肌；稍低处的肱骨大结节嵴附有使肩关节内收、内旋和前屈的三角肌；在肱骨中段外侧的三角肌粗隆附有外展肩关节的三角肌；肱骨的前后均有跨过肩关节和肘关节的肱二头肌和肱三头肌。当肱骨外科颈骨折发生于胸大肌止点之上时，冈上、下肌可牵拉肱骨头向内，其远端向外，胸大肌和三角肌共同作用使肱骨下端向内，产生成角移位。若肱骨骨折发生于大结节嵴与三角肌粗隆间时，胸大肌拉肱骨上端向内，三角肌拉肱骨下端向外，也产生成角移位。而骨折发生于三角肌粗隆以下时，三角肌拉肱骨上端向外，肱二头肌和肱三头肌拉肱骨下端向上，产生缩短移位。

【病例分析】

女，医生，45 岁，搬动办公桌时用力过猛腰扭伤，直腰困难，且越来越严重。同事将其扶至病房卧床休息，1 小时后，腰痛愈发剧烈，且有右下肢剧烈酸痛伴麻木感，以大腿后部、小腿后部和足背明显，下肢和腰部稍有活动时加剧，尤其当腰向前曲、左侧曲时为甚。查：腰部无红肿，明显压痛，以 L3～L5 棘突附近尤为明显，上抬右下肢时病人痛苦不堪，双侧膝反射及跟腱反射正常。脊柱 CT 扫描发现 L4～L5 椎间盘偏右侧突出，因而诊断为腰椎间盘突出。

分析：椎间盘突出临床上很常见，常发生在脊柱腰段和颈段，胸段少见。多为中老年发病。腰椎间盘突出又多发生在 L3～L4，L4～L5。此例发生在搬动重物时用力不当。腰椎间盘突出要与腰肌扭伤、腰背筋膜炎、坐骨神经炎、梨状肌综合征鉴别。腰肌扭伤也发生在活动时腰部受损，有腰部疼痛和压痛，但一般无坐骨神经痛的表现。腰背筋膜炎多因腰背部长期疲劳、缺乏锻炼所至，呈慢性发作，与气候变化和劳累有关，压痛点多在脊柱两侧，无坐骨神痛表现。坐骨神经炎和梨状肌综合征一般无腰痛表现。CT 和 MRI 检查是确诊椎间盘突出征的最好手段。

思考题

1. 关节囊内有韧带、关节盘的关节各有哪些？简述这些关节的构成和结构特点。
2. 试述肩关节和髋关节的异同。
3. 肱骨中段骨折，骨折近端会向那个方向移位，分析其原因。

（张海英　陈卫民）

实验三

消化系统 呼吸系统

【目的要求】

1. 掌握消化系统的组成，了解上、下消化道的概念及其临床意义。

2. 了解舌的形态和舌黏膜特点，牙的分类、形态和构造，口腔腺的位置、形态和腺管的开口部位及临床意义。

3. 熟悉咽的形态、位置、分部，了解腭扁桃体的位置。

4. 掌握食管的形态、位置、分部、毗邻、三个狭窄部位及其临床意义。

5. 观察胃、小肠、大肠的形态、位置和分部。

6. 了解空肠、回肠的形态结构特点和位置及其分辨方法，熟悉大肠的分部及形态学特点、结肠的分部及形态特征、阑尾的位置及其根部的体表投影和临床意义。

7. 掌握肝及胆囊的形态、位置及胆素底体表投影，了解肝外胆道的组成，熟悉胰腺的形态、位置。

8. 观察呼吸系统概观标本，掌握胃系统的组成，熟悉上、下呼吸道的概念及其临床意义。

9. 结合标本观察鼻旁窦的位置、开口，了解上颌窦的结构特点及临床意义。

10. 观察喉软骨标本及模型，了解喉的位置、构成。

11. 掌握气管的位置、毗邻，了解左、右主支气管的形态特点及临床意义和气管切开插管的部位、方法及临床应用。

12. 观察肺标本及模型，了解肺的形态、位置、分叶及功能。

13. 观察胸膜模型，了解胸膜和胸膜腔的概念、胸膜的分部及胸膜隐窝的形成、体表投影及临床意义，了解胸膜腔穿刺的应用及意义。

14. 熟悉纵隔的定义及分部，了解纵隔的主要结构。

【实验材料】

1. 影像资料

消化系统、呼吸系统解剖录像。

2. 标本

（1）消化系统概观标本。

（2）上、下颌骨标本。

（3）舌标本。

（4）头颈正中矢状切（示鼻、咽、喉）标本。

（5）离体胃、肝、肠、肝外胆道、三大唾液腺及其导管标本。

（6）切开的十二指肠、直肠及肛管标本。

（7）胸、腹部器官原位标本。

（8）完整呼吸系统标本。

（9）离体喉、气管、肺、喉瓶装标本。

（10）切开喉、喉肌标本。

（11）纵隔和胸膜标本。

3. 模型

（1）消化系统完整模型及各器官分离模型。

（2）腹部（显示腹膜构成及与脏器的关系）模型。

（3）躯干矢状断面和水平断面模型。

（4）各类牙的构造模型。

（5）透明肝段模型。

（7）呼吸系统整套模型。

（8）头、面矢状切面模型（示鼻旁窦）。

（9）咽、喉、肺及透明肺（显示支气管树）、气管、支气管、肺模型。

（10）成人纵隔模型。

（11）喉软骨及喉肌解剖放大模型。

【实验内容】

一、消化系统

（一）口腔

1. 口腔界域及口腔各壁

在头正中矢状切面上并结合对照镜子活体观察，上唇外表面正中线上有一浅沟称人中，从鼻翼两旁至口角两侧浅沟称鼻唇沟。口腔前壁为唇，两侧壁为颊，上壁为腭，下壁为口底。向前以口裂为界，向后通过咽峡接咽。

在活体上利用压舌板观察口腔上壁，前2/3为硬腭，后1/3为软腭，软腭后份斜向后下成腭帆，腭帆后缘中央向后下方的突起为腭垂。自腭帆向两侧延伸的两条弓形皱襞，前面的称腭舌弓，后面的称腭咽弓，二者之间的隐窝称扁桃体窝，腭扁桃体位于其间。

2. 口腔底和舌

临近口腔底有舌，在活体上观察舌背面：在舌前 2/3 遍布小的白色丝状乳头，在舌尖和侧缘散在红色的菌状乳头，叶状乳头多在舌侧缘后部，不易看清；舌中、后 1/3 交界处可见"∧"形的界沟，沟的尖端有舌盲孔，沿界沟前方排列有 7～11 个轮廓乳头，呈圆形突起，周围有环状沟。舌根部黏膜内有淋巴组织使其表面出现许多大小不等的泡状突起，称舌扁桃体。

在头面部的正中矢状切面、舌的冠状切面上观察舌肌。颏舌肌起于下颌骨颏棘，止于舌体和根部的中线。

3. 牙

在活体及模型上观察。暴露在口腔内的部分称牙冠，其内腔称牙冠腔，介于牙冠和牙根之间缩细的部分为牙颈，而牙根是嵌入上、下牙槽内的部分，其内腔称牙根管，与牙冠腔相通，管末端细有根尖孔。

恒牙共 32 个，居中的中切牙和其外侧的侧切牙牙冠扁平，一个牙根；再外侧为尖牙，牙冠呈锥形，一个牙根；继续向外侧是两个前磨牙，牙冠呈圆形，一般一个牙根，上颌第一前磨牙可有两个牙根；往后为三个磨牙，牙冠最大呈方形，上颌磨牙 3 个牙根，下颌磨牙两个牙根。

覆盖在牙颈和牙槽突表面的口腔黏膜为牙龈。

4. 大唾液腺

在标本和模型上观察。腮腺：位于面侧区，外耳道前下方，前邻咬肌，表面略呈三角形；以下颌支为标志分为浅、深两部。腮腺管从腮腺前缘上端发出至咬肌前缘转向内穿面颊部，开口于平对上颌第二磨牙颊黏膜处。开口处可在活体上观察到颊黏膜乳头。下颌下腺：位于下颌骨体内侧，腺管由深面发出向前开口于舌下阜。舌下腺：在头部正中矢状切面标本上观察，位于舌下襞黏膜内，腺体呈长椭圆形。舌下腺大管开口于舌下阜，另有多条小管开口于舌下襞，在活体和标本上都难以辨识。

（二）咽

1. 咽的分部及各部重要结构

在头颈部正中矢状切面上观察。咽为一上宽下窄、前后略扁的肌性管道，上起颅底，下至第 6 颈椎下缘续食管。软腭水平以上为鼻咽，会厌水平以下为喉咽，中段为口咽。各部前壁均不完整。鼻咽侧壁上的圆拱形隆起为咽鼓管圆枕，其下方的开口称咽鼓管咽口，圆枕后方的隐窝称咽隐窝。喉咽部喉口两侧各有一深陷的梨状隐窝。

2. 咽肌

在模型上观察，可见咽缩肌自下而上呈叠瓦状排列。咽提肌起于茎突、咽鼓管、腭等处，止于咽喉侧壁。

（三）食管

在示消化系统标本上观察食管各部，注意其行程和各部的毗邻关系。食管在第 6

颈椎下缘处与喉咽相接，起始处为第一处狭窄，其颈段行于气管和第 7 颈椎之间。在胸段首先位于气管和脊柱之间，而后从主动脉弓、左主支气管后方通过，再在左心房后方向左下方斜跨胸主动脉，食管交叉于左主支气管之后的地方为第二处狭窄。在第 10 胸椎水平穿膈肌为第三处狭窄。腹段很短续胃贲门。

食管的三个狭窄除穿膈肌处较明显外，其余都不明显，可结合 X 线片观察。

（四）胃

1. 胃的位置、形态及分部

在消化系统标本上观察。胃大部分位于左季肋区，小部分位于腹上区。仅胃的前壁小部分与腹前壁相邻，胃小弯邻肝左叶，胃大弯邻膈、脾脏，胃后壁邻胰腺。观察游离胃标本，胃小弯凹向右上方，胃大弯凸向左下方。入口处为贲门，用手捏因无明显括约肌而较柔软；出口处为幽门，有较厚的环形括约肌，捏之较硬。

近贲门处为胃的贲门部；自贲门水平向上突出的部分为胃底部；中间大部分为胃体部；近幽门的部分为幽门部，幽门部左侧较为扩大称幽门窦，右侧呈管状为幽门管。各部并无明显分界，但组织学上有结构差异。角切迹为小弯侧的最低点急弯处，被认为是胃体部与幽门部的分界标志。

2. 胃壁的结构

在剖开胃标本上观察胃黏膜的外形及结构，注意小弯侧黏膜皱襞多为纵行，约 4 ~ 5 条。在模型上观察胃的肌层，肌纤维的走行为内斜、中环、外纵，共 3 层。

（五）小肠

1. 十二指肠

在标本上观察其位置和毗邻。在模型上观察十二指肠的分部以及与胰腺的关系。上部：紧接幽门，位于肝的下方。从前上走向右后下。降部：沿脊柱右侧肾门前下降，在第 3 腰椎水平向左移行为水平部。在剖开的标本上观察其中份后内侧壁黏膜上可见纵行的十二指肠皱襞，其下方的圆形隆起为十二指肠大乳头，有时可见小乳头。水平部：从右至左横过下腔静脉及第 3 腰椎前面。升部：在主动脉前方斜向左上方行走至第 2 腰椎水平，移行为十二指肠空肠曲。注意拉动十二指肠空肠曲，辨认主要由结缔组织构成的十二指肠悬肌，将十二指肠空肠曲固定在腹后壁右膈脚上，该肌和它下段包被的腹膜皱襞合称 Treitz 韧带，为手术中确认空肠起始部的重要标志。

2. 空肠与回肠

在标本上观察空回肠的位置，寻找起止点。空肠主要位于右上腹部，起于十二指肠空肠曲；回肠主要位于右下腹部，止于回盲部，二者并无明显分界，都盘曲于腹腔中，轻轻提起肠管，探查其肠系膜根部可发现它从左上腹行向右髂窝，放回肠管时勿让系膜扭转。

在游离标本上观察空回肠壁的厚薄、黏膜皱襞稀疏及高度。取一小段肠壁剪开后对光观察，见到许多散在的芝麻大小不透光的结节即为孤立淋巴滤泡，成片的椭圆形不透光区即为集合淋巴滤泡。

（六）大肠

1. 盲肠与阑尾

盲肠位于右髂窝内，是回肠进入大肠水平以下的一小段肠管，呈盲囊状，盲肠内下方伸出的小突起为阑尾，一般呈转曲状。阑尾与盲肠的位置关系变化多因人而异。剪开标本，找到回盲口，观察其上下缘各有一半月形黏膜皱襞为回盲瓣，在回盲瓣的下方2cm处可见阑尾的开口。在活体上确认麦氏点，在标本上印证。

2. 结肠

在盲肠和结肠标本上辨认结肠带、结肠袋和肠脂垂，并与回肠进行比较。在标本上向盲肠方向追踪三条结肠带，找到它们在盲肠盲端的汇合点，即为阑尾的根部。结肠分升结肠、横结肠、降结肠和乙状结肠4部。升结肠在右侧腹向上行走，横结肠从肝下方向左侧横行，降结肠从脾的下方向左髂窝下行，乙状结肠位于左髂窝呈弯曲状于第3骶椎前方移行为直肠。因横结肠和乙状结肠的肠系膜较长，它们的活动度较大，位置的个体差异也大。其余两部相对比较固定。注意观察一下结肠左曲、结肠右曲的位置和毗邻关系。

3. 直肠

在正中矢状切面的盆腔标本上观察直肠的位置和凹向前的骶曲、凹向后会阴曲。直肠下端的膨大称直肠壶腹。注意观察男女性直肠前面的毗邻关系，男性直肠前邻膀胱底、精囊、输精管壶腹、前列腺。女性直肠前邻子宫、阴道上部。在游离标本上观察剖开的直肠。注意直肠壶腹的三个横瓣，其中最大的一个距离肛门7cm。

4. 肛管

在剖开的游离肛管标本上观察内面的6～10条纵行的黏膜皱襞即为肛柱，相邻两肛柱下端的小横瓣为肛瓣。相邻两肛柱下端和肛瓣共同围成的开口向上的小囊袋为肛窦。肛柱下端和肛瓣相互连接，在肛门上方形成一圈锯齿状的黏膜皱襞环，称之为齿状线，白线位于齿状线下方1cm的地方，它们之间的区域叫肛梳，但在标本上不易辨认。

（七）肝

1. 肝的位置

在标本上观察，肝大部分位于右季肋区和腹上区，小部分位于左季肋区。肝脏是一不规则的楔形实质器官，上面与膈肌接触称膈面，下面与其他脏器接触称脏面。

2. 肝的形态

用离体的肝脏标本、肝模型配合观察肝的外形及分叶。在脏面的中部有排列成"H"形的沟窝，包含二个纵沟、一个横沟。左纵沟的前半含有由脐静脉闭锁而成的肝圆韧带（即脐静脉索，向前离开此沟后即被包裹在镰状韧带的游离缘中，连脐），左纵沟的后半含有静脉导管闭锁而成的静脉韧带。右纵沟的前半，由一长圆形浅窝形成，称为胆囊窝；后半由一深而长的窝构成，称为腔静脉沟，内有下腔静脉。二纵沟之间的横沟称为肝门，是肝固有动脉左、右支、肝左管、肝右管、肝门静脉左、右支以及神经和淋巴管进出的门户，这些进出肝门的结构称肝蒂。由此"H"形沟裂，可以把肝脏分成四叶，右纵沟右侧的区域为右叶，左纵沟左侧的区域为左叶。左右纵沟之间，横沟以前的区域称方叶；左右纵沟之间，横沟以后的区域叫尾状叶。

3. 胆囊及肝外胆道

胆囊位于胆囊窝内，呈梨形，胆囊底暴露于肝前缘的胆囊切迹处，在标本上印证胆囊底体表投影位置。胆囊管弯曲，向下行至小网膜右缘内，与肝总管汇合成胆总管。循胆总管向肝门方面追踪，可见肝总管分左、右肝管入肝；向下方追踪，可见胆总管经十二指肠降部与胰头之间，在十二指肠降部中份斜穿肠壁开口于十二指肠大乳头。

（八）胰腺

在标本上观察胰腺形态位置，在模型上观察胰腺和十二指肠位置关系。胰腺大部分位于腹上部。于胃后方，第 1、2 腰椎前方，可分为头、体、尾三部。胰头被十二指肠包绕，胰体的左端就是胰尾，较细，与脾门接触。胰腺导管：可见一条与胰腺长轴平行的白色细管，此导管从左走向右，沿途收纳许多小管。在胰头与十二指肠降部之间与胆总管汇合成略膨大的肝胰壶腹，共同开口于十二指肠乳头。有时在胰管上方可见副胰管，开口于十二指肠小乳头。

二、呼吸系统

（一）鼻

1. 外鼻

在活体上观察外鼻形态和结构。鼻以鼻骨和鼻软骨做支架，鼻尖两侧扩大的部分叫鼻翼，可扇动。鼻翼两侧至口角外侧的浅沟称鼻唇沟。

2. 鼻腔

鼻腔由鼻中隔分成左右两腔（两鼻腔大小并非等同）。观察头部正矢状切面标本，鼻域将每个鼻腔分为前部的鼻前庭和后部的固有鼻腔二部分。鼻前庭位于鼻腔前下方鼻翼内面，表面覆盖皮肤，生有粗短的鼻毛。固有鼻腔上、下、内、外四壁都覆盖富含血管的黏膜（嗅区在标本上辨别不出）。其中上壁狭长呈拱形，与颅前窝相邻；下壁宽平即口腔上壁；内侧壁即鼻中隔；外侧壁可见三片呈矢状位的突起，由下而上为下鼻甲、中鼻甲、上鼻甲，每鼻甲的下方有前后纵行的空隙称为鼻道，上鼻甲的下方为上鼻道，中鼻甲下方为中鼻道，下鼻甲下方为下鼻道。在上鼻甲后上方的陷凹称蝶筛

31

隐窝。鼻旁窦位于鼻腔周围，蝶窦开口于蝶筛隐窝，筛窦后群开口于上鼻道，其余鼻旁窦均开口于中鼻道；鼻泪管开口于下鼻道。

（二）喉

1. 喉的软骨

在模型或标本上观察。甲状软骨：为喉软骨中最大的一块，由两个对称四边形软骨板构成，两板前缘于正中线上约以直角相连形成前角，前角上端向前突出叫喉结，可在体表摸到，成年男性特别突出。前角上缘二板之间的凹陷为甲状软骨切迹。二板后缘游离，向上向下各形成一突起称上角和下角。下角与环状软骨形成环甲关节。环状软骨，形如指环，位于甲状软骨的下方。环状软骨的后部宽大为环状软骨板，前部狭窄为环状软骨弓，它是呼吸道唯一的一块完整的软骨环。杓状软骨，呈三棱锥体形，左右各一，位于环状软骨板上缘的两侧，尖向上，底向下。底与环状软骨板连成环杓关节，底有向前、向外二突起，外侧突为肌突，连接着喉肌，前突为声带突，向前连接着声韧带。会厌软骨，形如树叶，下部细长，上部宽阔，下端贴附在甲状软骨前角的内面，前面稍凸，后面凹陷对向喉腔。

2. 喉的连结

在喉标本上观察以下结构。弹性圆锥：又称环声膜，为弹性纤维组成的膜状结构，附着于甲状软骨前角的后面和环状软骨上缘及杓状软骨声带突之间。此膜的上缘游离，张于甲状软骨前角与杓状软骨声带突之间，称声韧带。弹性圆锥前份较厚，张于甲状软骨下缘与环状软骨弓上缘之间，称环甲正中韧带。方形膜：呈斜方形，由会厌软骨的两侧缘和甲状软骨前角的后面向后下附着于杓状软骨的前内侧缘。此膜下缘游离，称前庭韧带。甲状舌骨膜：连于甲状软骨上缘与舌骨之间的结缔组织膜。

3. 喉肌

在喉肌标本和模型上观察。开大声门的肌肉：环杓后肌，起自环状软骨板后面，肌纤维外上行止于同侧杓状软骨肌突。紧张声带的肌肉：环甲肌，起于环状软骨弓，止于甲状软骨板下缘及甲状软骨下角。

4. 喉腔

在喉矢状断面的标本和模型上观察。喉口：顺会厌上缘两侧向后下方延伸的黏膜皱襞叫杓会厌襞，由会厌上缘、两侧杓会厌襞及杓间切迹所围成的椭圆形开口叫喉口。喉口到环状软骨下缘之间的腔称为喉腔，内表面被覆黏膜。约在喉腔中段的两侧壁上，有二对前后平行的黏膜皱襞突入喉腔内，上一对为前庭襞，其间的裂隙叫前庭裂；下一对皱襞为声襞，其间的腔隙叫声门裂。两个皱襞将喉腔分为三部，自上而下为：喉前庭、喉中间腔和声门下腔。其中喉中间腔向两侧突入前庭襞与声襞之间的隐窝叫喉室。

（三）气管、支气管及肺

在标本上观察，气管后面与食管紧邻，起自环状软骨下缘，下行至第 4 和第 5 胸椎体交界处（胸骨角所在平面）分为左、右主支气管进入两肺，右侧主支气管较陡直而粗短。左主支气管较平斜而细长。切开气管权，其内面可见一呈矢状位的半月形气管隆嵴。

观察胸腔内左右两肺，可见左肺为二叶，右肺为三叶。每个肺有一尖，一底，二面和三缘。肺尖：上端的圆锥形部分。肺底：位于膈肌上面，向上凹陷。肋面：邻接肋及胸骨部分。内侧面亦称纵隔面对向纵隔部分，其中央的凹陷称肺门，肺门内有支气管、血管、神经和淋巴管等出入，这些结构被结缔组织包裹起来称肺根。（观察肺根结构排列左、右有何不同）肺的前缘为肋面与纵隔面前部移行处，左肺的前缘下部有心切迹。下缘为围绕肺底的边缘。后缘为内侧面与肋面后部移行处，不明显。

（四）胸膜和纵隔

胸膜根据所在部位的不同分两部分，紧贴在肺表面的一层叫脏胸膜。它与肺组织贴得很紧，不易撕开。贴在胸壁内面的叫壁胸膜，壁胸膜因所在部位的不同又分为四部分：贴在肋骨与肋间肌内面的部分叫肋胸膜，贴在膈上面的叫膈胸膜，贴在纵隔上的叫纵隔胸膜。壁胸膜的最高部分，超过锁骨上方 2.5cm 达到颈根部，叫胸膜顶。壁胸膜与脏胸膜是相互连续的。推开肺的前缘，可以看到脏胸膜与纵隔胸膜在肺根处直接连续。在壁胸膜与脏胸膜之间的空腔就是胸膜腔，且在壁胸膜相互移行处留有一定的间隙，肺缘不能深入其间，称胸膜隐窝。其中肋胸膜和膈胸膜转折处叫肋膈隐窝，肋膈隐窝为胸膜腔的最低处。

胸膜腔是封闭的浆膜囊，左右互不相通，在它们之间有纵隔。纵隔为两侧纵隔胸膜间的脏器与结缔组织的总称，主要包括心脏、心包、大血管、气管、支气管、食管等。

【临床联系】

一、消化性溃疡及其好发部位

消化性溃疡主要指发生于胃和十二指肠的慢性溃疡，幽门螺旋杆菌和酸性胃液对黏膜的消化作用是溃疡形成的基本因素，因此得名。绝大多数的溃疡发生于十二指肠和胃，故又称胃、十二指肠溃疡。

胃溃疡多发生于胃小弯，尤其是角切迹处。也可见于胃窦或高位胃体，胃大弯和胃底甚少见。十二指肠溃疡主要见于球部，约 5% 见于球部以下部位，称球后溃疡。在球部的前后壁或胃的大、小弯侧同时见有溃疡，称对吻溃疡。胃和十二指肠均有溃疡者，称复合性溃疡。

约 5% 的胃溃疡可癌变。严重的溃疡可致胃十二指肠穿孔。

二、胆石症

代谢和胆道感染等多种因素，可致胆汁中的某些成分析出，形成结石，称胆石症。

33

胆结石可发生在胆囊和各级胆管。如结石小，不造成胆道阻塞，不伴有感染，可以无临床表现。若结石引起胆道梗阻，会出现黄疸、发热、腹痛、肝功能损害，是常见的急腹症。

胆总管大部分位于小网膜游离缘，邻接胰头后面，管壁薄含少量平滑肌，但它斜行进入十二指肠降部后内侧壁之前，管壁内出现大量平滑肌而至管壁增厚，管腔突然变窄，此段长约 11~27mm，然后它和胰管汇合成肝胰壶腹，长约 2~17mm，而汇合前这段是胆总管中最狭窄部分，直径仅为 1.9mm，且肝胰壶腹的直径也只有 2.9mm，远远小于两管直径之和，故壶腹部也狭窄，因此这两段容易被结石钳顿造成梗阻。

三、痔

痔是肛管黏膜的静脉丛发生曲张而形成的一个或多个柔软的静脉团，是一种慢性疾病。通常当排便时持续用力，造成此处静脉内压力反复升高，静脉就会曲张肿大。妇女在妊娠期，由于盆腔静脉受压迫，妨碍血液循环常也会发生痔疮，许多肥胖的人也会患痔疮。痔破裂会引起便血。以齿状线为界，痔疮分内痔、外痔、混合痔，外痔有时会脱出或突现于肛管口外。但这种情形只有在排便时才会发生，排便后它又会缩回原来的位置。无论内痔还是外痔，都可能发生血栓。在发生血栓时，痔中的血液凝结成块，从而引起疼痛。

四、鼻窦炎与上颌窦引流术

急性化脓性鼻窦炎多继发于急性鼻炎，以鼻塞、多脓涕、头痛为主要特征；慢性化脓性鼻窦炎常由急性化脓性鼻窦炎转变而来，以多脓涕为主要表现，可伴有轻重不一的鼻塞、头痛及嗅觉障碍。

上颌窦的窦腔最大，其自然开口比较小，而且又在鼻侧壁的上方，开口位置高于窦底，因而窦内分泌物排除引流存在一定困难。此外，上颌窦发炎化脓时，鼻腔、鼻窦的黏膜肿胀增厚，可使窦口变狭窄，如果再加上鼻甲肥厚或息肉的阻塞，窦内的脓液就更难排出。脓液长期存留在上颌窦内，需要采取穿刺的办法，抽出脓液。上颌窦穿刺冲洗：用一特制穿刺针从下鼻道刺入上颌窦，抽出脓液后，以生理盐水进行冲洗至脓液排净，然后再注入抗生素药液。此法仅适合于上颌窦炎。

五、气胸

正常胸膜腔是密闭的，含少量浆液，呈负压。如果空气经胸壁创口或肺表面破口进入胸膜腔，称之为气胸。胸膜腔内少量气体可经自行吸收而消失，不致于影响肺的功能。大量气体积聚在胸膜腔内，引起胸膜腔压力增高，压迫肺，会引起肺不张，导致严重的呼吸困难。如胸壁和肺的受伤组织形成活瓣，吸气时，空气可以经过裂口进入胸膜腔，而呼气时活瓣闭合，空气只进不出，造成胸膜腔内压力不断增高，称为张力性气胸，是气胸中最严重的一种。急救时迅速在患侧锁骨中线第二肋间进行胸腔穿刺排气。

【病例分析】

病例1：患者女，23岁，突然发生脐周疼痛，1h后局限于右下腹，伴有呕吐、发烧和白细胞增高，右下腹麦氏点压痛明显。初步诊断是什么？手术时如何寻找该病变器官？

分析：转移性右下腹痛是急性阑尾炎特征性的表现，麦氏点压痛是急性阑尾炎典型的体征。急性阑尾炎早期，炎症局限在阑尾本身，炎症只刺激阑尾和其表面脏层腹膜的内脏神经末梢，由于内脏神经对刺激不甚敏感，病变局部疼痛并不明显，而引起的牵涉痛反而明显（见内脏神经），因而出现脐周痛。随着病情加重，炎性渗出物刺激了躯体感觉神经支配的壁层腹膜，此时就出现了右下腹痛。初步诊断是阑尾炎。顺着三条结肠带寻找，它们的汇聚点即是阑尾根部。

病例2：2岁儿童，在边吃边玩时，突然停止活动，出现哭闹、阵发性高声呛咳、阵发性喘鸣、面色紫绀、呼吸困难，继而窒息、神志不清和昏迷，请考虑该患儿可能发生什么情况？如果手术重点应该检查哪个部位，为什么？

分析：发生气管异物。重点检查右侧主支气管，因为右主支气管走行陡直，异物容易坠入。

思考题

1. 医生给昏迷病人从鼻孔插胃管，当管到达鼻咽后，应将病人仰头伸颈下颌抬高时插入还是将病人埋头曲颈让下颌贴近胸骨柄时插入？请从解剖学角度作出解释。

2. 分别说明进食和非进食情况下胆汁的排出途径。

3. 一男孩不慎吞下一小玻璃球，第二天早上随大便排出。请说出玻璃球在该男孩体内的运行途径。

4. 用本章所学内容思考上颌窦穿刺、胸膜腔穿刺的进针部位及应采取的体位。

（郭　宇　赵　丹）

实验四

泌尿系统　生殖系统

【目的要求】

1. 掌握泌尿系统的组成和主要功能。

2. 掌握肾的形态、位置、剖面结构和主要功能，熟悉肾的被膜及其临床意义。

3. 掌握输尿管的形态、位置、三处狭窄的位置及其临床意义。

4. 掌握膀胱的形态、分部、位置、毗邻及膀胱三角的概念、位置及其临床意义。

5. 掌握女性尿道的形态特点和尿道外口开口位置。

6. 掌握男、女性生殖器官的组成及其功能。

7. 掌握睾丸的形态、位置，掌握输精管的行程及分部，熟悉射精管的合成和开口，掌握前列腺的形态、位置及毗邻。

8. 掌握男性尿道的分部、形态、三个狭窄的部位及其临床意义，了解阴囊的形态、层次结构，熟悉精索的组成、位置，了解阴茎的构成，熟悉男性结扎术的解剖基础及应用。

9. 掌握卵巢的形态、位置及其固定装置，掌握输卵管的位置、分部及形态结构，掌握子宫的形态、位置和固定装置。熟悉阴道的形态和位置。

10. 了解子宫内膜周期性变化及月经的形成，了解避孕的各种方法及原理，熟悉女性绝育手术的方法、原理。

12. 掌握乳房的形态、位置，熟悉乳腺小叶的结构和乳房的淋巴引流。

13. 熟悉男、女会阴的境界，了解分区、层次结构及临床意义。

14. 熟悉男、女性肛门直肠指检的解剖基础及应用。

15. 掌握腹膜和腹膜腔的概念，了解腹膜的功能。

16. 掌握大网膜的位置和构成，小网膜的位置、分部，网膜囊和网膜孔的位置。

17. 掌握直肠子宫陷凹、膀胱子宫陷凹、膀胱直肠陷凹存在的部位及临床意义。

【实验材料】

1. 影像资料

泌尿生殖系统录像。

2. 标本

（1）泌尿系统完整概貌标本。

（2）肾游离标本，肾及肾的冠状剖面标本，猪肾标本。

（3）显示肾、输尿管及膀胱三角的标本。

（4）膀胱分离标本。

（5）男性和女性盆腔正中矢状切面标本。

（6）男性和女性泌尿、生殖系统原位器官标本。

（7）离体子宫及其固定装置标本。

（8）阴囊及精索层次标本。

（9）显示腹、盆腔脏器及腹膜的标本。

3. 模型

（1）男、女性泌尿生殖系统概观模型。

（2）肾及肾的冠状切面模型。

（3）显示膀胱及膀胱三角的模型。

（4）男、女盆腔正中矢状切面（示男、女性尿道）模型。

（5）男性腹股沟管浅层结构模型。

（7）男性和女性泌尿、生殖系统原位器官的模型。

（8）女性完整骨盆模型。

（9）离体子宫及其固定装置的模型。

（10）女性骨盆及盆底肌模型。

（11）子宫放大模型。

（12）男性和女性盆腔矢状切面模型。

（13）腹部（显示腹膜构成及与脏器的关系）。

（14）躯干矢状切面和水平切面的模型。

（15）腹膜与内脏器官模型。

【实验内容】

一、泌尿系统

（一）肾

1. 肾的形态

肾为蚕豆形的成对实质性器官，左肾一般比右肾稍大而重。肾的形态分上、下两端，前、后两面，内、外侧两缘。内侧缘中部凹陷称肾门，有肾的血管、神经、淋巴管和肾盂出入，这些结构被结缔组织包裹在一起合称肾蒂。注意肾蒂结构的排列关系。

2. 肾的位置毗邻

肾位于脊柱两侧，贴靠于腹后壁的上部，前面覆盖腹膜。左肾的上端平第 11 胸椎下缘，下端平第 2～3 腰椎间盘之间；右肾上端平第 12 胸椎上缘，下端平第 3 腰椎上缘。第 12 肋分别斜过左肾后方的中部和右肾后方的上部。两肾上端均与肾上腺相连；肾后面上 1/3 借膈与肋膈隐窝相邻；肾后下 2/3 与腰大肌、腰方肌和腹横肌相邻。左肾前面毗邻胃、胰、空肠、脾和结肠左曲；右肾前面毗邻十二指肠、肝右叶和结肠右曲。

肾门的体表投影在腰背部，位于竖脊肌的外侧缘与第 12 肋所形成的夹角处。这个区域也称为肾区（脊肋角）。

3. 肾的剖面结构

观察肾冠状切面，肾门向肾内续于一个较大的腔称肾窦，它由周围的肾实质围成，肾实质可分为外周的皮质和内侧的髓质两部分。肾髓质由 15～20 个圆锥形的肾锥体构成，肾锥体的底部朝向肾皮质，尖端朝向肾窦，2～3 个肾锥体的尖端合并成一个肾乳头。肾皮质嵌入相邻肾锥体之间的部分称为肾柱。在肾窦内，容纳肾乳头的盘口形结构叫肾小盏，2～3 个肾小盏汇合成一个肾大盏，肾大盏有 2～3 个，最终汇合成肾盂，肾盂出肾门，在第二腰椎体上缘水平续接输尿管。

4. 肾的被膜

肾的表面有三层被膜，自内向外依次为纤维囊、脂肪囊和肾筋膜。纤维囊为紧贴于肾实质表面的一层由致密结缔组织构成的薄膜，标本上不易分离；脂肪囊位于纤维囊外面，为包绕于肾及肾上腺周围的脂肪组织；肾筋膜位于脂肪囊的外周，分前、后两层包裹在肾、肾上腺及其脂肪囊的周围。肾筋膜的前、后层在外侧和上方相互融合，下方两层分开，其间有输尿管通过，两侧肾筋膜前层相互连接，后层与腰大肌筋膜移行。

（二）输尿管

为一对扁而细长的肌性管道，前面覆有腹膜，上接肾盂，下终于膀胱输尿管口。输尿管全程分为腹段、盆段和壁内段三部分。

腹段：自起始至小骨盆入口处，左、右输尿管分别越过左髂总动脉末端和右髂外动脉起始部的前面。盆段：自小骨盆入口处，经骶髂关节前方下行至膀胱底。输尿管盆段在女性经过子宫颈的两侧，距子宫颈外侧约 2.5 cm 处，有子宫动脉越过其前上方；在男性有输精管越过输尿管下端的前方。壁内段：为斜穿膀胱壁的部分。

输尿管全长有三处狭窄：上狭窄位于肾盂与输尿管移行处；中狭窄位于小骨盆入口与髂血管交叉处；下狭窄位于斜穿膀胱壁处。这些狭窄处常是输尿管结石滞留的部位。

（三）膀胱

膀胱空虚时呈三棱锥体形，可分为尖、体、底、颈四部分，各部之间没有明显的界限。膀胱尖朝向前上方，膀胱底朝向后下方，尖与底之间的部分称膀胱体。膀胱的最下部有尿道内口，围绕尿道内口部分称膀胱颈。

在膀胱内面两输尿管口之间的黏膜皱襞叫输尿管间襞，它与尿道内口之间三角形区域称为膀胱三角，此处缺少黏膜下层，无皱襞。在男性尿道内口后方的膀胱三角处有一纵形小隆起称膀胱垂。

标本上观察膀胱，前方邻耻骨联合，膀胱底的后方在男性邻精囊腺、输精管壶腹和直肠；在女性后方邻子宫和阴道。膀胱颈在男性下接前列腺，在女性下方邻接尿生殖膈。膀胱上面有腹膜覆盖，隔腹膜与乙状结肠和回肠相邻。男性腹膜向后延续为直肠膀胱陷凹，与小肠相邻；女性向后延续为膀胱子宫陷凹。

（四）尿道

女性尿道起于膀胱颈部的尿道内口，经阴道前方行向前下方，穿经尿生殖膈，开口于阴道前庭的尿道外口，特点是短、宽、直。

二、男性生殖系统

（一）男性生殖器概况

在男性泌尿生殖系统及男性盆腔正中矢状断面的标本、模型上观察。

先整体观察，睾丸位于阴囊内，每侧各有一个，扁椭圆形，呈矢状位，分前后缘、上下端、内外侧面，紧贴其后上端的是附睾，附睾尾部有一条细长的管，穿经腹股沟管进入盆腔，连至膀胱底的后面，这就是输精管。输精管的末端膨大为输精管壶腹。在其外侧，有一表面凹凸不平的精囊，其外形比输精管壶腹稍大。在膀胱颈的下方，有一栗子状的腺体，即前列腺，有尿道穿过其中。在盆腔正中矢状面上，可见一斜穿前列腺的细小射精管，开口于尿道的前列腺部。前列腺的后面紧邻直肠，临床上可通过直肠指检，触及前列腺。尿道球腺呈豌豆样大小，左右各一，位于尿生殖膈内，其排泄管开口于尿道球。

（二）男性生殖器官形态位置

1. 阴囊

位于阴茎的后下方。在切开阴囊壁的标本上观察，可见阴囊的皮肤很薄，成人生有少量阴毛。皮肤的深面为肉膜，是阴囊的浅筋膜，缺乏脂肪组织，含有平滑肌纤维，故在活体时，能随外界温度的变化而舒缩。肉膜在正中线向深部发出阴囊中隔，将阴囊腔分隔为左右两部，分别容纳两侧的睾丸与附睾。观察阴囊壁层次，肉膜的深面各层由包被精索各层被膜依次延续而来，由浅到深为：精索外筋膜，由腹外斜肌腱膜延续而来；提睾肌，来自腹内斜肌和腹横肌；精索内筋膜，是腹横筋膜的延续；睾丸鞘膜，两层，紧贴精索内筋膜的一层为壁层，包被睾丸和附睾表面的是脏层，两层在睾丸后缘处反折移行成一密闭腔隙称鞘膜腔。

2. 睾丸

在分离的标本上观察睾丸的形态，可见其表面光滑，肉眼观察纵行切开的睾丸，

39

可见表层较厚的为睾丸白膜。白膜在睾丸后缘增厚并凸入睾丸内，形成睾丸纵隔，可观察到结缔组织将睾丸实质分隔为许多锥体形的睾丸小叶。睾丸小叶里容纳的是精曲小管。

3. 附睾

上端膨大为附睾头，贴附于睾丸上端。中部扁圆为附睾体，连于睾丸后缘。下端变细为附睾尾，附睾尾向内上弯曲移行为输精管。

4. 输精管与射精管

是附睾尾的直接延续，其管壁厚，肌层发达，用手触摸时呈圆索状，有一定的坚实感。按其行程可分为 4 部：睾丸部，自附睾尾端，沿附睾内侧上行至睾丸上端；精索部，介于睾丸上端至腹股沟管浅环之间，此部位置浅表，在活体易于触知，是输精管结扎的良好部位；腹股沟管部，位于腹股沟管的精索内；盆部，是输精管最长的一段，自腹股沟管深环出来后，向下沿盆侧壁行至膀胱底的后面，在此两侧输精管接近并扩大成输精管壶腹。壶腹的末端又变细，与精囊腺的排泄管汇合成射精管，射精管长 2cm，细小不易观察，它向前下方斜穿前列腺实质，开口在尿道的前列腺部。

5. 精索

为一对柔软的圆索状结构，自腹股沟管的腹环延至睾丸的上端。当切开精索表面的被膜后，细心找出输精管，它位于精索的后内侧。除输精管外，精索内还有动脉、静脉丛、神经和淋巴管等结构。

6. 前列腺、精囊腺与尿道球腺

在男性盆腔正中矢状断面模型上，可见前列腺位于膀胱颈与尿生殖膈之间，尿道穿过前列腺，形成尿道的前列腺部。在离体的男性生殖标本上，前列腺像栗子样大小，质地坚实，其上端宽大为前列腺底，下端细小为前列腺尖，底与尖之间为前列腺体。体的后面正中有一纵行的浅沟，为前列腺沟。在膀胱底的后面，输精管壶腹的外侧，有一表面凹凸不平的囊状器官，这就是精囊腺。其排泄管向下与同侧的输精管末端汇合成射精管。

尿道球腺呈豌豆样大小，左右各一，埋藏于尿生殖膈的组织内，可在男生殖泌尿系模型上了解。其排泄管细长，开口于尿道球部。

7. 阴茎

观察尸体上的阴茎，前端为阴茎头，也叫龟头，其尖端处有一矢状位的尿道外口，头后端缩细的部分叫冠状沟，包在冠状沟和龟头外面的皮肤皱襞叫包皮，在腹侧连于包皮与尿道外口之间皮肤皱襞叫包皮系带。临床进行包皮环切术时，应注意避免损伤包皮系带。阴茎中部呈圆柱状的为阴茎体。

在阴茎横切标本上，可见阴茎由三个海绵体构成。上方两个叫阴茎海绵体，下方一个叫尿道海绵体，尿道海绵体中央有尿道穿过。每个海绵体的外面都被有一层白膜，三个海绵体的外面又共同包有阴茎深、浅筋膜和皮肤。剖开阴茎腹侧和阴囊皮肤及皮下各层结构，顺海绵体向后观察，可见尿道海绵体后端膨大称球海绵体，两侧阴茎海绵体附着在耻骨下支和坐骨支上。

8. 男性尿道

在男性盆腔正中矢状切面标本及模型上观察。男性尿道全长约 16～22cm，起自膀胱的尿道内口，向下穿经前列腺、尿生殖膈和阴茎海绵体，终于尿道外口。因此，男性尿道由内向外分为前列腺部、膜部和海绵体部。

观察男性尿道全长有三处狭窄，即尿道内口、膜部和尿道外口；三处扩大，即尿道前列腺部、尿道球部和尿道舟状窝；两个弯曲，一个为耻骨下弯，位于耻骨联合后下方，形成凹向上的弯曲，此弯曲固定，另一个为耻骨前弯，位于耻骨联合的前下方，凹向下方，此弯曲当将阴茎上提时，可变直。

三、女性生殖系统

（一）女性内生殖器

1. 卵巢

尸体上观察女性内生殖器。首先在盆腔侧壁髂内、外动脉起始部的夹角内（卵巢窝）可见扁椭圆形质地较坚韧的卵巢，表面凹凸不平有瘢痕（未排卵者表面光滑）。卵巢成矢状位，内侧面朝向盆腔，外侧面与盆腔侧壁相贴。上端称为输卵管端，和输卵管相接触，下端称为子宫端，借卵巢固有韧带与子宫相连。前缘称为卵巢系膜缘，借卵巢系膜与子宫阔韧带相连，其中部为卵巢门，是卵巢动、静脉、淋巴管和神经等出入之处。后缘称为游离缘。牵拉输卵管带动卵巢，可见卵巢系膜是连在卵巢前缘与子宫阔韧带之间的腹膜皱襞，内有出入卵巢门的结构；自骨盆入口、髂总动脉分叉处向下连于卵巢上端之间有一腹膜皱襞称卵巢悬韧带，内含卵巢血管、淋巴管、神经丛、结缔组织和平滑肌等；自卵巢下端，经子宫阔韧带两层之间连至子宫角的后下方的条索状韧带为卵巢固有韧带。

2. 输卵管

继续在尸体标本上观察女性内生殖器，在子宫阔韧带的上缘、子宫与卵巢之间可见一管状器官即为输卵管，其内侧端的开口在子宫角内面称输卵管子宫口，外侧端的开口在腹腔，称输卵管腹腔口。输卵管由内侧向外侧分为四部：由输卵管子宫口向外穿行子宫壁至子宫角的一段称输卵管子宫部；向外延续较短而细的一段为输卵管峡；自卵巢下端经卵巢系膜缘向外上行至卵巢上端的管径较粗的一段是输卵管壶腹；输卵管外侧端呈漏斗状叫输卵管漏斗，其末端周缘的指状突起称为输卵管伞。

3. 子宫

在尸体标本及游离的完整子宫、女性盆腔正中矢状断面标本、模型上观察。位于盆腔中央、膀胱与直肠之间的肌性管状器官为子宫。成年人子宫呈前后略扁的倒置梨形，子宫上端向上突出的宽而圆隆的部分是子宫底，子宫底的外侧端与输卵管结合处称子宫角，子宫下端狭细呈圆柱形的部为分子宫颈，子宫底与子宫颈之间的大部分呈上宽下窄形称子宫体，子宫颈与子宫体相互移行的部分较细称子宫峡（标本上不明显），子宫颈的下段突入阴道内的部分称子宫颈阴道部，其上段位于阴道以上，称子宫颈阴道上部。

成人子宫的正常姿势呈前倾前屈位。子宫前倾是指子宫颈长轴与阴道长轴之间前开放角稍大于 90°，子宫前屈是指子宫体的长轴与子宫颈的长轴之间形成的一个向前开放的夹角约为 170°。子宫底位于骨盆入口平面以下，朝向前上方；子宫颈朝向后下方，其下端在坐骨棘平面的稍上方续接阴道。

在子宫冠状切面标本或模型上观察子宫内腔。子宫内腔可分为上、下两部分，子宫体内的腔称子宫腔，呈底朝上的扁三角形，底的两侧借输卵管子宫口与输卵管相通，尖向下延续为子宫颈管。子宫颈管是子宫颈空腔，呈梭形，其下口称子宫口，通阴道。

在腹膜完整的女性盆腔标本或模型上观察子宫与腹膜的关系及子宫的韧带。子宫属于腹膜间位器官，除子宫两侧壁、子宫颈阴道上部的前壁和子宫颈阴道部无腹膜覆盖外，其余部分均被腹膜覆盖。膀胱上面的腹膜向后约在子宫峡水平转折到子宫体的前面，两者间形成膀胱子宫陷凹。子宫体后面的腹膜向下延伸至子宫颈阴道上部，在阴道穹后部上面转折至直肠中段前面，形成直肠子宫陷凹（又称道格拉斯腔），它是女性腹膜腔的最低处，与阴道穹后部仅隔阴道壁和腹膜壁层。

在离体的女性内生殖器标本和女性盆腔标本或模型上观察子宫的韧带。子宫阔韧带：是覆盖子宫前后面的腹膜自子宫侧缘向两侧延伸的双层腹膜皱襞，向外、向下分别至盆腔侧壁和盆底，与盆壁腹膜相续。子宫阔韧带可分为三部分：位于输卵管与卵巢系膜、卵巢固有韧带之间的双层腹膜皱襞称输卵管系膜部，内含至输卵管的血管、神经和淋巴管等。从卵巢前缘至子宫阔韧带之间的双层腹膜皱襞称卵巢系膜部，内含至卵巢的血管、神经和淋巴管等。子宫阔韧带的其余部分则称子宫系膜部，内含至子宫的血管、神经、淋巴管以及子宫圆韧带、子宫主韧带等。子宫圆韧带：呈圆索状，是起于子宫角的前下方，在子宫阔韧带前层的覆盖下弓形行向前外侧，穿过腹股沟管，终止于阴阜和大阴唇前端的皮下，由结缔组织和平滑肌构成。子宫主韧带：位于子宫阔韧带的基底部、子宫颈阴道上部及阴道穹侧部壁与盆腔侧壁之间，由结缔组织和平滑肌构成。骶子宫韧带：从子宫颈后面的上外侧，向后绕过直肠两侧，附于第 2、3 骶椎前筋膜，由结缔组织和平滑肌构成。其表面覆盖的腹膜形成弧形的直肠子宫襞。

4. 阴道

在盆腔中央、子宫下方、尿道与肛管之间找到一扁的肌性管道即是阴道。阴道壁由黏膜、肌层和外膜组成，其前壁较短，后壁较长，平时前后壁相贴，呈塌陷状态。阴道下部穿尿生殖膈，以阴道口开口于阴道前庭的后部。处女的阴道口周围的黏膜皱襞，称为处女膜。处女膜破裂后所残留的黏膜痕迹称处女膜痕。阴道上端宽阔，包绕子宫颈阴道部，两者之间形成的环形间隙，称为阴道穹，可分为前部、后部和左、右侧部。其中阴道后穹隆位置最深，并与直肠子宫陷凹相邻。

（二）女性外生殖器

在完整女性会阴部和会阴肌肉标本和模型上观察女性外阴。

5. 阴阜

阴阜为耻骨联合前面的皮肤隆起，呈三角形，富有皮下脂肪。性成熟期后皮肤生有阴毛。

6. 大阴唇

为一对纵长隆起的皮肤皱襞。左、右大阴唇的前端互相连合，称为唇前连合，后端连合称唇后连合。

7. 小阴唇

小阴唇是位于大阴唇内侧的一对纵行的皮肤皱襞，较薄，表面光滑无毛。左、右小阴唇后端互相连接，称为阴唇系带；每侧小阴唇的前端各形成内、外侧襞。左、右外侧襞在阴蒂背面相连成为阴蒂包皮；左、右内侧襞附于阴蒂头下面，称为阴蒂系带。

8. 阴道前庭

阴道前庭为左、右小阴唇之间的裂隙，主要有 4 个开口：①尿道外口，位于阴道前庭的前部；②阴道口，位于阴道前庭的后部；③左、右前庭大腺管的开口，位于阴道口的后外侧。

9. 阴蒂

阴蒂由两个阴蒂海绵体组成，分为三部：①阴蒂脚，附于耻骨下支和坐骨支；②阴体，由阴蒂脚在中线与对侧结合而成，背面有阴蒂包皮覆盖；③阴蒂头，为阴蒂体的游离末端。

10. 前庭球

前庭球由海绵体构成，分为三部：左、右外侧部，分别位于左、右大阴唇的皮下，较大；中间部，位于尿道外口与阴蒂体之间的皮下，较小。

11. 前庭大腺

前庭大腺（又称巴氏腺）位于阴道口的两侧、前庭球的后端，似豌豆大小。其导管开口于阴道前庭后部、阴道口的后外侧。

（三）女性乳房

在女性乳房、乳腺的标本和模型上观察。

乳房位于胸前壁的浅筋膜内。成年乳房上至第 2～3 肋，下至第 6～7 肋，内侧至胸骨旁线，外侧可达腋中线。乳头平第 4 肋间隙或第 5 肋。

成年女性未产妇的乳房为半球形。乳房中央有乳头，其顶端有输乳孔。乳头周围的色素皮肤区称为乳晕，其表面的小隆起为乳晕腺。

乳房由皮肤、纤维组织、脂肪组织和乳腺等构成。乳腺由 15～20 个乳腺叶构成，每个乳腺叶又可分为若干个乳腺小叶，各乳腺小叶的排泄管在乳腺叶内汇成一条总排泄管，称为输乳管，行向乳头，在近乳头处扩大成为输乳管窦，其末端变细，开口于输乳孔。乳腺叶及乳腺小叶之间被脂肪组织和致密结缔组织分隔。乳腺周围的纤维束连于深面的胸筋膜或浅面的皮肤，此纤维束称为乳房悬韧带。

四、腹膜与腹膜腔

（一）腹膜

在模型上观察腹膜的构成。腹膜分壁层腹膜和脏层腹膜。壁腹膜贴覆在腹、盆壁的内层。由壁腹膜返折并覆盖腹盆腔脏器形成脏层腹膜。在打开腹前壁的标本上，辨认壁层和脏层腹膜，可见壁腹膜薄而光滑，呈半透明状。在正中矢状位的模型上观察壁、脏两层的移处情况（由教师示教）。

（二）腹膜形成的结构

1. 小网膜

是自肝门向下移行至胃小弯和十二指肠上部的双层腹膜结构，其左侧部从肝门至胃小弯部分称肝胃韧带，其右侧连接肝门与十二指肠上部间的部分称肝十二指肠韧带。在打开腹前壁的标本上观察，肝十二指肠韧带右侧缘内走行着出入肝的重要管道，即右前方的胆总管、左前方的肝固有动脉和两者后方的门静脉。小网膜右侧游离缘，其后方为网膜孔。

2. 大网膜

首先在正中矢状面示腹膜移行的模型上观察，大网膜由胃的前、后两壁的脏腹膜在骨大弯处合并下行，贴于横结肠前壁，此部分称为胃结肠韧带，继续下行，垂于空回肠前面，返折后包绕横结肠。在示腹膜的模型上，见大网膜形似围裙覆盖于空、回肠和横结肠前方，其左缘与胃脾韧带相连续，右缘游离。

3. 网膜囊

在正中矢状面示腹膜移行的模型上观察，在小网膜和胃后方的扁窄间隙即为网膜囊，又称小腹膜腔。其上壁为肝尾状叶及膈；其前壁由上向下依次为小网膜、胃后壁腹膜和大网膜前叶；下壁为大网膜的前、后叶返折部；后壁由下向上依次为大网膜后叶、横结肠及其系膜以及覆盖胰、左肾、左肾上腺等处的腹膜。在打开腹前壁的标本上，将手伸入胃的后壁，探查其侧壁为脾、胃脾韧带和脾肾韧带；网膜囊右侧借网膜孔与腹膜腔其余部分相通。

网膜孔：在打开腹前壁的标本上，将左手食指从右向左伸入到肝十二指肠韧带后方，探查网膜孔，辨识其边界；食指指背触及的即为下腔静脉，为网膜孔后界，食指和拇指所夹住的结构为肝十二指肠韧带，食指指腹触及的结构为门静脉；上界为肝尾叶,下界为十二指肠上部。

4. 系膜

在打开腹前壁的标本上观察。小肠系膜:是将空、回肠连于腹后壁的双层腹膜结构,呈扇形,较长,其附着于腹后的部分称为肠系膜。系膜根长约 15cm,自第 2 腰椎左侧起,斜向右下跨过脊柱及其前方结构,止于右骶髂关节前方。

阑尾系膜:呈三角形,将阑尾连于肠系膜下方,阑尾的血管、淋巴管、神经走行于系膜的游离缘内。

横结肠系膜:是将横结肠连于腹后壁的横位腹膜结构,其根部自结肠右曲起始,向左跨右肾中部、十二指肠降部、胰头等器官前方,直至结肠左曲。

乙状结肠系膜:是将乙状结肠固定于左下腹部的双层腹膜结构,较长,其根部附着于左髂窝和骨盆左后壁。

5. 韧带

镰状韧带:在打开腹前壁的标本上,拉肝脏向下,见膈面和膈之间的双层腹膜结构呈镰刀状,在前正线右侧,其前部沿腹前壁上份向下连于脐,游离缘的下缘肥厚,内含圆韧带。

冠状韧带:手伸入肝和膈之间可探查到冠状韧带,呈前后两层,由膈下及肝上的腹膜移行而成,前层向前与镰状韧带相续,前、后两层间相隔较远处的肝表面未被腹覆盖的区域称为肝裸区。冠状韧带左、右两处,前、后两层彼此粘和增厚形成了左、右角韧带。

脾的韧带:胃脾韧带连于胃底和脾门之间,为双层腹膜结构,向下与大网膜左侧部连续,韧带内含有胃短血管和胃网膜左血管起始段及脾和胰的淋巴管、淋巴结等。脾肾韧带:是自脾门至左肾前面的双层腹膜结构,韧带内含胰尾及脾血管、淋巴管、神经丛等。膈脾韧带:是脾肾韧带向上连于膈下面的结构,由膈与脾之间的腹膜构成。

(三)腹膜腔

为脏腹膜与壁腹膜互相延续、移行,共同围成不规则的潜在性腔隙。男性腹膜腔为一封闭的腔隙,女性腹膜腔则通过输卵管腹腔口经输卵管、子宫、阴道与外界相通。在脏器与腹壁之间、脏器与脏器之间形成间隙、沟、窦、凹陷等结构。

在打开腹前壁的标本上,将手伸入肝与膈之间,探查肝上间隙;将肝脏向上翻,胃拉向下,观察肝与胃、小网膜之间的间隙,为左肝下前间隙。将手伸向右肝脏面和结肠右曲之间,探查右肝下间隙;将空回肠翻向右侧,暴露小肠系膜根部和升结肠,观察肠系膜右窦和右结肠旁沟;将空回肠翻向左侧,暴露小肠系膜根部和降结肠,观察肠系膜左窦和左结肠旁沟;将手伸入膀胱和直肠之间(男),探查膀胱直肠陷凹,凹陷底距肛门约 7.5cm;将手伸入膀胱子宫之间,子宫和直肠之间,探查膀胱子宫凹陷和直肠子宫陷凹(女),直肠子宫陷凹,也称 Douglas 腔,较深,与阴道后穹间仅隔以薄的阴道壁,凹底距肛门约 3.5cm。

（四）腹膜皱襞、隐窝和陷凹

腹前壁内面正中为脐正中襞，位于脐与膀胱尖之间，内含脐尿管闭锁后形成的脐正中韧带。脐内侧襞：一对，位于脐正中襞两侧，内含脐动脉闭锁后形成的脐内侧韧带。脐外侧襞：一对，分别位于左、右脐内侧襞的外侧，内含腹壁下动脉。在腹股沟韧带上方，上述皱襞之间形成三对浅凹，由中线向外侧依次为膀胱上窝、腹股沟内侧窝和腹股沟外侧窝，后两窝分别与腹股沟管皮下环及腹股沟管腹环位置相对应。

（五）腹膜与腹盆腔脏器的关系

在打开腹前壁的标本上会发现胃、十二指肠上部、空肠、回肠、盲肠、阑尾、横结肠、乙状结肠、脾、卵巢、输卵管等器官表面光滑、均有较长的系膜或韧带于腹后壁，活动度大，为腹膜内位器官。

肝、胆囊、升结肠、降结肠、直肠上段、子宫、膀胱等器官部分或大部分表面光滑，活动度小，但不需破坏腹膜亦可见到，为腹膜间位器官。

肾、肾上腺、输尿管、胰、十二指肠降部和下部、直肠中下部均位于腹后壁的腹膜后，需要撕开壁腹膜才可将其暴露，此类器官为腹膜外位器官。

【临床联系】

一、尿路结石

尿液内某些成分析出、沉淀形成结石，可出现在肾盂、输尿管、膀胱、尿道各处，称之为尿路结石。最多见为输尿管结石。输尿管结石绝大多数来源于肾结石降落所致。由于尿盐晶体较易随尿液排入膀胱，故原发性输尿管结石极少见。有输尿管狭窄、憩室、异物等诱发因素时，尿液滞留和感染会促使发生输尿管结石。输尿管结石大多为单个，左右侧发病大致相似，双侧输尿管结石约占 2% ~ 6%。临床多见于青壮年，20 ~ 40 岁发病率最高，男与女之比为 4.5:1，结石位于输尿管下段最多，约占 50% ~ 60%。输尿管结石之上尿流梗阻，会引起输尿管扩张积水，并危及肾脏，严重时可使肾功能逐渐丧失。

二、肾移植

当双肾功能严重衰竭时，体内代谢废物无法排出，最好的根治办法是肾移植。肾移植术是将异体的肾脏移植到病人的体内，使其恢复血液供应和产生尿液排出废物的功能。移植的肾多移植在受者的腹股沟部、髂窝、大腿等处，也有移植到肾窝（原位）的。手术主要步骤包括肾动脉和静脉与受体血管的接通，输尿管和输尿管或输尿管和膀胱的接通。

三、男性输精管结扎术

有人把男性结扎比作在输精管上"扎个蝴蝶结"。具体说来，就是在双侧阴囊上方皮肤局部麻醉后，切开 0.5cm 的刀口，找出输精管，并在输精管上相距 0.5cm 处各绑一个结，再将中间的输精管剪断，止血后将伤口缝合。术后休息 1h 即可回家，两天后即可照常工作。输精管结扎只阻止了精子的排出，并不影响性激素的分泌，因而达到节育又不会影响男性性征和夫妻生活的目的。

四、女性输卵管结扎术

将输卵管结扎后切断或夹闭，阻止精子与卵子相遇而阻止授精。比较新的是采用"女性子宫角封闭法结扎术"的手术，是采用内窥镜，从阴道进入子宫，用电烧、激光等方式将子宫左右两边与输卵管连接的子宫角内膜切除，使子宫与输卵管间的通道纤维化。手术过程仅需 20min。同输精管结扎术一样，输卵管结扎术不会影响性激素的分泌，不影响女性性征和正常夫妻生活。

五、导尿术

各种原因引起的排尿障碍（如前列腺肥大）可能需要导尿，有的手术要求导尿。导尿术就是人工从尿道外口插入导管进入膀胱，导出尿液。女性因尿道短直，导尿较容易。男性尿道长而弯曲，导尿难度较大。男性导尿时，需要将阴茎向上拉直，消除耻骨前弯曲，当导尿管插入到耻骨下水平时，再将阴茎拉向前，以减小耻骨下弯度，导尿管顺耻骨下弯进入。

六、急性腹膜炎

多为继发性腹膜炎，最常见的是消化道穿孔，若整个腹腔被累及，则疼痛呈弥漫性，全腹压痛、反跳痛和肌紧张，并伴有呕吐及高热、肠蠕动消失等体征。腹膜炎的临床表现取决于感染的致病力和程度，在以往身体状况良好的患者中，若病变被内脏或网膜所限制，突然发作的腹痛是局限性的。腹膜本身能抵御感染，治疗后可痊愈。

七、腹膜腔积液

正常状态下腹膜腔仅含少量浆液（仅可湿润腹膜），起润滑作用。如果腹膜腔出现过多液体，则为腹膜腔积液。少量积液仅积聚在膀胱直肠陷凹或直肠子宫陷凹（女），大量积液会漫及全腹。积液可随体位改变而流动至体位较低的部位，因而在腹部叩诊时形成移动性浊音。积液可以是炎性的，多为继发性感染所致，如胃肠穿孔；也可以是渗出性的，如肝硬化门脉高压引起的腹水。腹膜腔穿刺抽液检查可鉴别积液的性质。穿刺时多采用半坐侧卧体位，从右下腹壁进针，女性病人可采用阴道后穹穿刺。

【病例分析】

病例1： 某女，25岁，妊娠5个月，近期出现尿频、尿急、尿痛的症状，有时还有腰酸和小腹胀痛，伴镜下血尿、脓尿，请分析该妇女患什么疾病，为什么？

分析：尿频、尿急、尿痛三症同时存在为典型的尿路刺激综合征，可诊断为急性尿路感染。尿液检查有镜下血尿、脓尿可确诊。尿路感染多见于女性，因为女性尿道短、宽、直，开口在阴道前庭，容易发生逆行感染。

病例2： 患者女，40岁，无痛性乳房肿块6个月，偶有乳头溢液。近期发现乳房肿块，且增大明显，边界不清，活动度差，乳头溢液频繁；乳房皮肤呈橘皮样改变，乳头回缩，同侧腋窝淋巴结肿大。最可能的诊断是什么，为什么？

分析：良性乳腺肿块边界较清楚，易活动，很少伴有乳头溢液。此例肿块生长快，边界不清，活动度差，乳头溢液频繁，应高度怀疑乳腺癌。乳房皮肤呈橘皮样改变，乳头回缩是乳腺癌的特征表现，是由于癌细胞阻塞皮肤淋巴管又引起乳房皮肤肿胀，癌肿侵蚀乳房悬韧带，至其缩短，在其牵拉下，皮肤出现许多小凹陷，乳头回缩。腋窝淋巴结肿大说明已有淋巴转移。

病例3： 患者男，39岁，和朋友一起吃饭后突然出现恶心、呕吐，上腹部绞痛并向腰部放射，疼痛阵发性加重，弯腰或前倾位时可使腹痛减轻。逐渐出现右下腹疼痛，检查患者有右下腹压痛反跳痛，腹肌硬，化验白细胞增高，腹部透视膈下可见游离气体。

分析：腹痛，出现右下腹压痛反跳痛，腹肌强硬等腹膜刺激征，说明有继发性腹膜炎的存在。患者发病出现在餐后，腹部透视膈下可见游离气体，说明有胃肠的穿孔（膈下可见游离气体是胃肠穿孔的特征性 X 线征象）。对此病例还应进性腹膜腔穿刺抽液进一步明确诊断，如为胃穿孔，会抽出食物的残渣，如为结肠穿孔，会抽到粪便样液体。

思考题

1. 在肾的冠状切面上可见哪些结构？

2. 试述尿液的产生及排出途径。

3. 女性肾盂结石患者，排石时易在哪些部位滞留？

4. 某成年男性爬树时不慎下坠，骑跨在一粗树枝上，阴囊处肿胀，小便不出，到第三天才到医院就诊，检查发现耻骨联合上方腹壁膨隆，扣诊浊音界靠近脐部，导尿因会阴肿胀而失败。请问应该在何处穿刺放尿，穿刺时候应该注意什么，为什么？

5. 说明精子的产生及排出途径。

6. 描述子官的位置、固定装置及作用。

7. 试述阴道后穹隆的临床意义。

8. 试述卵子的产生和排出途径。

9. 从解剖学角度分析男性导尿操作时要注意哪些方面问题？

10. 某男65岁，诉说2年来排尿时要等一会才可排出，尿流逐渐变细，近几个月小便时尿流时有间断，且夜尿次数增加。医生诊断为前列腺肥大。问：前列腺肥大为什么会影响排尿，前列腺可以从何处触诊，触及何征象时对判断前列腺肥大有意义，前列腺切除时你认为要不要打开腹膜腔？

11. 肝有哪些重要韧带？

12. 举例说明腹膜与脏器的包被关系。

13. 试述女性盆腔内腹膜形成的陷凹及其临床意义？

（郭　宇　赵　丹）

实验五

脉管系统总论 心

【目的要求】

1. 掌握脉管系统的组成，体循环、肺循环的基本概念、路径和功能。

2. 掌握心脏的位置、外形。掌握心腔的位置、形态、结构、连通关系。掌握心间隔的形态结构。熟悉心壁的构造。掌握血液在心内流动的路径、心瓣膜对控制血液流向的作用和机理。了解心瓣膜疾病的解剖基础。

3. 掌握心传导系统的构成和功能，熟悉心传导系各部存在的位置（限临床类专业）。了解心律及心律失常。

4. 掌握左、右冠状动脉的起始、重要分支、分布，了解冠心病的概念、发病原理及主要类型、临床干预手段及进展。

5. 掌握心包与心包腔的概念，熟悉各心包隐窝位置，了解心包穿刺的原理、解剖基础。

6. 掌握心脏的体表投影、各瓣膜的体表投影及临床意义。

7. 了解心的神经支配，了解心的发育异常及畸形（先天性心脏病的解剖学基础）。

【实验材料】

1. 影像资料
心血管系统解剖录像。

2. 标本
（1）打开胸前壁的完整尸体。
（2）离体心（包括完整的和显露各腔的）。
（3）标记有传导系的牛心瓶装标本。
（4）离体肺、心标本。
（5）新鲜猪心。
（6）心铸型标本。

3. 模型
（1）示心血管组成模型。
（2）心脏及塑料心脏瓣膜模型。

（3）心脏传导系模型。

（4）心血管供给的模型。

（5）全身骨骼伴神经血管模型（示大血管的行程及其一级、二级、三级分支）。

【实验内容】

一、脉管系统组成

在示心血管组成模型上观察，脉管系统由心、血管系统和淋巴系统组成。

二、心

（一）心的位置、毗邻和外形

1. 心的位置

在打开胸前壁的完整尸体标本及模型上观察：可见心外面裹以心包，斜位于中纵隔内，居两肺之间，膈肌之上，约 2/3 位于身体正中线的左侧，1/3 位于正中线的右侧。

2. 心的毗邻

在胸腔解剖标本和纵隔模型上观察：心脏前方邻胸骨体和第 2～6 肋软骨，后方平对第 5～8 胸椎，两侧是肺和胸膜，上方连出入心的大血管，下贴膈。掀开心包的前份，可见心似倒置的圆锥体，心尖朝向左前下方，心底朝向右后上方，心的长轴自右上方斜向左下方，约与正中矢状面成 45°角。

3. 心的外形

在离体心脏标本及心脏模型上观察：辨认心的一尖一底两面三缘四沟。

心尖：由左心室构成，圆钝，游离，朝左前下方，与左胸前壁接近，在左锁骨中线与左侧第 5 肋间隙交点内侧 1～2cm 处为心尖体表投影，此处可见或扪及心尖搏动。

心底：由左心房和部分右心房构成，较宽，朝向右后上方，有出入心的大血管相连。

胸肋面（前面）：由右心房、右心室和左心耳及部分左心室构成，朝向前上方，在胸骨体和肋软骨的后方。在打开胸前壁的完整尸体标本及模型上，该面隔心包大部分被肺和胸膜覆盖，小部分与胸骨体下部和左侧第 4～6 肋软骨相贴，心内注射常在左胸骨旁第 4 肋间隙进针。

膈面（下面）：贴附在膈上，几呈水平位，2/3 由左心室，1/3 由右心室构成。

右缘：圆钝而近垂直，由右心房构成。左缘：钝，斜向左下，大部分由左心室小部分由左心耳构成。下缘：较锐，近水平，由右心室和心尖构成。左缘和下缘在心尖处相接。

冠状沟（房室沟）：几乎绕心一周，几呈冠状位，为右上心房和左下心室在表面的分界标志，在心的胸肋面被肺动脉根部中断。肺动脉根部右份可见一沟，向右下方追踪至下缘，再将心掀起，可见此沟行于心底与膈面交界处，然后向左上行，绕到左缘的上端，向上向前到前面肺动脉根部左份。

前室间沟：在胸肋面自肺动脉根部左份由冠状沟向下达心尖右侧，为左、右心室在胸肋面上的分界标志。后室间沟：在膈面，自冠状沟向下达心尖右侧，为左、右心室在膈面上的分界标志。前、后室间沟在心尖右侧，汇合处稍凹陷称心尖切迹。上述三沟在心外膜完整的标本上，有心的营养血管和脂肪组织填充，在剥去心外膜和清除脂肪组织的心脏标本上，心血管行走之处有浅沟。

房间沟：心底部，右心房与右肺上、下静脉之间的浅沟，为左、右心房表面分界标志。房室交点：房间沟、后室间沟与冠状沟的交界处。

心被心间隔分为右心房、右心室、左心房、左心室四部分。右心房在胸肋面冠状沟的右上方与右缘之间，其向左前方突出的部分形如耳状叫右心耳。在右心房的左侧占胸肋面大部分的区域即为右心室，几乎构成下缘的全部，其上部呈圆锥形为动脉圆锥，由此向左后上延伸的一大血管叫肺动脉干。肺动脉干右侧有发自左心室的主动脉。冠状沟以前、后室间沟与左缘之间及左缘与前室间沟左侧之间的区域为左心室，它占膈面大部分和胸肋面小部分，构成心尖和几乎左缘的全部。在离体心的右后上方观察，可见左心房近似四边形，左、右两侧各有两个肺静脉开口，左心房向前突出的部分形如耳状叫左心耳。心底的大部分由左心房构成。右心房上方连上腔静脉，下方连下腔静脉，从上腔静脉前方至下腔静脉的一条不甚明显的纵行浅沟，为界沟。

（二）心腔

在新鲜猪心前壁沿冠状沟下方和前室间沟两侧切开心前壁，向两侧翻开，显示心室内腔，在心房两侧剪开心壁，显示心房内结构，在已切开的离体心标本和塑料心脏瓣膜模型上观察各心腔内的结构。

1. 右心房

壁薄，在与外面的界沟相对处，有纵行的嵴状隆起称界嵴。分右心房为前、后两部，右心房前部称固有心房，为右心耳内腔，由界嵴向前发出许多平行的，形如梳齿的肌隆起，叫梳状肌。右心房后部叫腔静脉窦，壁的内表面光滑，有三个入口，后上方为上腔静脉口；后下为下腔静脉口，前缘有下腔静脉瓣；下腔静脉口与右房室口之间为冠状窦口，下缘有一半月形的冠状窦瓣。前下方是右房室口，此口通入右心室。房间隔右侧面中下部有一卵圆形凹陷为卵圆窝，此处薄弱，是房间隔缺损的好发部位。卵圆窝缘前上方由于主动脉窦推顶而形成一隆起，称主动脉隆凸。

2. 右心室

掀起右心室前壁，可见室壁较薄，3～5mm，仅及左心室的1/3。入口为右房室口，出口为肺动脉口，两口之间有一弓形肌隆起，称室上嵴，将右心室分为后下方的窦部

（流入道）和前上方的漏斗部（流出道）。。窦部（流入道）：也叫固有心腔，从入口——右房室口延伸至右室心尖，室壁内面有交错排列的肌隆起——肉柱。肉柱间可见纤细的条索状连接称假腱索。室壁上的圆锥形肌隆起，尖端突向室腔称乳头肌。分前、后、隔侧三群，各群数目不定。自乳头肌尖端有几条纤细索状结构连于右房室口周围的瓣膜游离缘上，这些细索状结构叫腱索，而这些瓣膜数目一般与乳头肌一致，即右房室口周围有前、后、隔三瓣。在去掉心房的标本上观察右房室口，可见此口由致密结缔组织构成的三尖瓣环围绕，环上附有三个近似三角形质软而薄的瓣膜，称三尖瓣，一瓣在隔侧，靠近室间隔，两瓣在外侧，一前一后，按其位置分别叫前尖、后尖和隔侧尖。由前乳头肌根部至室间隔下部连有一柱状的肌束名节制索，有防止心脏过度扩张的作用，有心传导系的右束支和营养心脏的动脉分支通过，故心脏手术时勿伤此结构。在右心室流入道中，三尖瓣环、三尖瓣、腱索、乳头肌结构与功能密切相关，称三尖瓣复合体。它们正常工作保证心内血液单向流动，其中任何一部分损伤，将会导致血流动力学的改变。

漏斗部（流出道）：又称动脉圆锥，位于窦部左上方，为右心室室腔向左上延续的部分，室壁光滑无肉柱。出口——肺动脉口，有三个半月形的肺动脉瓣，其游离缘中央有半月瓣小结。

3. 左心房

将心翻转，在心底处找到左心房，掀开其后壁，可见其前部，即左心耳突向左前方，内面有梳状肌，为心外科最常见手术入路之一。后部又称左心房窦，壁光滑，后壁上有两对肺静脉口，通左、右肺上、下静脉，此处无瓣膜；前下方有出口——左房室口，通向左心室。

4. 左心室

掀开左心室前壁可见室壁较厚，8～12mm，为右室的三倍。室腔较长，呈圆锥形，尖向心尖，底有二口，位于左后方的为入口——左房室口，位置较低；位于右前方的为出口——主动脉口，较左房室口稍高。找到左房室口，可见其周围有由致密结缔组织构成的二尖瓣环，环上附有二个近似三角形质软而薄的瓣膜，称二尖瓣，其中较大的一个在前，称为前瓣；较小的一个在后，称为后瓣。以二尖瓣前瓣将左心室分为窦部（流入道）、主动脉前庭（流出道）两部分。窦部（流入道）其内表面也有肉柱和乳头肌，肉柱较右心室的细小，乳头肌借腱索与二尖瓣的尖端相连。二尖瓣环、二尖瓣、腱索、乳头肌结构与功能密切相关，称二尖瓣复合体，也是保证血液单向流动的装置。顺左心室后方往上追寻，可见主动脉前庭内壁光滑无肉柱，以主动脉口与升主动脉相通。主动脉口周围也有三个半月形的瓣膜，叫主动脉瓣。从升主动脉腔内观察，可见每个半月瓣与其相对的动脉壁之间有一小空隙，名主动脉窦，有冠状动脉开口。

（三）心的构造

在多媒体上演示，在去掉心房的标本上观察（教师示教）。

1. 心纤维骨骼

位于左、右房室口的二尖瓣环和三尖瓣环，位于主动脉口和肺动脉口的主动脉瓣环和肺动脉环。二尖瓣环、三尖瓣环和主动脉后瓣环之间的右纤维三角，主动脉左瓣环与二尖瓣环之间的左纤维三角。

2. 心壁的构造

在离体心标本上观察位于心房与心室内面的心内膜，见其与大血管内膜相延续，可形成心瓣膜。心外膜，即浆膜性心包。在剥离心外膜的标本上观察，见心肌（心室肌）外层斜行、中层环行、内层纵行（形成肉柱、乳头肌）。

3. 心间隔

在心脏的冠状切标本上观察。

房间隔：由两层心内膜中间夹结缔组织和少量心肌组成，分隔左右心房，房间隔是倾斜的，右心房在隔的右前方，左心房在隔的左后方。在右心房，下腔静脉入口左上方的房间隔，可见一椭圆形的浅凹，名卵圆窝。为房间隔最薄处。

室间隔：分隔左右心室，室间隔的方向由左前斜向右后，且稍向右心室腔突出。室间隔上方中部较薄，称为室间隔膜部，为间隔缺损的好发部位，下方由厚的肌肉构成，称为室间隔肌部。注意观察室间隔膜部左右两侧的心腔。

（四）心的传导系

在标记有传导系的牛心瓶装标本和标记有传导系的心脏模型上观察。

可见位于上腔静脉与右心房交界处心外膜深面的窦房结。位于房间隔冠状窦口的前上方（右心房 Koch 三角）心内膜深面的房室结。由房室结发出，沿室间隔膜部后下缘前行，在室间隔肌部上方分出左、右束支的房室束。行于左、右侧心内膜深面的左、右束支。在心内膜下交织成网进入心肌的蒲肯野（Purkinje）纤维。

（五）心的血管

营养心的动脉为左、右冠状动脉，心壁的静脉血绝大部分经冠状窦回流入右心房。在离体心脏标本和心脏模型上观察。

1. 右冠状动脉

在心的胸肋面、冠状沟的右侧，可见右冠起自主动脉右窦，经右心耳与肺动脉根部间入冠状沟右行，绕右缘转向膈面，至房室交点形成倒"U"形弯曲分为两支。①后室间支：循后室间沟前下行，走向心尖；分布于室后壁及室间隔后 1/3。②左室后支：向左行，分布至左室膈壁。沿途还发出③动脉圆锥支；左、右冠状动脉发出侧支通路形成 Vieussen 环。④右缘支：沿心下缘走行。⑤窦房结支：沿右心耳内面上行。⑤房室结支：90% 自房室交点"U"形顶端分出。右冠状动脉的分布范围：右半心、室间隔后 1/3、部分左室后壁、窦房结、房室结。

2. 左冠状动脉

发自主动脉左窦，经左心耳与肺动脉根部之间入冠状沟左行分支。出左心耳下方分为前室间支和旋支。前室间支循前室间沟前下行绕心尖切迹至后室间沟与右冠状动脉后室间支吻合，分布于左心室前壁、右心室部分前壁、室间隔前 2/3。旋支循冠状沟绕心的左缘向后行，分布于心的膈面。仍可有以下分支：窦房结支（40% 起于旋支，沿心耳内面上行）；圆锥支（由左、右冠状动脉发出并形成吻合）；左缘支（沿左缘下部走向心尖）；房室结支（仅占 8.41%）。左冠状动脉的分布范围：左半心、窦房结、房室结、室间隔前 2/3、部分右室前壁。

3. 静脉

心的静脉多与动脉伴行，经冠状窦汇入右心房。

（1）心大静脉　在胸肋面起于心尖，在前室间沟内伴左冠状动脉的前室间支上行，斜向左上进入冠状沟，又伴左冠状动脉的旋支转向心的膈面，注入为冠状窦。

（2）心中静脉　在心的膈面，起于心尖，在后室间沟内伴右冠状动脉的后室间支上行，汇入冠状窦近右端处。

（3）心小静脉　起于心的右缘，在冠状沟与右冠状动脉伴行，后行汇入冠状窦的右端。

（4）冠状窦　在心的膈面，冠状沟与后室间沟相交处的冠状沟内，有一条粗短的静脉，即冠状窦。它汇集心大、心中、心小静脉的血液，开口于右心房。可于右心房的下腔静脉入口与右房室口之间，找到冠状窦口（试用探针插入证明通向冠状窦）。

（5）心前静脉　起于右室前壁的三、四条小静脉，跨过冠状沟，直接注入于右心房（不必细找）。

（六）心包

在未切开心包的心脏标本上观察：可见心的周围有一个纤维浆膜囊包裹，此纤维浆膜囊即是心包。它的外层由致密的纤维结缔组织构成，为纤维心包，向上续于出入心脏大血管的外膜。掀开已切开的心包，可见纤维心包的内表面和心的外表面很光滑，此即浆膜心包。衬在纤维心包内表面者，为浆膜心包壁层；构成心外膜者，称浆膜心包脏层。浆膜心包的壁层和脏层在血管根部移行，二者之间的腔隙叫心包腔。心包腔在升主动脉、肺动脉干的后方与上腔静脉、左心房前壁之间的间隙，称为心包横窦；在左心房后壁，左右肺静脉、下腔静脉与心包后壁之间的腔隙，称为心包斜窦；在心包腔前下部，心包前壁与膈之间的交角处，称为心包前下窦，人体直立时此处为心包腔最低，是心包穿刺的进针部位。

（七）心的体表投影

在模型和活体胸前壁上相互间作出以下连线，自右侧第 3 肋软骨上缘，距胸骨右缘约 1.0cm 处至右侧第 6 胸肋关节处作略向右凸的连线，为心的右缘；自左侧第 2 肋软骨下缘，距胸骨左缘约 1.2cm 至左侧第 5 肋间隙，锁骨中线内侧 1~2cm 处作略向左凸的连线，为心的左缘；左右缘上端微向上凸的连线，为心的上缘；左右缘下端微向下凸的连线，为心的下缘；此即心脏的体表投影。

【临床联系】

一、冠心病

冠心病是冠状动脉粥样硬化性心脏病的简称。是冠状动脉功能性改变或器质性病变而引起的冠脉血流减少而导致的心肌缺血性损害。大多因供应心脏的血管——冠状动脉发生粥样硬化使冠状动脉狭窄或阻塞，或冠状动脉痉挛（功能性改变），导致心肌缺血缺氧坏死的一种心脏病，亦称缺血性心脏病。冠心病是动脉粥样硬化导致器官病变的最常见类型，也是严重危害中老年人健康的常见病。本病多发生在 40 岁以后，男性多于女性，脑力劳动者多于体力劳动者，城市多于农村。

心绞痛是在冠状动脉粥样硬化的基础上，心肌负荷增加引起心肌急剧的暂时的缺血缺氧的临床综合征。不同人的心绞痛发作表现不一。大多数人描述为"胸部压迫感"、"闷胀感"、"憋闷感"，或"紧缩感"，也可有"烧灼感"，主要在胸骨体中段或上段之后，手掌大小范围，可波及心前区甚至横贯前胸，也有感觉向双侧肩部、背部、颈部、咽喉部放散。偶伴濒死的恐惧感。休息或者含服硝酸甘油能缓解。

心肌梗死由冠状动脉阻塞导致心肌缺血性坏死所致。在冠状动脉粥样硬化的基础上，一支或数支冠状动脉管腔狭窄使心肌供血不足，而侧支循环未充分建立，当血供急剧减少，导致相应的心肌严重而持久地急性缺血 1 小时以上，即可发生心肌坏死，为心肌梗死。发病前数日会有胸部不适，乏力，活动时心悸、气促、烦躁及心绞痛等先兆。发病时表现为胸骨后有剧烈而持久的疼痛，病人常烦躁不安、出汗、恐惧或有濒死的恐惧感。可伴有恶心、呕吐和上腹胀痛，心律失常、低血压和休克及心力衰竭。根据典型的临床表现和特征性心电图改变、超声心电图及实验室检查不难诊断。

二、风湿性心瓣膜病

心瓣膜病是因炎症、先天性畸形、黏液样变、退行性变、缺血坏死或创伤等各种原因引起单个或多个瓣膜复合体的功能或结构异常，导致瓣膜口狭窄及（或）关闭不全。心室和大动脉根部的严重扩张也可导致相应房室瓣和动脉瓣相对性关闭不全。

风湿性心瓣膜病亦称风湿性心脏病或风心病，是指风湿性心脏炎所遗留的以心瓣膜病变为主的心脏病。风湿热是一种全身性变态反应的结缔组织疾病，亦称急性风湿病或活动性风湿病，主要侵犯心脏、关节，也可累及皮肤、脑组织、血管和浆膜等。当风湿性心脏炎被控制后，心包仅留有少许粘连，心肌有局限性纤维化，多无临床意义。但风湿热反复发作，使心瓣膜受到严重损害，瓣膜增厚、结疤，以致钙化，造成瓣膜口狭窄及（或）关闭不全，导致血流动力学改变，出现心脏杂音、心脏扩大、心慌、气短、咳嗽、咳血、浮肿、青紫，不能平卧、心律紊乱、心功能不全和心力衰竭等临床表现，患者不仅因此要丧失劳动力，甚至生命也会受到威胁。瓣膜狭窄可使瓣膜口后方的心腔负担加重；而瓣膜关闭不全时，瓣膜口前后的心腔负荷均增加。风湿性心脏病可分为下列几类：二尖瓣狭窄、二尖瓣关闭不全、二尖瓣狭窄合并关闭不全、三尖瓣狭窄、三尖瓣关闭不全、三尖瓣狭窄合并关闭不全、主动脉瓣关闭不全、主动脉瓣狭窄、主动脉瓣关闭不全合并狭窄、联合瓣膜病变。

三、各种常见的心律失常（窦缓、传导阻滞等）

心肌有普通心肌和特殊心肌，前者构成心壁，有收缩功能。后者有产生和传导节律性冲动的电生理性能，从而维持心脏的节律性搏动。冲动从窦房结发起，沿传导束以一定速度传到心房及心室，称为正常窦性心律。在正常情况下，心搏的节律基本规则，频率 60～100 次/分；凡偏离这种正常心律的心脏活动都属心律失常。它可由心脏内冲动的形成异常和传导异常或两者同时异常而引起，导致整个或部分心脏活动过快、过缓或不规则，或使心脏各部分活动顺序紊乱。心律失常可分为冲动起源不正常的心律失常（如窦性心律失常、早搏、阵发性心动过速、房颤、室颤等）和冲动传导不正常引起的心律失常（如窦房、房室及心室内传导阻滞和预激综合征等）两大类。

1. 窦性心律失常

（1）窦性心动过速　窦性心律，心率超过 100 次/分，其范围为 100～150 次/分，主要由于交感神经兴奋性增高或迷走神经张力降低所致。多为生理性原因所致，如情绪激动、体力活动、进食、饮酒和茶或咖啡、沐浴等；也可见于病理原因，如发热、心脏神经官能症、心肌炎、甲亢、贫血、休克及缺氧等；药物，如肾上腺素类、阿托品类也能引起窦性心动过速。

（2）窦性心动过缓　窦性心律心率少于 60 次/分，主要是迷走神经张力过高或交感神经兴奋性降低所致。

（3）窦性心律不齐　窦房结发出节律不规则的冲动，使心律快慢不等、交替出现。引起窦性心律不齐的常见原因和治疗方法均与窦性心动过缓相同。

（4）病态窦房结综合征　主要是窦房结的器质性损害，引起其相应功能障碍而出现的心律失常。常见原因为器质性心脏病，尤其是冠心病。

2. 房室传导阻滞

房室传导阻滞是指冲动在房室传导过程中受到阻滞。分为不完全性和完全性两类。前者包括一度和二度房室传导阻滞，后者又称三度房室传导阻滞，阻滞部位可在心房、房室结、希氏束及双束支。各种原因的心肌炎症最常见，如风湿性、病毒性心肌炎和其他感染；特发性的传导系统纤维化、退行性变；外伤，心脏外科手术时误伤等均可引起。

57

四、先天性畸形（房缺、室缺、法洛四联症、动脉导管末闭等）

先天性心脏病是指胎儿时期心脏血管发育异常而致的心血管畸形，是小儿最常见的心脏病。有资料报道，在活产婴儿中，本病发生率为 4.05‰ ~ 12.3‰。未经治疗者约 34% 可因病情严重和复杂畸形在 1 个月内死亡，50% 在 1 岁内死亡。各类先天性心脏病中以室间隔缺损最多，其次是动脉导管未闭、法洛四联症和房间隔缺损。

先天性心脏病目前病因尚不清楚，一般认为可能是胎儿周围环境因素与遗传因素相互作用的结果。即外因和内因，外因中：母亲妊娠早期患病毒性感染如风疹、流感、流行性腮腺炎、柯萨奇病毒感染；糖尿病、高钙血症；妊娠初期接受大量放射性照射；严重营养不良（缺乏叶酸）；妊娠期服用某些药物，如四环素、镇静药、奎宁等，可导致小儿发生先天性心脏病。

先天性心脏病的种类很多，根据心脏左、右两侧及大血管（大动脉与大静脉）之间有无分流，或根据有无青紫表现，分为：①左向右分流型（潜伏青紫型），如房间隔缺损、室间隔缺损、动脉导管未闭。正常情况下因体循环压力高于肺循环，左右心腔之间有异常通道，平时血液由左流向右分流而不出现青紫。当患儿哭闹、屏气或其他病理情况致使肺动脉或右心室压力升高并超过左心室时，血液将自右向左分流而出现暂时性青紫。②右向左分流型（青紫型），如法洛四联症、大血管错位等。使右心压力升高并超过左心，血液即由右向左分流，或大量静脉血流入体循环，出现青紫。③无分流型（无青紫型），如肺动脉狭窄、主动脉缩窄等。无左、右心或动、静脉间分流。

1. 室间隔缺损

由于胚胎发育不全或相互融合不严，导致两个心室形成了异常交通，即称为室间隔缺损。此病占先天性心脏病的 20% ~ 25%。根据缺损存在部位，可分为：膜部缺损、共同心室、肌部缺损，前者常见，后两者罕见。

2. 动脉导管未闭

动脉导管原本系胎儿时期肺动脉与主动脉间的正常血流通道。由于胎儿时肺不司呼吸功能，来自右心室的肺动脉血经导管进入主动脉弓，而左心室的血液则进入升主动脉，故动脉导管为胚胎时期特殊循环方式所必需。出生后，肺膨胀并承担气体交换功能，肺循环和体循环各司其职，不久导管因废用而自行闭合。如持续不闭合，则构成病态，称为动脉导管未闭（症）。应施行手术，中断其血流。

3. 法洛四联症

法洛四联症又称先天性紫绀四联症，是由肺动脉狭窄、室间隔缺损、主动脉骑跨及右室肥厚四种畸形并存。约占先天性心脏病的 10%。

4. 房间隔缺损

房间隔缺损是左右心房之间的间隔发育不全，遗留缺损造成血流可相通的先天性畸形。房间隔缺损根据胚胎发育可分为继发孔型及原发孔型缺损两大类，前者居多数。继发孔型房间隔缺损是由于正常左、右心房之间存在着压力差，左房的氧合血经缺损分流至右房，体循环血流量减少，可引起患儿发育迟缓，体力活动受到一定限制，部分患者亦可无明显症状。氧合血进入肺循环后可引起肺小血管内膜增生及中层肥厚等病变，导致肺动脉压及肺血管阻力升高，但其进程较缓慢，多出现在成人患者。

原发孔型房间隔缺损又称部分心内膜垫缺损或房室管畸形。在胚胎发育过程中心内膜垫发育缺陷所致。形成一个半月形的大型房间隔缺损，位在冠状静脉窦的前下方，缺损下缘邻近二尖瓣环，常伴有二尖瓣裂。

【病例分析】

某退休教师，男，67岁。因胸前区闷痛不适，反复发作一个多月入院。诉：六周前的一天午餐后突感剑突处闷胀，疼痛，同时有左臂内侧酸痛，20min后自行缓解。发作时出汗，心慌，全身无力，气喘。发作后有疲乏感。以后有多次发作，均在体力劳动和进餐后出现。查：血压 86/160mmHg，心律 82 次/分。

分析：此例胸前区疼痛从年龄、发作时表现、发作时间均符合心绞痛的临床特征。心绞痛是冠心病中的一种，多因冠状动脉粥样硬化引起，病变较轻时，不致于引起严重的心肌缺血，因而可无临床表现，但当出现劳累等情况下，心脏负担加重，就可引走供血不足，或各种原因诱发冠状动脉痉挛亦可引起缺血。心肌缺血导致代谢紊乱而刺激感觉神经末梢，引发疼痛。休息后，心肌血供恢复正常，症状缓解。但是，仅凭临床表现作出的诊断可能有失偏颇，本例应该进一步做心电图检查。

思考题

1. 试述保证心内血液定向流动的结构装置。

2. 试述左心室各壁（包括室间隔）的血液供应。

3. 用简图表示法洛四联症时正常和异常血流的方向。

4. 简述 Koch 三角位于何处，其深面有何重要结构，心内手术时为何要保护该区域。

5. 查资料说明窦房结、房室结的动脉来源、个体差异。

6. 心脏复苏术的重要方法之一是心外按摩。对成人的按摩方法是：病人仰卧，施术者双掌叠压于其胸骨前面，将胸骨向深面压入 3~4cm 后立即放开，以 60~80 次/分钟的频率进行。同时进行口对口人工呼吸。按压有效是在下肢股动脉能触到搏动。请解释是哪些解剖学条件让按压胸骨能奏效?

7. 先天性心脏病中有三种情况,分别是:①左心房的血部分流入了右心,②左心室的血部分流入了右心室,③主动脉的血部分流入了肺动脉。请问它们最有可能分别经什么途径流过去的?

(罗　刚　黄奕弟)

实验六

动脉　静脉　淋巴

【目的要求】

1. 掌握肺动脉的起始、行程、分支和功能，动脉导管的位置、变化及临床意义。

2. 掌握主动脉的起始、行程、分部及其主要分支。

3. 掌握左、右颈总动脉的起始、行程、位置，颈外动脉的主要分支、分布，脑膜中动脉、面动脉的行程及临床意义。

4. 掌握锁骨下动脉、腋动脉、肱动脉、桡动脉、尺动脉的起始、行程、分布。熟悉掌浅弓、掌深弓的构成及主要分支（限临床类专业）。

5. 掌握胸主动脉和腹主动脉的起始、行程、主要分支。掌握腹腔干、肠系膜上动脉、肠系膜下动脉的起始、分支分布（限临床类专业）。

6. 掌握髂总动脉的起始、髂内动脉的分支。掌握子宫动脉与输尿管的位置关系及临床意义（限临床类专业）。

7. 掌握下肢动脉干的起始、主要行程，股动脉的体表投影。

8. 熟悉胃、肝、胰、脾、肾、子宫等主要器官的血供（限临床类专业）。

9. 掌握肺静脉的起始、行程和功能。

10. 掌握上、下腔静脉的组成、起止和行程。熟悉头臂静脉的组成、行程，颈内静脉的起止、行程、主要属支及其颅内、外静脉的交通。

11. 掌握锁骨下静脉的起止、行程及临床意义。

12. 掌握上、下肢浅静脉的起始、行程及临床意义。

13. 掌握肝门静脉的组成、结构特点、行程、主要属支、吻合途径及临床意义（限临床类专业）。

14. 了解胃、肝、胰、脾、肾、子宫等主要器官静脉回流。

15. 掌握淋巴系的组成，胸导管、右淋巴导管的行程及其收集范围。

16. 掌握头颈部、胸部、上肢的主要淋巴结群的位置、引流概况。熟悉腹腔淋巴结、胃周围淋巴结、髂内、髂外淋巴结、腹股沟浅、深淋巴结的位置、引流概况（限临床医学专业）。

17. 熟悉脾、胸腺的形态、位置，了解其功能。

61

【实验材料】

1. 影像资料

心血管系统解剖录像、淋巴系统解剖录像。

2. 标本

（1）全身血管标本（示全身大动脉的行程及分支，全身静脉的行程及属支）。

（2）头颈部动脉分支、上肢动脉分支、腹腔动脉分支、髂内动脉分支的瓶装标本。

（3）盆腔血管、神经（成人男、女）的瓶装标本。

（4）示掌深弓、掌浅弓、足底、足背血管标本。

（5）头颈部静脉标本，肝门静脉系标本，上肢和下肢浅静脉标本，髂内静脉的瓶装标本。

（6）全身动脉铸形标本。

（7）全身浅淋巴结的标本。

（8）胸导管及右淋巴导管解剖标本。

（9）胸、腹、盆腔的淋巴结标本。

（10）小儿胸腔解剖标本（示胸腺）。

（11）腹腔解剖标本及离体脾标本。

（12）示淋巴管、淋巴结、胸导管的瓶装标本。

3. 模型

（1）全身骨骼伴神经血管模型（示大血管的行程及其一级、二级和三级分支）。

（2）示腹腔动脉配布的模型。

（3）示头颈部动脉分支的模型。

（4）心、肺、肝、胃、脾、子宫、卵巢、膀胱、阑尾等脏器血管供给的模型。

（5）手血管放大（示掌浅弓和掌深弓）模型。

（6）男、女性盆腔矢状切面模型（示髂总、髂内和髂外静脉）。

（7）全身静脉模型。

（8）上、下肢浅静脉模型。

（9）门静脉组成及其侧支循环模型（示肝门静脉的组成及其与上、下腔静脉的吻合）。

（10）淋巴系统模型（示淋巴导管的行走及收集范围、表浅淋巴结群的位置、回流及收集范围）。

（11）示胸导管行程的模型。

（12）脾脏的模型。

【实验内容】

一、肺循环的动脉

在开胸纵隔标本上观察。肺动脉以一短干起于右心室，在升主动脉的前方，向左后上行，于主动脉弓的下方分为左、右肺动脉。右肺动脉较长而粗，经升主动脉及上腔静脉的后方入肺。左肺动脉较短，横行越过胸主动脉及左主支气管的前方入肺。肺动脉干分叉处稍左侧与主动脉弓下壁之间，有一条索状结构，即动脉韧带，为胚胎期动脉导管闭索后的残迹。

二、体循环的动脉

1. 主动脉

在打开胸前壁和腹前壁的胸腹腔深面标本上观察。主动脉分为四段：起自左心室，斜向右上前方，至右侧第 2 胸肋关节处为升主动脉；呈弓形弯向左后至第 4 胸椎下缘为主动脉弓；从第 4 胸椎体下缘到膈主动脉裂孔处为胸主动脉；在腹腔内沿脊柱左前方下行至第 4 腰椎下缘分叉为腹主动脉。主动脉弓凸侧，由右前向左后分别为：头臂干、左颈总动脉、左锁骨下动脉，凹侧有气管支、支气管支等细小分支。主动脉小球位于凹侧（不作观察）。

2. 头颈部动脉

在头颈部动脉分支的瓶装标本和模型上观察颈总动脉、颈内动脉、颈外动脉及其分支。

（1）颈总动脉　左颈总动脉起于主动脉弓。右颈总动脉起于头臂干。两侧颈总动脉在胸锁关节的后方，沿食管、气管和喉的外侧上行，至甲状软骨的高度分为颈内动脉和颈外动脉。

（2）颈内动脉　颈内动脉在颈部没有分支，上行经颈动脉管直接进入颅腔。

（3）颈外动脉　分支主要分布在头颈面部。

甲状腺上动脉：自颈外动脉起始部向前下至甲状腺侧叶上端，分支至甲状腺与喉。

舌动脉：平舌骨大角发出，经舌骨舌肌深面入舌至口底及腭扁桃体。

面动脉：在舌动脉起点稍上方发出，向前达下颌角越二腹肌后腹深面，在咬肌前缘处绕下颌骨下缘，转向前上行入面部，最后达眼内眦部。分支入下颌下腺、腭扁桃体及面部。颞浅动脉：在耳廓前方上行，分布于颞部皮肤，是颈外动脉终支之一。

上颌动脉：在除去下颌支的标本上观察。向前行入颞下窝，是颈外动脉另一终支。分支有脑膜中动脉：在下颌颈深面由上颌动脉发出，上行经棘孔入颅，在颅内发出分支供应颅骨及硬脑膜。

此外，颈外动脉的分支还有枕动脉、耳后动脉、咽升动脉，不必细观察。

颈动脉窦是颈总动脉末端和颈内动脉起始部膨大部分，窦壁有压力感受器（不作观察）。

3. 锁骨下动脉

在示头颈部血管的模型和全身动脉铸形标本上观察。右锁骨下动脉起自头臂干。左锁骨下动脉直接起自主动脉弓。

椎动脉：在上肢血管标本上观察，锁骨下动脉最内侧一个分支，沿前斜角肌内缘垂直上行穿上 6 个颈椎横突孔，经枕骨大孔入颅，分支营养脑和脊髓。

胸廓内动脉：在胸前壁内面的标本上观察，在椎动脉起点相对侧起始，下行经胸廓上口入胸腔，沿胸骨两旁胸前壁内面下行，分支分布于胸前壁、心包、膈和乳房等处。其较大的终支称腹壁上动脉，穿膈入腹直肌，分支与腹壁下动脉吻合，营养腹直肌。

甲状颈干：在颈部血管的标本上观察，于椎动脉外侧，以一短干起于锁骨下动脉上缘，此干立即分为数支，其中重要者有甲状腺下动脉，向内上行至甲状腺下极的后方，分数支进入腺体。

4. 上肢的动脉

腋动脉：在上肢血管标本上观察，于第一肋外侧缘续于锁骨下动脉，行于腋腔中，至大圆肌和背阔肌下缘移行为肱动脉。在全身动脉铸形标本可观察到其分支：胸上动脉、胸肩峰动脉、胸外侧动脉、肩胛下动脉、旋肱后动脉、旋肱前动脉。

肱动脉：沿肱二头肌内侧下行至肘窝，平桡骨颈平面分为桡动脉和尺动脉。其主要分支有肱深动脉，绕经桡神经沟至肱骨远端的桡侧，分布于肱三头肌和肱骨。

桡动脉：为肱动脉终支之一，先经肱桡肌和旋前圆肌之间，继而在肱桡肌腱和桡侧腕屈肌腱之间下行，绕桡骨茎突至手背，穿第 1 掌骨间隙至手掌。其主要分支：①终支，与尺动脉掌深支吻合形成掌深弓。②掌浅支，在桡腕关节处发出，下行至手掌与尺动脉吻合形成掌浅弓。③拇主要动脉，在掌侧深部发出 3 分支至食指和拇指。主干在上肢的标本上观察，主要分支在手的血管模型或者标本上观察。

尺动脉：在尺侧腕屈肌与指浅屈肌之间下行，经豌豆骨桡侧至手掌。主要分支：①骨间总动脉，又分为骨间前和骨间后动脉分布于前臂肌和尺、桡骨。②终支，与桡动脉掌浅支吻合形成掌浅弓。③掌深支，与桡动脉终支吻合形成掌深弓。在上肢血管标本上观察尺动脉的主干，终支和掌深支在手的血管模型或者标本上观察。

掌浅弓：在掌浅弓的标本和手血管放大的模型上观察。在掌腱膜深面（已除去），指浅屈肌腱的表面，可见由尺动脉终支与桡动脉的掌浅支相吻合成弓（注意桡动脉之掌浅支很小，有时在鱼际肌内）。体表投影在屈指时中指所在手掌位置。

掌深弓：在掌深弓的标本和手血管放大的模型上观察，在骨间肌之浅面，指深屈肌腱（已除去）的深面，由桡动脉之终支与尺动脉之掌深支吻合而成。体表投影在掌浅弓的投影近端一横指处。自掌浅、深弓上发出分支吻合后分布于指。

5. 胸主动脉

壁支：在开胸的胸后壁肋间隙观察肋间后动脉。①肋间后动脉（9 对），起自第 3~11 肋间腔内，初行于肋胸膜与肋间内肌之间，在肋角附近发出一较小的下支，沿下位肋骨上缘向前沿肋沟前行。②肋下动脉（1 对），位于第 12 肋以下。③膈上动脉（不作辨认）。

脏支：细小，发出分支至支气管、食管、心包等脏器，有支气管支、食管支、心包支。

6. 腹主动脉

壁支：膈下动脉、腰动脉、骶正中动脉，分布于膈、腹后壁、脊髓和盆后壁等。不必细观察。

脏支：①肾动脉，腹前壁的腹腔血管标本，翻开小肠，可见肾门附近，左右肾动脉在第2腰椎水平，发自腹主动脉两侧，横行向外，分别经肾门入肾，并分出肾上腺下动脉至肾上腺。②睾丸动脉，（在男性尸体上观察）细而长，在肾动脉发出处稍下方发自腹主动脉前壁，向下外，行经腹股沟管参与构成精索，进入阴囊，分布于睾丸和附睾（在女性尸体标本上观察，可见卵巢动脉，亦起自腹主动脉的前壁，行至小骨盆上缘处进入卵巢悬韧带内，分布于卵巢、输卵管、子宫等）。③腹腔干，打开腹前壁的腹腔，切除肝左叶的标本上观察，腹腔干在膈肌主动脉裂孔稍下方处起自腹主动脉，本干粗而短，分为三支。a. 胃左动脉，向左上行至胃贲门处再沿胃小弯右下行，分布于食管腹腔段、贲门和胃小弯。b. 肝总动脉，向右前行至十二指肠上部上方，分为肝固有动脉和胃十二指肠动脉，肝固有动脉分肝左、右支入肝及胃右动脉到胃小弯右侧，胃十二指肠动脉分出胰十二指肠上动脉和胃网膜右动脉，分布于肝、胆囊、胃、大网膜、十二指肠、胰头等。c. 脾动脉，轻轻把胃向上翻起，可见脾动脉起自腹腔干，沿胰的上缘左行经脾肾韧带达脾门，分数支入脾，沿途发出胰支、胃网膜左动脉、胃短动脉、胃后动脉、脾支，分布于胰、胃、大网膜、脾等。④肠系膜上动脉，在打开腹前壁的腹腔血管标本上观察，约在第一腰椎水平，腹腔干的下方，发自腹主动脉，从胰头后面穿出向前经十二指肠水平部前方进入小肠系膜根，将小肠翻向左下方，可见肠系膜上动脉斜向右下。沿途分支有胰十二指肠下动脉、空肠动脉、回肠动脉、回结肠动脉、右结肠动脉、中结肠动脉，分布于胰、小肠、盲肠、阑尾、升结肠、横结肠右半。⑤肠系膜下动脉，在打开腹前壁的腹腔血管标本上观察，先将小肠翻向右上方，可见肠系膜下动脉约在第3腰椎水平发自腹主动脉，行向左下方，至左髂窝并降入小骨盆。肠系膜下动脉分支有左结肠动脉、降结肠动脉、直肠上动脉，分布于横结肠左半、降结肠、乙状结肠、直肠上部。

肾上腺中动脉、肾动脉、睾丸动脉（卵巢动脉）是腹主动脉成对的脏支。腹腔干、肠系膜上、下动脉是腹主动脉不成对的脏支。注意总结其分布的范围：腹腔干分布到食管腹段、胃、十二指肠、胰、脾、肝脏、胆囊。肠系膜上动脉分布到胰、十二指肠到结肠左曲的消化管。肠系膜下动脉分布到结肠左曲到直肠上部的消化管。

7. 髂总动脉

在打开腹前壁的腹腔血管标本上观察，髂总动脉左右各一，在第四腰椎左前方，起自腹主动脉，向下外侧行至骶髂关节处分为髂外动脉和髂内动脉。

髂内动脉：在髂血管的标本或者模型上观察，髂内动脉为一短干，下行进入盆腔，发出分支营养盆壁及盆内脏器。在女性的髂内动脉的瓶装标本上观察其重要分支之一——子宫动脉。子宫动脉：自髂内动脉发出后向下内行，在子宫颈外侧跨过输尿管前方分布于子宫、阴道及输卵管，且与卵巢动脉吻合。

髂外动脉：在髂血管的标本或者模型上观察，在骶髂关节的前方自髂总动脉分出后行向外下，经腹股沟韧带深面进入股前部，改名为股动脉。其主要分支有：腹壁下动脉，由髂外动脉在腹股沟韧带上方处发出，行向上内进入腹直肌鞘分布于腹直肌，与腹壁上动脉吻合。

8. 下肢的动脉

股动脉：在下肢的动脉标本上观察，在腹股沟韧带中点深面续于髂外动脉。通过股三角，穿收肌腱裂孔至腘窝，移行为腘动脉。其较大之分支有股深动脉，它在腹股沟韧带下方2～5cm处发自股动脉，先位于股动脉之外侧下行，继位于长收肌深面，其分支分布于股前、内、后群肌。自腹股沟中点至收肌结节连线的2/3，为股动脉的体表投影。

腘动脉：在收肌腱裂孔处，续自股动脉，下行至腘肌下缘分为胫前、后动脉，该动脉在腘窝发出关节支和肌支至膝关节和邻近肌。

胫后动脉：为腘动脉终支之一，平腘窝下缘处分出，沿小腿后面浅、深屈肌之间下行，经内踝后方转入足底，分为足底内、外侧动脉，分支分布于小腿后群肌和足底。

胫前动脉：为腘动脉另一终支，平腘窝下缘处分出，向前穿小腿骨间膜，在小腿前群肌之间下行至踝关节前方，移行为足背动脉，其分支分布于小腿前群肌。

足背动脉：为胫前动脉之延续，在踝关节前方循足背向前下行穿第一跖骨间隙，与足底外侧动脉吻合形成足底弓。

在全身动脉铸形标本或者全身骨骼伴神经血管模型上观察上述动脉。

三、肺循环的静脉

在纵隔标本上观察：肺静脉位于左心房的后部，分别为右上、下肺静脉，左上、下静脉，分别开口于左心房的两侧壁。肺静脉里是含氧丰富的动脉血。

四、体循环的静脉

组成：上腔静脉系、下腔静脉系（含肝门静脉系）和心静脉系。

上腔静脉系：由上腔静脉及其属支组成，收集头颈部、上肢，胸部（心除外）的静脉血液。

下腔静脉系：由下腔静脉及其属支组成，收集下肢、盆部、腹部等处的静脉血液。

心静脉系：由冠状窦及其属支（主要有心大静脉、心中静脉、心小静脉）组成，收集心脏的静脉血液。

（一）上腔静脉

在纵隔标本上观察。左右头臂静脉在右侧第1胸肋关节的后方汇合而成，垂直下降，在平对第3胸肋关节的下缘注入右心房。在上腔静脉入心之前其右后方有奇静脉注入。

1. 头臂静脉

在头颈部的静脉标本上观察，头臂静脉由同侧的颈内静脉和锁骨下静脉在胸锁关节后方汇合而成，汇合处所形成的夹角称为静脉角。左静脉角有胸导管注入，右静脉角有右淋巴导管注入。颈内静脉：颈静脉孔处续于乙状窦。颈内静脉的颅外属支主要有：面静脉、下颌后静脉、舌静脉和甲状腺静脉等。在标本上能观察到面静脉，面静脉起自内眦静脉，与面动脉伴行，在下颌角下方与下颌后静脉的前支汇合。在头颈部静脉模型上观察面静脉与颅内静脉的沟通：通过眼上静脉和眼下静脉与海绵窦交通，通过面深静脉与翼静脉丛交通，进而与海绵窦交通。锁骨下静脉为腋静脉的延续，有颈外静脉注入。颈外静脉由下颌后静脉的后支、耳后静脉和枕静脉在下颌角处汇合而成，沿胸锁乳突肌表面下行，在锁骨上方穿深筋膜，注入锁骨下静脉或静脉角。

上肢深静脉：以一支或两支与同名动脉伴行，不必再作观察。

2. 奇静脉

在右膈脚处起自右腰升静脉，沿食管的后方和胸主动脉右侧上行，至第4胸椎体的高度向前勾绕右肺根上方，注入上腔静脉。奇静脉沿途收集右侧肋间后静脉、食管静脉、支气管静脉和半奇静脉的血液。奇静脉上连上腔静脉、下借右腰升静脉连于下腔静脉，是沟通上、下腔静脉系的重要通道之一。

（1）半奇静脉 在左膈脚处起自左腰升静脉，沿椎体左侧上行，约达第8胸椎的高度经胸主动脉和食管的后方向右跨越脊柱，注入奇静脉。半奇静脉收纳左侧下部肋间后静脉、食管静脉和副半奇静脉的血液。

（2）副半奇静脉 沿胸椎左侧下行，注入半奇静脉或向右跨脊柱前面注入奇静脉。副半奇静脉收集左侧上部肋间后静脉的血液。

在全身的静脉模型上观察或者开胸的胸后壁标本上观察奇静脉、半奇静脉和副半奇静脉的行程和注入部位。

（二）下腔静脉

在打开腹前壁的腹腔静脉的标本上观察。下腔静脉于第4~5腰椎间的右前方由左、右髂总静脉合成，沿腹主动脉的右侧上行，经肝的腔静脉沟，穿膈肌的腔静脉孔进入心包，注入右心房。

1. 髂总静脉

在小骨盆的上口观察，髂总静脉由髂内和髂外静脉合成。髂内静脉收集盆腔的血液，髂外静脉是股静脉的直接延续。

2. 肾静脉

在肾动脉的前面与其伴行，成直角地注入下腔静脉。

3. 睾丸静脉（女性为卵巢静脉）

起自睾丸和附睾的小静脉，在精索内形成蔓状静脉丛（此丛常由 8～10 条静脉组成），经腹股沟管腹环处合成两条睾丸静脉，左侧汇入左肾静脉，右侧汇入下腔静脉。

4. 肝静脉

在肝脏显示肝静脉的专用标本或模型上观察。此静脉有 2～3 条主干，斜行入下腔静脉，收集由肝动脉和门静脉输入的血液（门静脉的血管不直接汇入下腔静脉，故另行观察）。

在盆腔血管、神经（成人男、女）的瓶装标本观察下腔静脉的重要属支。

下肢深静脉：以一支或两支与同名动脉伴行，不必再作观察。

（三）四肢浅静脉

在身体各部皮下均存在浅静脉，主要观察以下静脉。

1. 上肢的浅静脉

相互间用压脉带压迫臂中部，反复做握拳动作，观察手背静脉网。手指的静脉起于围绕甲根及指腹的皮下丛，在各指背面形成两条互相吻合的指背静脉，至掌背形成手背静脉网，汇成下列主要静脉。

（1）头静脉　起于手背静脉网的桡侧，在腕关节上方转至前臂前面，沿前臂桡侧皮下上行，过肘窝处通过肘正中静脉与贵要静脉吻合。头静脉主干则沿肱二头肌外侧上行。经三角肌胸大肌肌间沟，穿过深筋膜，注入腋静脉或锁骨下静脉。

（2）贵要静脉　起于手背静脉网的尺侧，逐渐转至前臂的前面。经过肘窝时接受肘正中静脉，再沿肱二头肌内侧上行，至臂中点稍下方处穿深筋膜注入肱静脉，或伴肱静脉上行至腋腔与肱静脉汇合成腋静脉。

（3）肘正中静脉　一般为粗短的静脉干，于肘窝处连接头静脉与贵要静脉（此型国人约占 50%）。

2. 下肢浅静脉

在下肢浅静脉标本上观察。

（1）大隐静脉　在足内侧缘起于足背静脉网，经内踝前方、小腿内侧、膝关节内后方，再沿股部内侧上行，经隐静脉裂孔汇入股静脉，在入股静脉之前收集下列 5 条属支，即股内侧浅静脉、股外侧浅静脉、腹壁浅静脉、旋髂浅静脉和阴部外静脉。

（2）小隐静脉　自足的外侧缘处起自足背静脉网。经外踝后方、小腿后面上行到腘窝，穿腘深筋膜汇入腘静脉。

在上、下肢浅静脉的标本和模型观察其行程。学生互相观察浅静脉走行。

（四）肝门静脉的组成、行程和属支

在示门静脉模型和标本上观察。

肝门静脉组成：肝门静脉长 3～6cm，由肠系膜上静脉和脾静脉在胰颈的后方汇合而成，向上经十二指肠上部后方，进入肝十二指肠韧带，居肝固有动脉与胆总管的后方，经肝门入肝。

肝门静脉的属支有：肠系膜上静脉，在胰颈后方与脾静脉汇合。脾静脉：与脾动脉伴行于胰后方。肠系膜下静脉：起自于乙状结肠系膜向上经胰体之后方汇入脾静脉。胃左静脉：与胃左动脉伴行，汇入门静脉主干（它与食管下段静脉丛相交通）。附脐静脉：为行于肝圆韧带内的二、三支小静脉，起自脐周静脉网，终于门静脉的左支。胆囊静脉和胃右静脉均为小静脉注入门静脉主干。可以用"上、下、左、右、脾、胆、脐"来总结肝门静脉的属支。

肝门静脉收纳腹腔内除肝以外不成对脏器（脾、胰、胆囊及自食管下段至直肠上部消化管）的静脉血。

（五）肝门静脉与上、下腔静脉系间的吻合途径

在门静脉的组成及侧支循环的模型上观察。

1. 肝门静脉，胃左静脉，食管静脉丛，奇静脉，上腔静脉。

2. 肝门静脉，附脐静脉，腹壁上静脉，胸廓内静脉，头臂静脉，上腔静脉。

3. 肝门静脉，附脐静脉，胸腹壁静脉，胸外侧静脉，腋静脉，锁骨下静脉，头臂静脉，上腔静脉。

4. 肝门静脉，附脐静脉，腹壁下静脉，髂外静脉，髂总静脉，下腔静脉。

5. 肝门静脉，附脐静脉，腹壁浅静脉，大隐静脉，股静脉，髂外静脉，髂总静脉，下腔静脉。

6. 肝门静脉，脾静脉，肠系膜下静脉，直肠上静脉，直肠静脉丛，直肠下静脉，髂内静脉，髂总静脉，下腔静脉。

7. 肝门静脉，腹后壁的小静脉，椎内、外静脉丛，肋间后静脉，上腔静脉。

8. 肝门静脉，腹后壁的小静脉，椎内、外静脉丛，腰静脉，下腔静脉。

五、淋巴系统

在多媒体课件上演示和在全身浅淋巴结的模型上说明：淋巴系统是脉管系的重要组成部分，由各级淋巴管道、淋巴器官和散在的淋巴组织构成。

在示淋巴管、淋巴结、胸导管的瓶装标本上示教淋巴管、淋巴结和胸导管。

（一）淋巴导管

1. 胸导管

在胸和腹后壁标本、胸导管和右淋巴导管解剖标本及淋巴系统模型上观察。胸导管始于第 1 腰椎前方膨大的乳糜池，由左、右腰干和肠干汇合而成。胸导管自乳糜池上行，经膈的主动脉裂孔入胸腔，在食管右后方，沿脊柱前方，胸主动脉与奇静脉之

间上行，至第五胸椎高度逐渐偏向左侧，沿脊柱左侧缘继续上行，出胸廓上口达颈根部，呈弯向前内下方注入左静脉角。在注入静脉角前，胸导管还接收左颈干、左锁骨下干和左支气管纵隔干的淋巴。若在全身整尸标本上观察，则需轻轻拉起食管胸段，即可在胸主动脉和奇静脉之间见到胸导管，再向下向上观察其位置及行程。在观察胸导管时，注意在乳糜池处寻找肠干和左、右腰干，在左静脉角处寻找左颈干、左锁骨下干和左支气管纵隔干。

收集范围：胸导管通过左颈干，左锁骨下干，左支气管纵隔干，左、右腰干和肠干六条淋巴干和某些散在的淋巴管，收集下半身和上半身左侧半（全身 3/4 部位）的淋巴。

2. 右淋巴导管

为一短干，长仅 1cm，在右静脉角处寻找右淋巴导管，仔细辨别右颈干、右锁骨下干和右支气管纵隔干。收纳范围：收集右颈淋巴干、右锁骨下淋巴干及右支气管纵隔干，即上半身右侧半（约占全身 1/4 部位）的淋巴。

（二）全身各部主要淋巴结群

1. 头部淋巴结

在颈部解剖标本和头颈部淋巴结模型上观察。

（1）头部淋巴结　枕淋巴结，位于枕部皮下，斜方肌起点的表面，收纳枕部和项部的淋巴。耳后淋巴结（乳突淋巴结），位于胸锁乳突肌止点表面，收纳颅顶、颞区和耳廓后面的淋巴。腮腺淋巴结，在腮腺表面及实质内，分浅、深两组，收纳额、颞区、耳廓和外耳道及腮腺等处的淋巴。下颌下淋巴结，位于下颌下腺附近，收纳面部及口腔器官的淋巴。颏下淋巴结，位于颏下三角内，引流颏部、下唇中部及舌尖的淋巴。以上各组淋巴结的输出管汇入颈外侧淋巴结。

（2）颈外侧浅淋巴结　位于胸锁乳突肌表面，沿颈外静脉排列，收纳颈部浅层及头部淋巴结的输出管，其输出管注入颈外侧深淋巴结。

（3）颈外侧深淋巴结　位于颈内静脉附近，沿颈内静脉排列，收集头颈部、胸壁上部及乳房上部的淋巴，其输出管汇合成左、右颈干。此群淋巴结以肩胛舌骨肌为界分为颈外侧上深淋巴结和颈外侧下深淋巴结。

2. 腋淋巴结

位于腋腔内，位于腋静脉及其属支附近，按其位置可分为 5 群，其输出管组成锁骨下干。

3. 支气管肺淋巴结

位于肺门处，肺血管和支气管之间。它接受肺淋巴结的输出管，它本身的输出管注入气管支气管上、下淋巴结。后者的输出管入气管旁淋巴结，气管旁淋巴结的输出管与纵隔前淋巴结的输出管合成左、右支气管纵隔干。

4. 腹股沟淋巴结

分深浅两群，腹股沟浅淋巴结位于腹股沟韧带下方，卵圆窝和大隐静脉周围。腹股沟深淋巴结位于股静脉上端内侧。腹股沟淋巴结的输出管入髂外淋巴结。

5. 腹盆腔淋巴结

腰淋巴结位于腹主动脉和下腔静脉两侧，其输出管合成一对腰干，注入乳糜池。髂内、外、总淋巴结，肠系膜上、下淋巴结，腹腔淋巴结，均位于同名动脉的根部或周围，收集同名动脉分布区的淋巴。

（三）胸腺

在小儿胸腔解剖标本（示胸腺）、纵隔模型上观察。可见胸腺位于胸骨柄后方，上纵隔前部，心包前上方，有时可向上突入到颈根部。呈扁条形，分不对称的左、右两叶，两叶以结缔组织相连，其主要功能是产生 T 淋巴细胞并参与机体免疫反应，分泌胸腺素。胸腺有明显的年龄变化，新生儿及幼儿的胸腺相对较大，青春期后逐渐萎缩退化，被结缔组织代替。

（四）脾

在腹腔解剖标本、脾脏标本和脾脏模型上观察。可见脾位于左季肋部，胃底与膈之间，在第 9 至第 11 肋之间，其长轴与第 10 肋一致，前端可达腋中线。因其位置较深，正常在肋弓下不应触及。其位置可随呼吸及体位的不同而有变化。脾可分为膈、脏两面，前、后两端，和上、下两缘。注意其上缘锐利，常有 2～3 个切迹，是触诊辨认脾的特征性标志，膈面光滑隆凸向外上与膈相贴，脏面凹陷，对向前内方，与胃、左肾、胰尾、结肠左曲相毗邻。脏面中部有血管和神经出入的成裂隙状纵行陷凹叫脾门。脾前端较宽阔，朝向前外下方，后端钝圆，朝向内上后方。脾是最大的淋巴器官，具有储血、造血、清除衰老红细胞和进行免疫应答的功能。

【临床联系】

一、动脉瘤

动脉瘤是动脉管壁由于先天性结构异常或后天性病理变化，致使局部动脉管壁脆弱，在血流不断地冲击下，造成局部动脉管壁向外异常扩张或膨出。主要表现是疼痛、肿胀。常有外伤史，痛觉剧烈，比肿胀更早期出现。

二、血管造影

是将特殊的造影剂通过外周血管导入心血管系统内，显影剂随血流而流动，在 X 光下观察显影剂的改变，可以清晰地反映心脏和血管内腔的解剖形态及血流动力学的变化。比如血管腔是否狭窄和堵塞，血流增快或者减慢均可显示。

三、股动脉插管

因为股动脉位置表浅，容易穿刺，与髂外、髂总、主动脉之间所成夹角较大，容易导入，所以临床上常选用此动脉进行插管。在显影机器的监视下，经股动脉导入一定型号的导管（不透 X 线的）进入血管腔内，使其到达心、脑、肺、肾等器官的血管，进行血管造影或者注射一定的药物对疾病进行治疗。

四、动脉梗塞

异物或血凝块阻塞动脉管腔，引起血流受阻或中断称动脉梗塞。动脉粥样硬化斑块使管腔内膜粗糙，管腔狭窄，是最多见的动脉梗塞原因。在某些条件下，如血压降低，血流缓慢，血液黏稠度增高，血小板等凝血因子，在血管内凝聚成块，形成血栓，也可引起动脉梗塞；身体其他部位的血栓脱落，随血流堵塞血管远端，形成动脉梗塞称栓塞。动脉梗塞以后，梗塞的远端供血不足，引起局部组织缺血性坏死。常见是脑动脉梗塞和冠状动脉梗塞。

五、门-体静脉分流术

对门静脉高压的病人，采用门静脉或其主要属支与下腔静脉或其主要属支吻合的方法。使门静脉血流全部或部分地不经过肝脏，直接流入下腔静脉，从而达到降低门静脉压力的目的，称之为门-体静脉分流术。有以下几种手术方式：①脾-肾静脉分流术，以脾静脉的根部与肾静脉吻合，门静脉的血可通过肾静脉回流到下腔静脉。②门-腔静脉分流术，包括端侧及侧门腔静脉分流术，端侧门-腔静脉分流术是把门静脉的近段结扎，远端与下腔静脉吻合，门静脉血完全引流到下腔静脉；侧侧门-腔静脉分流术是仍保留部分的静脉血流到肝脏，并可根据门静脉压力的高低，适当调节吻合口的大小。③肠-腔静脉分流术，是肠系膜上静脉、下腔静脉侧侧吻合术。④脾-腔静脉分流术，此手术的目的是将引流食管下端、胃贲门、脾脏的血液与门静脉循环隔离，使该部分的血流经脾静脉的远端流入肾静脉，起到区域性分流减压的作用。⑤冠腔静脉分流术，用胃冠状静脉（胃短静脉）经自身静脉移植到下腔静脉吻合，选择性地引流胃底、食管下端的血液。

六、淋巴水肿

淋巴水肿是由于淋巴循环障碍致富含蛋白质的组织间液持续积聚而导致的一种慢性进展性疾病。好发于四肢，下肢尤其多见。若因各种原因导致淋巴管和淋巴结损伤，如淋巴结摘除术，放疗后，某些肿瘤的侵袭导致淋巴管浸润或阻塞，丝虫病、继发感染或结核病等，可引起淋巴回流障碍，淋巴滞留于组织间隙中而出现水肿。表现为自肢体远端向近端扩展的慢性进展性无痛性水肿。因体表淋巴管阻塞，长期水肿，可引起皮下纤维组织大量增生，使皮肤、浅筋膜逐渐肥厚，皮肤过度角化，质硬如象皮，俗称"象皮肿"。常可继发感染，少数可恶变。

【病例分析】

病例1：患儿，女，2岁，因先天性心脏病动脉导管未闭而入院，准备施行手术结扎动脉导管。问题：1. 动脉导管位于何处？2. 胎儿时期，动脉导管的作用如何？3. 动脉导管未闭，怎样改变血流方向？4. 患有动脉导管未闭的患儿，会出现皮肤紫绀，此类紫绀有何特点？

分析：动脉导管是胎儿时期，连于肺动脉干（或左肺动脉）与主动脉弓的管道。胎儿时期，肺不具有呼吸功能，自右心室的肺动脉血经导管进入降主动脉，而左心室的血液则进入升主动脉。出生后有肺循环存在，动脉导管废用，一般在生后3个月闭合。若未闭合，由于主动脉压高于肺动脉压，血液的分流由左至右，即由主动脉流入肺动脉。少数人后期由于显著肺动脉高压，引起右至左分流，会出现紫绀，此种紫绀在下半身较上半身更为明显。因肺动脉的静脉血经未闭导管流入了降主动脉，以下半身缺氧为主。

病例2：患者，男，60岁，因间歇性跛行5年，加重1年而入院。5年前患者出现左下肢间歇性跛行（行走约300米需要休息），1年前左下肢间歇性跛行加重（行走约100米需要休息），且出现左足静息痛。入院检查：左下肢皮温下降，左下肢肌肉松弛，左足无汗出，未见汗毛生出，左第三趾末端有米粒大小皮肤坏死，左腘动脉和左足背动脉搏动消失。行血管彩超检查显示：左腘动脉严重狭窄，动脉内粥样斑块形成。诊断为"左下肢动脉硬化闭塞症"。问题：试解释患者所出现的症状（患者自我感觉）和体征（医生检查发现）。

分析：因患者由于动脉粥样硬化，左腘动脉出现狭窄，左小腿及其以下出现缺血。患者行走以后，局部耗氧增加，在行走一段路程后，小腿或足部肌肉发生胀痛或抽痛，如果再继续行走，则疼痛加重，患者最终只能被迫止步。患肢疼痛会在休息片刻后得到缓解，若再行走，则疼痛又会出现。这种现象称间歇性跛行，又称运动性疼痛。间歇性跛行加重，说明了动脉狭窄加重。不行走也发生疼痛，称为静息痛，说明了缺血严重，休息也不能缓解。左腘动脉严重狭窄，左下肢动脉血流量减少，引起皮温降低，左足无汗出，左腘动脉和左足背动脉搏动消失；缺血引起营养缺乏，则肌肉松弛，无汗毛，局部皮肤坏死。

病例3：患者，男，35岁，因呕血和便血半天而入院。携带乙型肝炎病毒病史5年，半年前开始出现消化不良、消瘦、恶心、呕吐、右上腹疼痛。昨天开始出现呕血，量约300ml，解大便带血，量约200ml。体检发现：消瘦、脐周静脉曲张，腹膨隆，肝右肋下未触及，脾左肋下5cm可以触及，腹部移动性浊音阳性。B超提示肝轻度缩小，表面结节样，符合肝硬化的表现。脾肿大，有腹水约3000ml。诊断：肝硬化门脉高压症。问题：患者为何出现呕血、便血，脾肿大和腹水？

分析：门脉高压时，侧支循环建立，食管下静脉丛曲张，其破裂引起血液经食管往上而呕血，血液经胃到下消化道，经肛门而出则便血（多为咖啡色），若引起直肠静脉丛的破裂，亦引起便血（为鲜血）。肝门静脉高压，脾静脉血回流障碍，脾脏淤血，导致脾肿大。肝门静脉的压力增高，血管通透性增加，血清中的液体成分漏入腹膜腔；肝硬化肝脏功能差，合成蛋白质能力降低，肝门静脉系的血管处于低渗状态，血液中的液体成分也因此渗透到腹膜腔，导致腹水。

 **思考题**

1. 用简图总结胃的血供。

2. 肝癌需灌注化疗药物治疗，试述自股动脉插管到肝固有动脉的途径。

3. 医生用口服药物治疗尿路感染，试述药物从入口至尿液排出体外所经过的解剖途径。若从手背静脉输液治疗，那么药物运行至尿液排出体外的解剖途径如何？

4. 试述肝脓肿病人细菌经血行播散至右肺产生脓肿的途径。

5. 试述前列腺癌经过血液转移至脑的途径。

6. 某人不慎刮破右足底皮肤，数天后其右腹股沟淋巴肿大，试分析其原因。

7. 某女，50 岁，一月前洗澡时发现右侧乳房上部有一生姜状肿块，因工作忙未及时就医。后发现逐渐肿大，与乳房皮肤粘连，不痛。医生检查时发现同侧腋窝内有两个肿大的淋巴结。问：(1) 腋窝内淋巴结为何会肿大？(2) 如不及时治疗，估计还有哪些部位的淋巴结也会肿大？(3) 可能的诊断？(4) 如果需要手术，要不要清除腋窝内的淋巴结，为什么？

8. 某人因排出乳白色尿液来就医，经化验，尿中所含的是经小肠绒毛吸收的脂肪分解后合成的产物——乳糜。试分析在什么病理条件下乳糜会进入尿内？

（劳梅丽　张显芳）

实验七

感觉器官 内分泌系统

【目的要求】

1. 在眼球标本和模型上观察眼球壁的层次，眼球内容物的组成；了解眼球折光装置的组成和形态结构特点，眼房的结构、房水循环的途径及其临床意义。

2. 熟悉结膜的形态、位置和分部；了解眼外肌的名称、起止、作用及神经支配。

3. 熟悉外耳、中耳、内耳的分部；了解新生儿外耳道的特点。

4. 熟悉中耳鼓室的位置，鼓室六个壁主要结构与毗邻及临床意义；了解听小骨的形态及生理功能。

5. 了解鼓膜及咽鼓管的位置、分部、作用，幼儿咽鼓管的形态特点及临床意义。

6. 了解骨迷路和膜迷路各部的形态、位置，听觉感受器、位觉感受器的位置及功能。

7. 结合临床了解声波的传导途径。

8. 了解甲状腺、甲状旁腺、肾上腺、垂体、胸腺、松果体的形态、位置及垂体的分部、生理功能及临床意义。

【实验材料】

1. 影像资料

感觉器官（眼、耳）解剖录像，内分泌系统解剖录像。

2. 标本

（1）猪眼数个、眼肌标本、眼的血管标本、眼睑标本、泪器标本。

（2）颞骨岩部（示鼓室六个壁）标本，示外耳道、鼓膜、骨迷路标本，咽鼓管标本。

（3）新生儿内分泌腺概观标本、颈部解剖标本（示甲状腺）、脑正中矢状切标本、脑外形标本。

3. 模型

眼球解剖放大模型；眼外肌和眼球构造模型；示外耳、中耳、内耳的分部和形态及鼓室位置、结构和毗邻的模型；骨半规管和膜半规管模型；听小骨模型；各种内分泌腺模型。

【实验内容】

一、视器

视器由眼球、眼副器及血管、神经构成。

（一）眼球

在眶解剖标本上观察。眼球位于眶内，近似球形，前后径略小于横径，后方连粗大的视神经，经视神经管进入颅腔，周围有眼球外肌及神经血管，眶内充满脂肪组织。眼球由眼球壁及其内容物组成。

在眼的模型上观察，将猪眼分别沿眼球赤道切开和矢状切开后观察。

1. 眼球壁

由外而内，可分三层。

（1）外膜　为眼球纤维膜，前为角膜，后为巩膜。

角膜：为眼球纤维膜前 1/6 之透明部分，无血管，约呈圆形，其曲度较大，所以角膜较向前突出，有屈光作用。

巩膜：为眼球纤维膜后 5/6，厚而坚韧，乳白色不透明，前接角膜，在眼球后极稍内侧有视神经从巩膜穿出，前方角膜缘处有环形的**巩膜静脉窦**，为房水回流的通道。

（2）中膜　为眼球血管膜，也叫葡萄膜，呈棕黑色。由前向后可分为虹膜、睫状体和脉络膜三部分。

虹膜：呈冠状位，是中膜最前部的环形的薄膜，位于角膜后方，晶状体前方；虹膜中央有圆形的孔称瞳孔。角膜与晶状体、睫状小带之间的腔隙叫眼房，虹膜把眼房分成较大的眼前房和较小的眼后房，二者借瞳孔相通。在前房内，虹膜和角膜交界处构成的环形区域称虹膜角膜角（前房角），角的前外侧壁有小梁网，连于巩膜与虹膜之间，有滤网作用，为房水回流必经之路。

睫状体：是血管膜中部最肥厚部分，位于巩膜与角膜移行处的内面，前接虹膜根部，后续于脉络膜，在眼的矢状切面上，睫状体呈三角形，结合眼球冠状切面后面观，可见睫状体后部 2/3 较平坦，称睫状环，前 1/3 较肥厚，内表面有 70 ~ 80 个向内突出的皱襞，叫睫状突。睫状体内的平滑肌为睫状肌，有调节晶状体和分泌房水的功能。

脉络膜：占血管膜的后 2/3，前接睫状体，后方有视神经穿过，外与巩膜疏松结合，内面紧贴视网膜色素层。富含血管和色素，有营养、吸收分散光线作用。

（3）内膜　称视网膜，为眼球感觉膜。附于中膜内面，分两层，外层紧密贴在中膜内面者为色素上皮层；内层叫神经层。视网膜自后向前分为三部分：视部、睫状体部和虹膜部。在眼球模型上观察视网膜上的结构，在视网膜后部有血管穿出的圆形隆起为视神经盘，在视神经盘外（颞）侧有黄色小区为黄斑，内有中央凹。

在沿眼球赤道切开和矢状切开的猪眼上观察：眼球壁可分为三层，内层为白色，是视网膜的神经层，与视神经相对应处内面为中心略凹的视神经盘，乳白色这层较易剥离，该层深面一层呈蓝黑色为视网膜色素上皮层，再外面呈棕黑色为脉络膜，两者紧贴在一起，最外层为厚而致密坚韧、乳白色的巩膜，在眼球后极偏内侧有视神经穿出巩膜，其外包有视神经鞘。

2. 眼球的内容物

包括房水、晶状体和玻璃体。

房水：是充满眼房的澄清的液体，有营养角膜和晶状体、维持眼内压和折光功能。

晶状体：位于虹膜与玻璃体之间，呈双凸透镜状，后面曲度较大，前面曲度较小，无色透明，具有弹性。借睫状小带系于睫状体。

玻璃体：为无色透明的胶状物质，充满于晶状体、睫状小带与视网膜之间，约占眼球内腔的4/5。

在沿眼球赤道切开猪眼上观察：眼球内部后半充满冻胶状的玻璃体，若不是新鲜眼球，则有的玻璃体会液化呈水样。除去冻胶状的玻璃体，从后方往前看视网膜、脉络膜、虹膜等。用镊子夹起晶状体，仔细观察连于晶状体与睫状体之间的睫状小带，此带为透明、菲薄的膜样结构。将晶状体取出观察其形态结构。观察睫状体的睫状环与睫状突及其前方的虹膜与瞳孔。观察最前方的角膜，如不是新鲜眼球，则因防腐液的作用而不是十分透明。最后将眼球壁前部沿矢状方向剪开，观察眼前房、眼后房及虹膜、角膜角等结构。

在活体上相互观察眼球前方的角膜，后方乳白色的巩膜，透过角膜观察虹膜、瞳孔及眼球前房等结构。

用手电筒相互照射一侧眼睛，观察照射和移开手电筒时双侧瞳孔的反应，被照侧瞳孔缩小为瞳孔直接对光反射，另一侧的瞳孔缩小为瞳孔间接对光反射。瞳孔对光反射有助于对神经系统疾病的诊断，瞳孔对光反射迟钝或消失，见于昏迷病人。

（二）眼副器

在活体上观察。

1. 眼睑

俗称"眼皮"，位于眼球前方，分上睑和下睑。上、下睑之边缘称睑缘，睑缘的前缘生有睫毛。上、下睑缘之间的缝隙名睑裂。上、下睑在两端连合处分别名为内眦及外眦。内眦与眼球之间的空隙为泪湖。泪湖底有一微红小突起，称为泪阜。

在眼睑标本上观察，眼睑的结构由浅至深可分为皮肤、浅筋膜、肌层、睑板和睑结膜五层。

2. 结膜

在标本与活体上观察。结膜为一层薄而透明的黏膜，覆盖在眼睑的后面与巩膜前部的前面。依其所处的部位，可分为三部分：眼睑最内层为睑结膜。覆盖巩膜前部，其深面为白色的巩膜为球结膜。睑结膜与球结膜互相移行，其反折处形成的隐窝，称结膜穹窿，有上穹与下穹。观察结膜上穹时需翻起上睑，眼球往下转；观察结膜下穹时需外翻下睑，眼球往上转。当闭眼时，三部分结膜之间所形成的囊状空隙，称为结膜囊，结膜囊通过睑裂与外界相通，滴眼药水时药水即进入结膜囊。

3. 泪器

由泪腺和泪道组成。泪道包括：泪点、泪小管、泪囊和鼻泪管。

在活体上观察：在上、下睑缘内侧端各有一小突起为泪乳头，其顶端有一小孔，对向泪湖，分别称为上、下泪点，是泪小管的开口。

在标本或模型上观察：分别起自上、下泪点的上、下泪小管，先与睑缘成垂直方向走行，旋即几乎成直角转向内侧行，上、下泪小管汇合后开口于泪囊。泪囊为位于泪囊窝内的膜性囊，其上端为盲端，在内眦水平以上，其下端移行于鼻泪管。

4. 眼球外肌

眼球外肌有七块，其中运动眼睑的是上睑提肌。其余六块均止于眼球，运动眼球，包括四条直肌、两条斜肌。

在眼肌标本和眼外肌和眼球构造的模型上逐一观察。

上睑提肌在上直肌上方可认出，起自视神经管周围的总腱环，前行处为腱膜，止于上睑睑板。

四块直肌（即上直肌、下直肌、内直肌、外直肌）均起于视神经管周围和眶上裂内侧的总腱环，分别沿眶的上、下、内侧、外侧壁前行，在眼球的上、下、内、外方，至眼球赤道（中纬线）的前方，止于巩膜上、下、内侧、外侧各部。内、外直肌的功能分别是使瞳孔转向内侧和外侧；上、下直肌可使瞳孔转向上内方和下内方。

上斜肌：起自于总腱环，在上直肌和内直肌之间，沿眼眶顶壁之内侧缘前行，至眼眶顶壁内侧缘前端处，穿过一滑车，再转向后外，经上直肌与外直肌之间走向后外方，止于眼球赤道（中纬线）后方，其功能是使瞳孔转向外下方。

下斜肌：起自眼眶底壁的前内侧，经下直肌下方，斜向后外，止于眼球下面赤道（中纬线）的后方，其功能是使瞳孔转向外上方。

（三）眼球和眼眶的血管和神经

在眼的血管标本和模型上观察。

眼动脉：起自颈内动脉颅内段，与视神经伴行经视神经管入眶，先在视神经外侧，后经上直肌与视神经之间眼眶内侧壁，再经上斜肌与内直肌之间前行，最后出眼眶成为终支。

神经：将在脑神经实习时观察。

二、前庭蜗器

在示外耳、中耳、内耳的分部和形态及鼓室位置、结构和毗邻的模型上可见：前庭蜗器包括前庭器和蜗器，按部位可分为外耳、中耳、内耳三部。

（一）外耳

包括耳廓、外耳道、鼓膜。

在耳（示外耳道、鼓膜、骨迷路）标本和示外耳、中耳、内耳的分部和形态及鼓室位置、结构和毗邻的模型上观察：连于外耳门至鼓膜间的弯曲管道为外耳道，外侧1/3为软骨部，与耳廓软骨相延续，内侧2/3为骨性部。由外向内，其方向为先向前上，继而稍向后，最后弯向前下，故活体上检查成人鼓膜时，需将耳廓拉向后上方，使外耳道呈近似于直线才能窥见。婴儿外耳道短而直，鼓膜近于水平位。

在鼓膜的标本和模型上观察：外耳道与鼓室之间可见一椭圆形半透明薄膜即鼓膜。向前、下、外倾斜，与头部的矢状面及水平面各成45°角。鼓膜上1/4，呈三角形，薄而松弛，称松弛部；下部3/4坚实紧张，称紧张部，为鼓膜振动之主要部分。鼓膜整体呈漏斗状，凸面向内，与锤骨柄末端相对处为鼓膜脐。锤骨柄紧贴鼓膜内面。

（二）中耳

包括鼓室、咽鼓管、乳突窦及乳突小房。为一含气的不规则腔道，大部分在颞骨岩部内。

在示外耳、中耳、内耳的分部和形态及鼓室位置、结构和毗邻的模型及锯开的颞骨标本上对照观察，注意确定各结构的解剖位置。

1. 鼓室

鼓室是颞骨岩部内含气的一个形状不规则的腔隙，上、下径和前、后径长，内外侧径短，鼓室各壁覆有黏膜，此黏膜与咽鼓管及乳突窦、乳突小房内的黏膜相延续。鼓室可分为六壁。

上壁：又称鼓室盖，为一薄骨板，分隔鼓室与颅中窝。

下壁：又称颈静脉壁，亦为一薄骨板，分隔鼓室和颈静脉窝内的颈内静脉。

前壁：又称颈动脉壁，即颈动脉管的后壁，此壁上部有肌咽鼓管开口，肌咽鼓管可分为上、下二部，上部为鼓膜张肌半管，内容鼓膜张肌，下部为咽鼓管半管。

后壁：又称乳突壁，此壁上部有乳突窦开口，乳突窦又与后方的乳突小房相通。乳突窦开口内侧有外侧半规管凸，开口下方有一锥隆起，内容镫骨肌。

外侧壁：又称鼓膜壁，大部分是鼓膜，此外，鼓膜所附着处周围的骨也组成外侧壁的一部分。

内侧壁：又称迷路壁，为内耳之外侧壁。此壁凹凸不平，中部有圆形隆起，名岬，由耳蜗第一圈隆凸形成（可在模型上取出颞骨里面的内耳模型加以验证）。岬的后上方有卵圆形孔，名前庭窗或卵圆孔，通向前庭，为镫骨底封闭。岬的后下方有圆形小孔，名蜗窗或圆窗，在活体上有第二鼓膜封闭。在前庭窗的后上方有一条弓形隆起，称为面神经管凸，内有面神经（模型上面神经管凸已打开显露面神经管和面神经）。

鼓室内结构细小，在三块听小骨和两条听骨肌标本上较难看清，要和模型结合起来观察：三块听骨即锤骨、砧骨及镫骨，最靠外侧为锤骨，锤骨柄末端附着于鼓膜脐区，锤骨头与砧骨相关节，砧骨又与镫骨头连接，而镫骨底则覆盖前庭窗。三骨借关节和韧带连结成听骨链，连于鼓膜和前庭窗之间，可将声波的振动转换成机械能传入内耳。

运动听小骨的肌为鼓膜张肌和镫骨肌，鼓膜张肌位于鼓膜张肌半管内，骨腱从管内伸入鼓室，止于锤骨，收缩时将锤骨拉向内侧，紧张鼓膜。镫骨肌位于鼓室后壁的锥隆起内，肌腱入鼓室，止于镫骨，收缩拉镫骨底向后外方，离开前庭窗，以减轻内耳的压力。

2. 咽鼓管

为沟通中耳鼓室与鼻咽部的管道，又名欧氏管。成人长 3.5 ~ 4.0cm。内 2/3 为软骨部，以咽鼓管咽口开口于平对下鼻甲后方的鼻咽部侧壁，管自咽口向后上外行，外 1/3 为骨部，以咽鼓管鼓室口开口于鼓室前壁。咽鼓管咽口和软骨部平时关闭，当吞咽或打呵欠时，腭帆张肌收缩，咽口张开。

幼儿咽鼓管较成人短而平，口径较大，故咽部感染易沿咽鼓管侵入鼓室，引起中耳炎。

3. 乳突窦和乳突小房

是鼓室向后的延伸。乳突窦位于鼓室上隐窝的后方，是乳突小房中最大者，向前开口于鼓室，向后与乳突小房相连通。乳突小房为颞骨乳突内的许多含气小腔，在锯开的颞骨标本上观察，可见这些小腔互相交通，向前借乳突窦与鼓室相通。

（三）内耳

内耳位于鼓室和内耳道底之间，全部埋藏于颞骨岩部骨质内，由骨迷路和膜迷路构成。骨迷路为颞骨岩部骨密质围成的不规则腔隙，膜迷路为套在骨迷路内的膜性管或囊，二者间充满外淋巴，膜迷路内充满内淋巴，内、外淋巴互不相通。

1. 骨迷路

在耳（示外耳道、鼓膜、骨迷路）标本和内耳模型上观察。

可见骨迷路共分三部，即前庭、骨半规管、耳蜗。骨迷路中部扩大之腔隙为前庭，前庭前部较窄，前下方有一大孔道连形似蜗牛壳之耳蜗，后部较宽，后上方以 5 个小孔通 3 个骨半规管。前庭与中耳之间有前庭窗和蜗窗，前庭内侧壁接内耳道底。

前庭后上方有三个几乎互成直角的半环形骨管，为骨半规管，根据位置分为前骨半规管、后骨半规管和外骨半规管，前骨半规管凸向上，约与颞骨岩部的长轴相垂直；后骨半规管凸向后外，与颞骨岩部的后面接近平行；外骨半规管凸向外侧，呈水平位。每个半规管都有两个骨脚连于前庭，较细小者称单骨脚，较膨大者称壶腹骨脚，前、后骨半规管的单骨脚合成一总骨脚，故 3 个骨半规管以 5 个孔开口于前庭。

位于前庭的前方，形似蜗牛壳者为耳蜗。由蜗螺旋管环绕蜗轴两圈半而成。蜗顶朝前外方，蜗底朝后内方对向内耳道底。蜗轴伸出之骨螺旋板，分蜗螺旋管为上下两半，上半为前庭阶，下半为鼓阶。

2. 膜迷路

位于骨迷路内封闭的膜性管和囊，借纤维束固定于骨迷路。分为椭圆囊、球囊、膜半规管和蜗管。

在耳（示外耳道、鼓膜、骨迷路）标本和内耳模型上观察。

位于前庭后上方的椭圆囊隐窝内者为**椭圆囊**，较大。后壁有 5 个开口，连于膜半规管。前壁有椭圆球囊管，连于球囊和内淋巴导管。椭圆囊内有椭圆囊斑，为位觉感受器，感受头部静止和直线变速运动的刺激。

位于前庭前下方的球囊隐窝内者为球囊，较椭圆囊小。下端以连合管连于蜗管。球囊内有球囊斑，为位觉感受器，感受头部静止和直线变速运动的刺激。

在骨半规管内，形状与骨半规管相似者为膜半规管，骨壶腹内相应的膜部膨大称膜壶腹，壁上有隆起的壶腹嵴，也是位觉感受器，感受头部旋转变速运动的刺激。

膜蜗管位于耳蜗螺旋管内，介于骨螺旋板与蜗螺旋管外侧壁之间，水平切面呈三角形。

三、内分泌系统

在新生儿显示全身内分泌腺的标本上对全身内分泌腺进行观察，形成一个全身内分泌腺的全貌了解。内分泌系统由全身各部的内分泌腺组成，按其存在的形式可分为两大类。内分泌器官：甲状腺、甲状旁腺、肾上腺、垂体、松果体、胸腺。内分泌组织：胰腺内的胰岛、睾丸内的间质细胞、卵巢内的卵泡和黄体等。

（一）甲状腺及甲状旁腺的形态和位置

甲状腺：利用颈部解剖标本、新生儿标本、喉和气管带甲状腺的标本、模型观察辨认。甲状腺位于颈前部，贴附于喉和气管上部的两侧和前方，呈"H"形。左、右侧叶上达甲状软骨的中部，下抵第 6 气管软骨环水平。两侧叶之间的甲状腺峡，位于第 2～4 气管软骨环的前方，有时自峡向上伸出一个锥状叶，较长者可达舌骨。甲状腺峡有时缺如，使左、右侧叶分离。

甲状旁腺：利用甲状腺标本和模型，结合图谱观察辨认。甲状旁腺位于甲状腺侧叶的后面，一般是两对黄豆大小的扁椭圆形小体。上一对多在甲状腺侧叶后面的中、上 1/3 交界处，下一对常在甲状腺侧叶后面的下部、甲状腺下动脉附近。要注意的是甲状旁腺的数目和位置变化较大，有时埋入甲状腺实质内，寻找辨认困难。临床上作甲状腺次全切除时，一定要保留甲状腺侧叶的后部，目的是避免甲状旁腺被切除。

（二）垂体、松果体的形态和位置

垂体：利用头部正中矢状切面标本、颅底内面观标本、脑干带垂体和松果体的标本和模型观察辨认。垂体呈椭圆形，位于颅中窝、蝶骨体上面的垂体窝内，硬脑膜形成的鞍隔下方。垂体借其上方的漏斗穿过鞍隔连于下丘脑，分为前方的腺垂体和后方的神经垂体两部分。

松果体：利用头部正中矢状切面标本、脑干带垂体和松果体的标本、模型观察辨认。松果体是形似松果状的椭圆形小体，位于背侧丘脑后上方，上丘之间的浅凹内，并借其柄连于第三脑室顶的后部。

（三）肾上腺的形态和位置

利用腹膜后间隙器官的标本、新生儿标本观察辨认。肾上腺在腹膜之后，是成对的腹膜外位器官，位于肾的上内方。肾上腺与肾共同包被在肾筋膜内，但有单独的纤维囊和脂肪囊，肾下垂时，肾上腺不随之下降。肾上腺左侧较大近似半月形，右侧稍小呈三角形。肾上腺前面有不太明显的门，是血管、神经、淋巴管等出入的门户。

（四）胸腺的形态和位置

在小儿纵隔标本上观察，胸腺位于胸骨柄后方，上纵隔前部，心包的上方及出入心脏的大血管前面，有时可向上突至颈根部。胸腺的左、右两叶常不对称，每叶呈上窄下宽的扁条形。新生儿及幼儿时期胸腺的体积较大，随年龄增长继续发育至青春期，性成熟后最大，而后逐渐萎缩退化，成年后胸腺组织被结缔组织、脂肪等替代。

【临床联系】

一、眼的折光异常

当眼在调节松弛状态下，来自 5 或 6 米以外的平行光线，通过正常眼的折光装置折射，无需调节，不能聚焦于视网膜上，称非正视眼或折光异常（屈光不正）。可分为近视、远视和散光三类。

1. 近视眼

眼球前后径正常，角膜或晶状体曲率过大，屈光能力过强；眼球前后径过长，使平行光线进入眼球后，聚焦成像于视网膜之前，导致视远距物模糊，近距视力好。纠正方法为佩戴一定焦度的凹透镜。

2. 远视眼

眼球前后径过短，角膜曲率过小，使平行光线聚焦于视网膜之后，视物模糊。轻度远视在年轻人因调节力强而无明显症状。中、高度远视视力受损，常伴有不适和视觉疲劳，因过度调节会出现内斜视。纠正方法为佩戴一定焦度的凸透镜。

3. 散光眼

角膜的球面曲率不均匀，入眼的光线经折射后不能同时聚成焦点，以致视物模糊，纠正方法为配戴柱透镜。

4. 老视

俗称"老花眼"，老年人因晶状体逐渐硬化，弹性减弱，睫状肌功能也逐渐变弱，眼的调节能力逐渐减弱，40～45 岁开始，能看远物而看近物不清，为了看清近物，睫状肌要过度收缩和过度集合，以增加调节，引起眼疲劳。纠正方法：看近物时佩戴凸透镜，看远物时把镜摘下。

二、晕车、晕船、晕飞机

晕车、晕船、晕飞机为晕动病或运动病，它是指乘坐交通工具时，由摇摆、颠簸、旋转、变速运动等因素使人体内耳前庭器感受到过度运动刺激，从而产生过量生物电，影响神经中枢而出现的冒冷汗、恶心、呕吐、头晕等症状群。确切地讲不是通常意义上的疾病，而仅仅是敏感机体对超限刺激的应激反应，是一种人体空间定位障碍。正常人体空间的平衡由视觉、本体感觉及前庭迷路感觉的相互协调与配合来实现，而前庭迷路感觉起主导作用。内耳前庭器是人体平衡感受器官，椭圆囊斑、球囊斑感受静止和直线（水平或垂直）变速运动的刺激，半规管壶腹嵴感受旋转（角）变速度运动的刺激。当乘坐的交通工具作直线变速运动，如汽车启动、加减速、刹车，船舶晃动、颠簸，电梯和飞机升降时，这些刺激使前庭内的椭圆囊斑和球囊斑毛细胞受刺激而产生形变放电，向中枢传递并感知。作旋转变速运动，如汽车转弯，飞机作圆周运动时，角加速度作用于两侧内耳相应的半规管，使双侧半规管壶腹嵴内毛细胞受刺激弯曲形变产生正负相反的电位，这些神经末梢的兴奋或抑制性电信号通过前庭神经传向中枢并感知。每个人对这些刺激的强度和时间的耐受性有一个限度，在此限度和时间内人们不会产生不良反应，超过了这个限度就要出现运动病症状，这个限度就是致晕阈值。每个人的致晕阈值不同，所以在相同的客观条件下，只有少数致晕阈值低的人才出现晕动病症状。眩晕是前庭受刺激产生的症状，冒冷汗、恶心、呕吐等症状是因为前庭神经与植物神经关系密切。

 **思考题**

1. 请分析光线进入眼内转化成视觉冲动所经过的解剖路径，依次经过的这些结构中发生哪些病变后会引起失明？

2. 运用所学视器的解剖学知识，试解释近视、远视、老视、散光、白内障、青光眼、沙眼、斜视、瞳孔缩小、瞳孔散大、夜盲、色盲等疾病与何结构有关？

3. 为什么婴幼儿比成人容易在咽喉发炎后之后患中耳炎，中耳炎可能波及哪些结构？

（马志健　黄奕弟）

实验八
神经系统总论 脊髓 脊神经

【目的要求】

1. 掌握神经系统的区分，神经元、神经胶质细胞的基本形态特征，神经元分类及功能，神经胶质的分类及基本功能。了解反射弧的基本组成及功能。

2. 掌握白质、髓质、纤维束、灰质、皮质、神经核、神经节、神经的概念及组织构成。

3. 掌握脊髓位置、终端水平部位。熟悉脊髓的一般外形结构。

4. 掌握脊髓节段的概念和脊神经节段的概念。

5. 掌握脊髓内部主要结构，掌握脊髓灰质配布概况，熟悉其主要核团（前角运动细胞、胶状质、后角固有核、中间外侧核）的功能性质；熟悉脊髓白质的配布概况，掌握主要上行纤维束（薄束、楔束、脊髓丘脑束）的位置和功能、性质及损伤表现，了解其他上行纤维束的行程及功能；掌握皮质脊髓侧束的位置、功能、行程特点及损伤表现，了解皮质脊髓前束、红核脊髓束的位置和功能性质。

6. 熟悉脊髓反射和损伤表现。

7. 掌握脊神经的构成、分支、纤维成分。

8. 掌握颈丛的构成，掌握膈神经的构成、位置、分布、损伤表现；熟悉耳大、枕小、颈横、锁骨上神经的分布。

9. 掌握臂丛的组成、位置；掌握正中神经、尺神经、桡神经的起源、主要行程和分支、分布，肌皮神经、腋神经的位置、分布；熟悉上述神经损伤的临床表现及分析。

10. 掌握胸神经前支在胸腹壁的行程、分布及其皮支的节段性特征，了解肋间神经阻滞麻醉的解剖要点。

11. 掌握腰丛的组成、位置；掌握股神经的行程、位置、主要分支、分布及损伤表现；了解髂腹下、髂腹股沟、闭孔神经、生殖股神经的分布。

12. 掌握骶丛的组成及位置；掌握坐骨神经的发起、行程、体表投影、主要分支、分布概况及损伤分析；了解臀上、臀下、股后皮神经分布。

13. 熟悉四肢各部位的神经配布。

【实验材料】

1. 影像资料

神经系统总论、脊髓、脊神经解剖录像。

2. 标本

脊髓各关键部位的横断面厚切片，原位脊髓（脊柱带脊髓标本示脊神经根、椎间孔、脊神经分支），离体脊髓、脊髓横切面、脊髓带椎骨标本，颈丛及臂丛组成标本，离体上、下肢神经标本，肋间神经标本，纵隔（显露膈神经、迷走神经、膈肌）标本，腰丛、骶丛位置及组成标本，坐骨神经、股神经及其分支标本，会阴及大腿内侧区（示阴部神经和闭孔神经）。

3. 模型

神经系统概观模型、脊椎模型、脊髓节段模型、脊神经的构成模型，颈丛、臂丛与分支分布，纵隔模型。

【实验内容】

一、神经系统的分部

在神经系统概观模型上观察。

中枢神经系统包括脑和脊髓。

周围神经系统包括脑神经和脊神经，分别连于脑和脊髓。

周围神经以神经干的形式分布到身体各部，含运动和感觉纤维成分。每一条脊神经都是混合性神经，其运动和感觉纤维在外观上无法分辨，但是到达各部皮肤的小分支（称为皮支）主要为感觉神经。还可根据其功能和分布将周围神经分为内脏神经和躯体神经（此部分可由老师示教）。

二、脊髓

1. 脊髓的外形

在离体脊髓上观察。脊髓呈圆柱样，横径大于前后径，全长粗细不等，有两个膨大部，上端为颈膨大，下端为腰骶膨大。末端逐渐变细，称为脊髓圆锥，其下端延续为细长的终丝（需拨开马尾寻找）。

在脊髓节段模型上观察。脊髓表面有6条纵行的浅沟，前正中明显的沟称前正中裂；后面正中为后正中沟，在前正中裂外侧有成对的前外侧沟，在后正中沟外侧有成对的后外侧沟，为神经根丝出入的部位。前外侧沟根丝细小，排列稀疏，合成前根；后外侧沟根丝粗大，排列紧密，合成后根，后根上膨大处为脊神经节。前、后根在脊髓两侧椎间孔处汇合形成脊神经。每一对脊神经的根丝附着范围内的脊髓称为一个脊髓节段，由31对脊神经将脊髓区分为 31 个节段：颈节 8 个、胸节 12 个、腰节 5 个，骶节 5 个、尾节 1 个。

2. 脊髓的位置

在打开椎管后壁的脊髓标本上示教。脊髓位于椎管内，上端在枕骨大孔处延续为延髓，下端成人平对第 1 腰椎体下缘（新生儿脊髓下端平对第 3 腰椎体下缘）。观察时注意辨认椎骨序数，注意颈、胸、腰、骶等神经根丝在椎管内行走的方向、长度、出椎间孔的位置。

3. 脊髓的横切面

在脊髓横切标本上示教。根据各沟裂的位置来判定方位，然后观察脊髓的内部结构。切面中间部分颜色较浅的部分为灰质（在新鲜标本上灰质颜色灰暗），而周围部分颜色较深为白质（在新鲜标本上白质鲜亮发白）。

脊髓灰质略呈"H"形，中央有细小的中央管上通脑室，其前、后方的皮质分别称为灰质前、后连合；外侧部向前扩大形成前角，在两膨大处尤为明显；向后的狭细突起称后角；前、后角之间为中间带；在胸髓节段横切标本上还可观察到，中间带向外侧突出形成侧角（胸 1 到腰 3 节段存在）。从脊髓整体的角度来看，各节段前角、后角和侧角连成柱状，称为前柱、后柱和侧柱，前柱主要是运动性神经元，后柱为感觉性神经元和联络神经元，侧柱为内脏运动和内脏感觉性神经元。

脊髓白质位于灰质的周围，主要由纵向走行的神经纤维束构成，根据脊髓的沟裂可分为：前正中裂与前外侧沟之间的前索，前、后外侧沟之间的外侧索，后正中沟与后外侧沟之间的后索。在前外侧裂深部有横越的白质纤维，称白质前连合。

4. 脊髓的纤维束

在感觉和运动传导通路模型上观察。

三、脊神经的构成

脊神经连于脊髓，共 31 对。计颈神经 8 对，胸神经 12 对，腰神经 5 对，骶神经 5 对和尾神经 1 对。分布于躯干和四肢。

先观察脊神经构成模型，再观察对应标本（示教）。

在模型和标本上可见脊神经通过神经根与脊髓相连接。前根的根丝发自脊髓前外侧沟，后根的根丝从后外侧沟进入脊髓。在椎间孔处，前后根合并后再分支离开椎间孔，此处可见脊神经节，位于后根，为初级感觉神经元胞体聚集而成。

脊神经主要的分支有：前支，较粗大，走向脊柱的前外侧；后支，向后穿过横突间软组织分布到躯干背部中线两侧的肌和皮肤；脊膜支，较细小，从椎间孔返回入椎管分布到脊膜及椎管内血管（在普通标本上难以见到）；交通支，连接交感干（详见内脏神经）。

颈、腰、骶部的脊神经的前支分别构成神经丛（颈丛、臂丛、腰丛和骶丛）；胸部的脊神经前支呈节段性分布。所有脊神经后支呈节段性分布到脊柱区的肌和皮肤，不必作详细观察。

四、颈丛

翻开胸锁乳突肌，观察第 1~4 颈神经前支组成的颈丛及发出的分支。

1. 皮支

可在颈丛模型上观察。多数经胸锁乳突肌后缘中点（神经点）穿出深筋膜，向上、前、下各方向行走至浅层。依次辨认枕小神经、耳大神经、颈横神经、锁骨上神经。

2. 膈神经

在颈丛模型、纵隔模型和纵隔标本上观察。为混合性神经，由颈丛发出，向下经前斜角肌表面，至颈根部经锁骨下动、静脉之间进入胸腔，经肺根前方贴心包两侧下行达膈肌，该神经分支支配膈肌的运动，并分支到心包、胸膜，右膈神经至肝、胆，传导其感觉冲动。

五、臂丛

由第 5~8 颈神经前支与第 1 胸神经前支组成。在上肢标本上辨认臂丛 3 束的主要分支。

1. 肌皮神经

自外侧束发出，穿喙肱肌，分支支配喙肱肌、肱二头肌和肱肌，其终支为前臂外侧皮神经。

2. 正中神经

此神经由外侧束和内侧束各发一根汇合而成。位于腋动脉前外侧，伴肱动脉经肱二头肌内侧沟下行到肘窝，并穿过旋前圆肌，向下经指浅、深屈肌之间，最后经腕横韧带深面达手掌部。正中神经在臂部没有分支，在前臂分支支配前臂前肌群（肱桡肌、尺侧腕屈肌、指深屈肌尺侧半除外）。正中神经的终支为 3 支指掌侧总神经，在手掌部发出返支支配鱼际肌（拇收肌除外）和 1、2 蚓状肌。皮支分布于手掌掌心和鱼际区皮肤以及桡侧半和桡侧三个半指掌侧皮肤及这三个半指中节与远节指背的皮肤。

3. 尺神经

在尺骨鹰嘴和肱骨内上髁之间可见一粗大的神经，即为尺神经，发自内侧束，在臂部行经正中神经内侧，无分支。过尺神经沟后，行经肘关节内侧，穿过尺侧腕屈肌的起点，进入前臂伴尺动脉内侧下行。尺神经在前臂分发出肌支支配尺侧腕屈肌、指深屈肌尺侧半。主干继续下行达腕上方处发出手背支，绕前臂远端内侧缘达手背侧，分布于手背尺侧半及尺侧一个半指近背侧皮肤。尺神经终支至手掌部分为深、浅两支：深支支配小鱼际肌，拇收肌，第 3、4 蚓状肌和全部骨间肌；浅支沿手掌面下行，分布于小鱼际区皮肤尺侧半和尺侧一个半指掌侧及一个半指中节与远节指背的皮肤。

4. 腋神经

由后束发出，在腋腔后壁处可见腋神经伴旋肱后动脉向后穿四边孔，绕肱骨外科

87

颈分支入三角肌和小圆肌，并有皮支分布于三角肌区及臂上份外侧部皮肤。

5. 桡神经

较粗大，由后束发出后即与肱深动脉伴行，经肱三头肌长头与内侧头之间沿桡神经沟行向外下方达肱骨外上髁前方，沿途发出肌支支配肱三头肌、肱桡肌和桡侧腕长伸肌；皮支分布于臂及前臂后部皮肤；主干行至肱肌与肱桡肌之间并分为深、浅两终支。浅支：分布于手背桡侧半及桡侧二个半指近节背侧皮肤。深支：分支支配前臂后肌群。在骨架上复习肱骨桡神经沟。请在手部画出桡神经皮支分布范围。

以上诸神经都是臂丛至上肢的分支。臂丛于锁骨上、下部还有许多分支，则不一一追认。

六、胸神经前支

在显露胸后壁的标本上观察。

胸神经在穿出椎间孔后，除第1和第12胸神经外，均不成丛。各对胸神经前支均行走于相应的肋间隙内，故称肋间神经。第12胸神经前支行于第12肋下缘称肋下神经。

肋间神经在肋间隙内与肋间后动脉、静脉伴行，神经位于最下方，行走于上一肋骨下缘的内侧面（肋沟处），肋间内肌和肋间最内肌之间。分布于胸壁肌与皮肤。主要分支有外侧皮支和前皮支。下5对肋间神经和肋下神经除分布于相应的肋间肌和皮肤外，还继续向前下行达腹前壁。于腹前外侧壁可见它们行于腹横肌与腹内斜肌之间，最后穿腹直肌前鞘到达腹前壁皮肤，沿途发出分支至腹前外侧壁肌与皮肤，并具有明显的节段性。肋间神经皮支的重叠分布特点也最为明显，即一条肋间神经皮支所分布的区域也有相邻上下两条神经的分布。

七、腰丛

腰丛由胸12前支的一部分、腰1至腰3的前支及腰4前支的一部分构成。

在显露腰后壁的标本上观察。翻开腰大肌，于腰椎横突前方可见腰丛。第4腰神经前支的一部分和第5腰神经前支组成腰骶干加入骶丛（此干可在骶骨岬两侧找到）。观察腰丛的分支。

1. 股外侧皮神经

可在髂前上棘下方与大腿外侧找到。

2. 股神经

在股前内侧区神经血管标本上观察。股神经是腰丛最大的分支，此神经由腰大肌的外侧缘穿出后，沿腰大肌与髂肌之间下降，经腹股沟韧带深面、股动脉的外侧行至股前部，在股部的分支有：①肌支，数条分支入股四头肌和缝匠肌；②前皮支，分布于大腿前部的皮肤；③隐神经，为股神经终支，亦为皮支，在股部伴股动脉下降，经收肌管到膝关节内侧穿出至皮下，伴大隐静脉下行至小腿前内侧面，最后达足内侧缘，分布于小腿前内侧面及足内侧缘皮肤。

3. 闭孔神经

在盆腔矢状切面连有下肢的标本上观察。自腰大肌内侧缘穿出后，沿小骨盆侧壁下行，与闭孔动脉一道穿闭膜管至大腿内侧，分为前、后两支，支配股内侧肌群和闭孔外肌。

八、骶丛

骶丛由腰4前支大部分、腰5（构成腰骶干）及所有骶神经前支构成。

在盆腔矢状切并连有下肢的标本上观察。第1~4骶神经前支由骶前孔穿出，第5骶神经前支和尾神经前支经骶管裂孔出骶管，它们在盆腔后壁梨状肌前方与腰骶干共同组成骶丛。

根据下面描述特点寻找骶丛的分支。

1. 臀上和臀下神经

在臀部，翻开臀大肌和臀中肌，可见此二神经分别经梨状肌上孔和下孔穿出。臀下神经入臀大肌支配该肌；臀上神经行于臀中、小肌之间并支配此二肌及阔筋膜张肌。

2. 阴部神经

与臀下神经同出梨状肌下孔，随后绕过坐骨棘进入坐骨小孔，沿坐骨肛门窝侧壁，分数支至肛管会阴部及外生殖器。

3. 坐骨神经

此神经为骶丛的最大分支，也是人体最粗大的一支神经。经梨状肌下孔穿出后（此处个体差异大，部分分两支穿梨状肌上、下孔或其中一支穿梨状肌纤维），行经坐骨结节与股骨大转子之间至股后部，发出分支支配大腿后群肌。于腘窝上角处，分为2终支（分支部位高低个体差异大，少数人分支部位高达臀部穿梨状肌处）：①胫神经，下行至小腿后部，伴胫后动脉，经小腿后面深、浅两层肌间下行，并发出分支支配小腿后群肌。主干经内踝与跟结节之间进入足底，分为内、外侧2支，分别称为足底内、外侧神经，分布于足底的肌和皮肤。②腓总神经，沿股二头肌内侧缘向外下行，绕过腓骨颈外侧，穿腓骨长肌分为腓深和腓浅神经。腓深神经伴胫前动脉，在小腿前群肌间下行，分支支配小腿前群肌和足背肌。腓浅神经行于腓骨长、短肌之间，分支支配腓骨长、短肌。主干向下，于小腿外侧面中、下1/3交界处穿出深筋膜，分布于小腿外侧面、足背、趾背的皮肤。观察时特别要注意其绕腓骨颈处，该处易于损伤。

【临床联系】

一、几种常见的脊髓损伤

脊柱外伤、脊柱及椎管内肿瘤的压迫是造成脊髓损伤的常见原因。脊髓损伤常见的类型有不完全横断伤、完全横断伤。脊髓半横断损伤引起的综合征又称布朗－塞卡尔综合征（Brown－Sequard syndrome）。

布朗－塞卡尔综合征经典的表现为：损伤平面以下同侧肢体呈痉挛性瘫痪（同侧皮质脊髓束支配同侧前角运动神经元）；损伤平面以下同侧出现深感觉障碍（同侧后索损伤传导同侧深感觉）；对侧损伤节段下 2~3 个脊髓节段平面以下痛温觉障碍（同侧脊髓丘脑束传导的是对侧的浅感觉）；病灶支配区同侧出现肌萎缩、浅感觉障碍（损伤区域的前角运动神经元和后角进入带损伤）；支配区上缘出现节段性痛觉过敏（处于病灶上缘，受病灶的刺激）。

脊髓完全横贯损伤，急性期会出现脊髓休克（2 周左右），表现为节段性感觉运动功能丧失，病灶水平以下躯体感觉和内脏感觉消失，深浅反射和内脏反射抑制，尿潴留（称无张力性神经元性膀胱），血压下降。病灶以下表现为弛缓性瘫痪，肌无张力，被动运动毫无抵抗。后期表现为截瘫：损伤平面以下双侧呈痉挛性瘫痪，反射逐渐恢复，出现巴宾斯基症，膀胱充盈到 300~400ml 即自动排尿（反射性神经性膀胱）。躯体反射亢进并可扩展到内脏反射（躯体的刺激可引起排汗、排尿、排便等总体反射）。感觉部分恢复（完全彻底横贯，平面以下的深浅感觉完全缺失）。

不完全横贯损伤的脊髓休克期短，瘫痪范围小，感觉缺失也是不完全的，其范围、性质取决于受损的传导束，双侧不对称。

二、肱骨中段骨折易损伤桡神经

桡神经沟位于肱骨中段背侧，桡神经在此处贴近肱骨下行。肱骨此处易于发生骨折而损伤桡神经，可能导致前臂后群肌的瘫痪和其皮支分配区域的麻木，主要表现为手腕下垂、前臂旋后障碍、前臂背侧、手背桡侧三个半手指麻木，以虎口区最为明显。

三、肱骨外科颈骨折或不恰当地使用腋杖可损伤腋神经

腋神经从臂丛后束发出后，伴旋肱后动脉穿四边孔，绕肱骨外科颈外面到达肩后区进入三角肌，支配三角肌及小圆肌，感觉支分布于肩外侧部和肩关节囊。因此四边孔综合征也会出现类似表现：肩部乏力、肩关节外展和后伸障碍，肩外侧皮肤麻木。严重时会有三角肌萎缩、肩塌陷。

【病例分析】

一退休老人，在玩门球时不慎被别人用球棒击中其左小腿外上方。伤处疼痛剧烈，左腿无力，诉其左腿外侧及足背麻木，不能背屈其左踝和伸趾。检查发现患者左下肢呈跨阈步（行走时左足抬得很高，落地迅速）。左腓骨处肌紧张，左下肢外侧远端和足背感觉缺失。下肢 X 光片报告腓骨颈骨折。初步诊断为腓骨颈骨折和腓总神经损伤。

分析：左小腿外侧及足背皮肤为腓总神经支配。趾不能伸，说明趾长伸肌麻痹，

此肌为腓深神经支配；左下肢呈跨阈步是因为踝关节不能背屈，走路时足尖易着地，因而患者会通过抬高下肢防止足尖着地，所以跨阈步是因踝关节不能背屈所引起的。使踝背屈的肌包括胫骨前肌、趾长伸肌等，也为腓深神经支配。以上表现加上受伤部位、受伤局部的肌紧张可推断为腓总神经损伤。X光片报告进一步证实了腓骨颈骨折，为诊断腓总神经损伤提供了佐证。

从此例不难看出，熟悉的解剖学知识在神经损伤定位诊断中的重要性。X线不能为神经损伤提供直接诊断（X线、CT、MRI均不能分辨周围神经组织），神经损伤的定性和定位诊断主要依赖于临床表现。

思考题

1. 在尺侧腕屈肌两头之间有一增厚的纤维带，尺神经在纤维带下进入一骨性纤维鞘管，在此管道内易受卡压，产生"肘管综合征"。根据你所学的解剖学知识，请分析"肘管综合征"可能的临床表现。

2. 总结手的神经支配。

3. 总结髋关节及其肌的神经支配。

4. 单条肋间神经损伤后难于作出准确的诊断，为什么？

（马志健　张雨生）

实验九

脑干　脑神经

【目的要求】

1. 掌握脑干的组成、脑干各部的主要外部结构、第四脑室的位置及其连通。

2. 掌握脑干内部结构的概要，掌握重要脑神经核，熟悉重要的非脑神经核团。

3. 熟悉各主要上、下行纤维束在脑干各部的位置概况。

4. 了解脑干各代表性横切面的结构，熟悉脑干损伤及临床表现。

5. 掌握脑神经的名称、顺序号、纤维成分、连脑部、进出颅的部位、性质和分布概念。

6. 了解嗅神经，掌握视神经的功能性质和行程。

7. 掌握动眼神经的纤维成分、主要行程、分布、功能及损伤表现，掌握瞳孔对光反射通路及分析。

8. 掌握滑车神经的行程、分布、损伤表现。

9. 掌握展神经的行程、分布、损伤表现。

10. 掌握三叉神经的纤维成分、半月节的位置、三大分支在头面部的感觉分布区，熟悉眼神经、上颌神经、下颌神经的主干行程、主要分支、分布概况。

11. 掌握面神经的纤维成分、重要行程、主要分支（鼓索、面肌支）的分布概况，熟悉面神经周围瘫的临床特点及分析。

12. 掌握前庭蜗神经的功能性质、主要行程。

13. 掌握舌咽神经的成分，了解其分布概况。

14. 掌握迷走神经的纤维成分、主干行程及其各种纤维的分布概况，熟悉喉上神经的行程、分布，熟悉左、右喉返神经的行程、分布及损伤分析。

15. 掌握副神经、舌下神经的分布，掌握舌下神经损伤的临床表现及分析。

【实习材料】

1. 影像资料

脑干、脑神经解剖录像。

2. 标本

脑干各关键部位的横断面厚切片，脑正中矢状切标本，脑干标本，完整脑标本，颅底观骨标本，颞骨冠状位切开标本，整脑（带嗅球和神经神经、视交叉）、脑干（带脑神经根），头部正中矢状切开标本（示鼻黏膜，嗅丝），眶标本（显露眼肌、眼球及Ⅱ、Ⅲ、Ⅳ、眼神经、Ⅵ等脑神经，需保留睫状神经节及睫状短神经），面侧深区标本（显露三叉神经及其分支，包括与之相连副交感神经节），面部浅层标本（显露腮腺面神经颅外段的分支），头颈侧面深层标本（显露后4对脑神经），颈部神经标本，显露迷走神经全程标本（喉上、喉返神经、迷走前干、迷走后干和鸦爪支等）。

3. 模型

脑干模型，脑神经核电动模型，示脑干内纤维束模型12对脑神经的模型，内脏神经模型，耳模型。

【实习内容】

一、脑干

1. 脑干的腹侧面外形

在完整脑标本上观察。脑干位于脊髓和间脑之间，分为延髓、脑桥和中脑三个部分。

在脑干放大模型上观察。延髓：上端略膨大，形如蒜头，以横行的桥延沟与脑桥分隔，下部经枕骨大孔延续为脊髓，前正中裂两侧与前外侧沟之间纵行隆起称锥体，内含锥体束纤维，锥体下端前正中裂消失处为锥体交叉，交叉纤维为皮质脊髓束。在前外侧沟的后外侧有卵圆形隆起的橄榄，深面为下橄榄核，舌下神经根丝在其内侧穿出，背外侧由上而下依次有舌咽、迷走和副神经根丝穿出。

脑桥：腹侧面明显膨隆称脑桥基底部，表面横纹深部为横行的神经纤维。中线处略凹陷为纵行的基底沟，容纳基底动脉。基底部向两侧变细与小脑相延续为小脑中脚，三叉神经从其前外侧穿出。基底部下缘的桥延沟内由内向外依次有展、面和前庭蜗神经根丝穿出。

中脑：腹侧面上缘为视束覆盖，下缘为脑桥覆盖，表面呈一对纵行柱状隆起，称大脑脚，由纵行的下行纤维束构成，两侧大脑脚间的深窝称为脚间窝，有动眼神经根丝穿出。

2. 脑干的背侧面外形

在脑干放大模型上观察。脑干背侧面中份的凹窝称菱形窝，由延髓背侧上半部和脑桥的背侧部共同构成，以横行的髓纹为界。

延髓背侧面下部与脊髓相似，在后正中沟上端两侧，菱形窝下角以下，有隆起的薄束结节和楔束结节，深面有薄束核与楔束核。楔束结节外上方的隆起为小脑下脚（绳状体）。

脑桥背侧部为菱形窝的上半部分，向两侧与小脑上脚（结合臂）和小脑中脚相连。

菱形窝的上外侧界为小脑上脚，下外侧界为小脑下脚、楔束结节和薄束结节，中间有明显的正中沟，两侧略隆起称为内侧隆起。内侧隆起在髓纹上方为面神经丘，其

93

深面有展神经核和面神经。内侧隆起在髓纹下方，紧靠正中线处有尖端向下的舌下神经三角，内含舌下神经核；此三角后外侧的小三角形区域为迷走神经三角，内有迷走神经背核。内侧隆起外侧有与后正中沟平行的界沟，界沟上端有颜色发蓝黑的区域称蓝斑（在新鲜标本为蓝灰色），界沟外侧的三角区称为前庭区，深面为前庭神经核群，前庭区外侧角处有听结节，内隐蜗神经后核。

中脑背侧面有两对圆形的隆起，上方为上丘，是皮质下视觉反射中枢，以上丘臂向前外侧与外侧膝状体相连；下方为下丘，是皮质下听觉反射中枢，以下丘臂向前外侧与内侧膝状体相连，下丘下方有滑车神经根丝穿出。

3. 第四脑室

在头颈部正中矢状切面标本上观察。菱形窝构成第四脑室的底，顶为向后上指向小脑的部分，有第四脑室正中孔通至蛛网膜下隙。第四脑室上角连通中脑水管，下角连通脊髓中央管，外侧角向外侧延伸转向腹侧形成外侧隐窝，隐窝尖端开口为第四脑室外侧孔，亦通蛛网膜下隙。

4. 脑干的灰质

在脑干及脑神经模型、脑干神经核电动模型上观察。脑神经核均位于中脑的背侧部，在中线最内侧为一般躯体运动核团（模型上显示为红色团块），由上到下依次为动眼神经核、滑车神经核、展神经核和舌下神经核；靠界沟内侧为一般内脏运动核团（黄色团块），由上到下依次为动眼神经副核、上泌涎核、下泌涎核和迷走神经背核；在一般内脏运动核团深面为特殊内脏运动核团（红色团块），由上到下依次为三叉神经运动核、面神经核、疑核和副神经核；在界沟外侧为内脏感觉神经核团（蓝色团块），即孤束核，跨过中脑和延髓；最外侧为特殊躯体感觉核团（蓝色团块），含前庭神经核和蜗神经核，位于中脑和延髓的交界处；在特殊躯体感觉核团深面为一般躯体感觉核团（长条形蓝色团块），由上到下为三叉神经中脑核、三叉神经脑桥核和三叉神经脊束核。

非脑神经核团分布不规则，在中脑背侧上丘深面为上丘核，下丘深面为下丘核；在上丘平面中脑被盖部中央可见红核，其腹外侧为黑质，参与运动功能调节。在脑桥基底部为脑桥核，是大脑和小脑之间的中继站；被盖腹侧部偏下方为上橄榄核，参与听觉功能；背侧面可见蓝斑核，与睡眠和觉醒有关；在延髓背侧面下部由内向外为薄束核和楔束核，是深感觉传导通路的中继核团，腹侧面橄榄深面为巨大的下橄榄核，参与小脑对运动的调控。

5. 脑干的白质

在感觉和运动传导通路模型上观察，详见运动传导通路。

二、脑神经

1. 嗅神经（Ⅰ）

嗅神经为感觉神经，司嗅觉。在头部正中矢状切开标本上观察嗅黏膜，在整脑标本上观察嗅球及嗅束，在颅底骨标本上观察筛孔。

嗅神经的第一级感觉神经元胞体散在于嗅区（上鼻甲和鼻中隔上部的黏膜）黏膜内，为双极神经元（肉眼不可见），周围突分布到黏膜内感受气味分子的刺激，中枢突汇合成 20 余条嗅丝穿筛孔，终于嗅球，位于额叶直回下面。

2. 视神经（Ⅱ）

视神经为感觉神经。在去除眶上壁和外侧壁的标本上，可见在眼球后极偏内侧一粗大的神经出眼球，经视神经管入颅腔续于视交叉，此即视神经（观察视神经时勿将周围的眼肌和眶内其他神经损坏）。视神经外面包有分别与三层脑膜相延续的鞘膜。

3. 动眼神经（Ⅲ）

动眼神经为运动神经，含有躯体运动和内脏运动纤维。在脑干标本上，可见其发自中脑脚间窝。在去除眶上壁和外侧壁的标本上，可见动眼神经穿过海绵窦，经眶上裂入眶内，分为上、下 2 支，上支分布到上直肌和上睑提肌，下支至下直肌、内直肌、下斜肌。

睫状神经节：为副交感神经节。在外直肌与视神经之间，（近侧）有一个像米粒大小、呈扁平四角形的睫状神经节，动眼神经的副交感纤维在此换元后组成睫状短神经入眼球壁，末梢分布到瞳孔括约肌和睫状体的睫状肌。

4. 滑车神经（Ⅳ）

滑车神经为运动神经。在脑干标本上可见其从中脑背面下丘下方出脑。绕大脑脚至脑干腹侧。在去除眶上壁和外侧壁的标本上见其穿海绵窦后经眶上裂入眶。可先找到上斜肌，沿上斜肌上缘找出与之相连的神经，此神经即滑车神经，它为一较细小的神经，支配上斜肌。

5. 三叉神经（Ⅴ）

三叉神经为混合性神经，含躯体感觉和躯体运动纤维成分。在脑干标本上可见三叉神经根连于脑桥中部前外侧，根很短。在颅底示脑膜的标本上可见三叉神经向前行至颞骨岩部前面近尖端的三叉神经压迹处，形成膨大的半月形神经节，称三叉神经节。从该节发出三个大支，它们分别为眼神经、上颌神经、下颌神经。在头面部深层标本上观察这些分支。

（1）眼神经　呈扁索状，与动眼、滑车神经同行于海绵窦外侧壁，经眶上裂入眶。在除去眶顶部的标本，观察其分支。①额神经，最粗，在上睑提肌上方前行分 2～3 支，其中眶上神经较大，穿眶上切迹，至额部皮肤。②泪腺神经，细小，位于最外侧，沿外直肌上缘前行达泪腺，分布于泪腺、结合膜和上睑的皮肤。③鼻睫神经，为最内侧的分支，在上直肌下方与视神经之间，斜跨视神经上方至眼眶内侧，分布于鼻腔黏膜（嗅黏膜除外）、筛窦、泪囊和鼻背、鼻前庭的皮肤以及眼球、眼睑等。

（2）上颌神经　为三叉神经的第二支。在头部正中矢状切深层标本上进行观察。此神经由三叉神经节发出后前行，穿海绵窦后，经圆孔进入翼腭窝。再由眶下裂入眶至眶下壁，改名为眶下神经，主干向前行经眶下沟、眶下管，出眶下孔达面部，沿途分支分布于上颌窦眶下壁、牙齿和牙龈、下睑、眶下区、上唇的皮肤和黏膜以及鼻部皮肤等处。注意观察上牙槽后神经与翼腭神经（至翼腭神经节）。

（3）下颌神经　为三叉神经的第三支，最粗，由三叉神经节向前下经卵圆孔出颅。在暴露颞下窝的标本上观察，下颌神经分为前后两干。前干细小主要分支为运动神经，除支配咀嚼肌、鼓膜张肌和腭帆张肌外，尚分出一感觉支即颊神经（在标本上咀嚼肌及其神经都已除去，而颊神经仍可见到），它由下颌神经前干发出至颊肌表面，并穿此肌，管理颊区皮肤及黏膜的感觉。后干主要分支有：①耳颞神经，较细小，以两个根由下颌神经发出，二根夹持脑膜中动脉后合成一干经下颌关节后方，进入腮腺上部，经此腺转向外上方，由该腺上端穿出，至颧弓根部后方，与颞浅动脉伴行向上分布至颞部皮肤。②下牙槽神经，是下颌神经2个大支中后方的一支，下行经下颌孔入下颌管，最后经颏孔穿出下颌骨，易名为颏神经，此神经沿途分支主要分布于下颌牙齿、牙龈、颏部及下唇的皮肤和黏膜。③舌神经，是下颌神经2个大支中前方的一支，与下牙槽神经平行，上端有鼓索神经加入，经翼外肌深面下行，达下颌下腺的上方，继沿舌骨舌肌的表面前行至舌尖。舌神经分布于舌前部2/3的黏膜（一般躯体感觉），其中来自鼓索的味觉纤维则分布于舌前2/3的味蕾传导味觉冲动。

三叉神经节是第一级感觉神经元聚集的部位，其周围突起组成三叉神经各支（眼神经、上颌神经、下颌神经的一部分）分布到头、面部皮肤及黏膜，其中枢突进入脑干连接三叉神经脊束核、三叉神经脑桥核。

三叉神经的躯体运动纤维（属于特殊内脏运动），纤维来自脑桥三叉神经运动核，构成了下颌神经的主要部分，支配咀嚼肌。

6. 展神经（Ⅵ）

展神经属运动神经。在脑干标本上可观察到展神经根在桥延沟前方连接脑干。在去除眶上壁和外侧壁的标本上见展神经经枕骨斜坡上行进入海绵窦，再经眶上裂入眶，在眶内先找到外直肌，在外直肌内侧与其相连的神经即展神经。

至此，可以总结出多条神经穿经海绵窦，它们分别是：动眼神经、滑车神经、眼神经、上颌神经、外展神经。

7. 面神经（Ⅶ）

面神经为混合性神经，含躯体运动、内脏运动、内脏感觉纤维成分。在脑干标本上可见面神经在桥延沟，展神经根的外侧连于脑干。伴前庭蜗神经经内耳门进入内耳道。面神经在颞骨岩部内的行程在标本上不易观察，可在耳模型及颞骨冠状位切开标本上进行观察。在耳模型上揭开岩部的上壁，可见面神经在内耳道穿入颞骨岩部后，穿经面神经管，从茎乳孔出颅，继穿经腮腺实质前行，在腮腺内先分为上、下两支，最终分成数个终支。

面神经在面神经管内的分支有：

（1）岩大神经　由颞骨岩部的膝状神经节发出，穿岩大神经管入颅中窝，穿破裂孔向前穿翼管至翼腭窝，终于翼腭神经节。节后纤维支配泪腺、鼻、腭部黏膜。

（2）镫骨肌支　在耳模型上观察，自面神经管下段发出（膝状神经节以后），入鼓室支配镫骨肌。

（3）鼓索　在耳模型上观察，可见它在茎乳孔上方自面神经发出，行向前上方，经鼓膜上部内侧，穿岩鼓裂到颞下窝，向前加入舌神经。

面神经在颅外的分支：在保留腮腺的头面部浅层标本上观察，可见面神经发出5组分支由腮腺前缘穿出，自上而下依次介绍如下。

（1）颞支　在腮腺上缘穿出，行向前上，支配额肌和眼轮匝肌。

（2）颧支　腮腺上缘与前缘交汇处穿出，前行、横过颧骨，支配眼轮匝肌。

（3）颊支　由腮腺前缘中部穿出，前行、横过咬肌，支配颊肌、口轮匝肌和其他口周围肌。

（4）下颌缘支　由腮腺前缘下部穿出，沿下颌体下缘至口三角肌与下唇诸肌。

（5）颈支　由腮腺下端穿出，细小（不必细找），支配颈阔肌。

翼腭神经节：为副交感神经节。由老师在面侧深部的标本上示教，位于翼腭窝上部，上颌神经的下方，蝶腭孔附近。属于面神经的一个副交感神经节，为一扁平的小结，常不易观察，其节后纤维支配泪腺的分泌。

下颌下神经节：为副交感神经节。在下颌下腺的上方、舌神经下方可看到一个小神经节与舌神经相连，是面神经的又一个副交感神经节。此节有前后2根分别连于舌神经的下方，分支至下颌下腺和舌下腺。

8. 前庭蜗神经（Ⅷ）

前庭蜗神经又称位听神经，属感觉神经（特殊躯体感觉）。在耳模型上观察，它起自内耳螺旋神经节和前庭神经节（均属于感觉神经节），此神经与面神经伴行经内耳道入颅，连接于脑干桥延沟外侧。螺旋神经节细胞的周围突分布到内耳螺旋器，前庭神经节细胞的周围突分布到球囊斑、椭圆囊斑和壶腹嵴。

9. 舌咽神经（Ⅸ）

舌咽神经为混合神经，含躯体运动、内脏运动、躯体感觉和内脏感觉纤维。取脑干观察，见该神经根连于脑干延髓橄榄后沟上部。取颅底骨观察颈静脉孔，可见舌咽神经伴迷走神经、副神经从此孔出颅。取头颈部深层标本，先找出茎突和连于茎突的茎突咽肌，舌咽神经细小，在该肌下部后缘处，其行程在一般标本不易看清，可观察到舌支和窦支。舌咽神经的舌支分布至舌后1/3黏膜及味蕾等。

舌咽神经其他的分支有：咽支，为3~4条细支，于咽后壁与交感神经、迷走神经构成丛（不易于观察）。鼓室神经，自舌咽神经的下神经节发出，穿颞岩下面入鼓室分支并吻合成丛，其中岩小神经经耳神经节换元后支配腮腺（不易于观察）。

耳神经节：为副交感神经节，在面侧深部标本观察，位于卵圆孔下方，紧贴下颌神经内侧。

10. 迷走神经（Ⅹ）

迷走神经为混合性神经。在脑干标本上可见其连于橄榄后沟下部。

（1）迷走神经的行程　在相应标本和模型上观察。迷走神经经颈静脉孔出颅后，行于颈内、颈总动脉和颈内静脉之间的后方，直达颈根部，在迷走神经刚出颈静脉孔处出现一个不明显的长形的膨大，是迷走神经的下神经节。因左右迷走神经在胸腹腔的行程去向稍有不同，故应分别观察其胸、腹腔段。①左迷走神经，经左颈总动脉和左锁骨下动脉之间进入胸腔，然后跨主动脉弓的左前方，下行至左肺根后方，在此可见左迷走神经分出若干细支分布于支气管前后，再向内下至食管的前方，参与组成食管前丛，此丛向下延为迷走神经的前干，穿膈肌食管裂孔进入腹腔，分布至胃前壁及胃小弯和肝脏（腹腔段分布不易看到，可不必细找）。②右迷走神经，经右锁骨下动脉之间进入胸腔。在胸部先沿气管右侧下行，以后越过右肺根后方，分支参与组成右肺丛后继续行向内下，在食管的后面分支参与组成食管后丛。达食管下段，此丛向下延为迷走神经后干，经食管裂孔入腹腔，一终支分布于胃后壁，另一终支参与组成腹腔丛。

（2）迷走神经的重要分支　①喉上神经，起自迷走神经下节，沿咽侧壁与颈内动脉之间向前下行至舌骨大角处，分为内、外二支。内支较大，穿甲状舌骨膜入喉，管理声门裂以上黏膜感觉；外支细小，与甲状腺上动脉伴行向下，支配环甲肌。②喉返神经，有重要临床意义，与甲状腺和甲状腺下动脉关系密切，应细致观察。左喉返神经，由左迷走神经在主动脉弓前方处发出，勾绕过主动脉弓，返向后上方回颈部，沿气管和食管之间的沟上升，在咽下缩肌下缘处入喉，称为喉下神经，分布于喉肌（环甲肌除外）和声门裂以下的喉黏膜。右喉返神经，由右迷走神经在右锁骨下动脉前方发出，此神经勾绕锁骨下动脉，向后上行至食管与气管之间的沟内，其余行程与左侧相同。

11. 副神经（Ⅺ）

为运动神经（特殊内脏运动）。在脑干标本上见其连于橄榄后沟下部迷走神经根丝之下方。在颈部标本上，向上翻开胸锁乳突肌，在乳突下方 3～4cm 处，可见与该肌深面相连的即副神经，并于该肌后缘上中 1/3 交点处穿出向后下行支配斜方肌。

12. 舌下神经（Ⅻ）

为运动神经（躯体运动）。在脑干标本上见其连于延髓前外侧沟。经舌下神经管出颅。在颈部深层标本上观察，先找到颈外动脉下部，于颈外动脉浅面跨过连于舌的神经即舌下神经，它支配舌内、外肌。

三、按部位、器官总结头面部的神经支配

（一）眼的神经支配

1. 眼球

功能神经（视觉）：视神经。

躯体感觉（包括角膜、巩膜等）：三叉神经分支——眼神经。

内脏运动：副交感－动眼神经副交感纤维，司瞳孔括约肌和睫状肌；交感－司瞳孔括大肌及眼球血管运动。

2. 眼外肌

躯体运动：动眼神经，司上直肌、内直肌、下直肌、下斜肌及上睑提肌，外展神经司外直肌，滑车神经司上斜肌。

本体感觉：眼神经。

3. 眼副器

泪腺及结膜：面神经经翼腭神经节后的分支，司腺体分泌。

结膜躯体感觉：眼神经。

（二）鼻的神经支配

功能神经：嗅神经（只分布到嗅区）。

鼻黏膜躯体感觉：三叉神经之上颌神经。

鼻黏膜及副鼻窦黏膜分泌：三叉神经之上颌神经。

血管：交感神经随血管分布。

（三）舌的神经支配

功能神经（味觉）：面神经鼓索加入舌神经，司舌前 2/3 味觉；舌咽神经之舌支司舌后 1/3 味觉。

舌的躯体感觉：三叉神经之下颌神经分支，舌神经。

舌外肌躯体运动：舌下神经。

舌下腺及下颌下腺分泌：面神经鼓索支，经舌神经分布。

【临床联系】

一、周围性面瘫

指脑干内面神经核或面神经躯体运动纤维受损后出现的表情肌瘫痪，属于下运动神经元瘫痪。引起周围性面瘫的原因有多种。

贝尔综合征又称面神经瘫痪综合征、自发性面瘫、面神经炎，是常见的周围性面瘫。主要症状为：一侧面部表情肌瘫痪，表现为额纹消失、不能皱眉，闭眼无力，睑裂闭合不全形成所谓"兔眼"，患侧鼻唇沟变浅、口角下垂，口角歪向健侧，口水从患侧流出。

这些表现均为面神经支配表情肌的运动纤维受损，因为一侧表情肌全部瘫痪，说明受损部位在进入腮腺之前（面神经管内）。如果只部分表情肌受累，说明损伤在腮腺段或出腮腺后。此外如还有听觉过敏、唾液少、舌前 2/3 味觉障碍，说明损伤位置在脑干至膝状神经节段（颅内和内耳道段）。周围性面瘫要注意和中枢性面瘫相鉴别。

二、三叉神经痛综合征

此征常有如下临床特点：多为单侧发病，常发生在上颌神经或/和下颌神经；呈闪电式短暂剧痛，反复发作。疼痛区与三叉神经分支的分布一致；刺激受累区的某些点可引起突发性发作（扳机点），因哈欠、咀嚼、刷牙可诱发发作；发作时可伴面部潮红、结膜充血、流泪等；无阳性体征。三叉神经出颅前与小脑上动脉、小脑前下动脉的分支和基底动脉的脑桥支毗邻，各种血管畸形可能对其产生压迫。

三叉神经痛的范围与三叉神经分支的范围一致（某一支受刺激，痛的范围就为该支的分布范围）是诊断本征的重要依据。

【病例分析】

女，36岁，前一天晚上冷风吹过后，次日清晨感觉右侧耳周和耳内疼痛，右侧面部麻木和发胀。起床后洗脸时发现面部歪斜变形，右眼不能闭合，说话口齿不清，食物滞留于右侧颊齿之间，一侧流涎。医生检查发现：神志清楚，右额纹消失，右鼻唇沟变浅，右眉下垂，右眼睑和右口角下垂，右唇不能闭合。

分析：面部歪斜变形，右眼不能闭合，右额纹消失，右鼻唇沟变浅，右眉下垂，右眼睑和右口角下垂，右唇不能闭合，说明右侧额肌、眼轮匝肌、提口角肌、降口角肌、口轮匝肌均瘫痪，为面神经受损表现。此例首先应区分清楚是周围性面瘫还是中枢性面瘫。因中枢性面瘫不会有额肌和眼轮匝肌的瘫痪，因此，此例应属于周围性面瘫。又因瘫痪发生在右侧，说明右侧面神经受累。说话口齿不清，食物滞留于右侧颊齿之间，一侧流涎，为颊肌瘫痪之表现。因患者没有听觉过敏、唾液分泌障碍，说明损伤部位在面神经分出岩大神经、镫骨肌支和鼓索之后，因此受损部位很可能在茎乳孔附近。

思考题

1. 在研究工作中，视神经往往被用来作为研究中枢神经的材料，为什么？

2. 与脑神经有关的神经节有多种，分别属于不同性质，请归纳总结。

3. 如果某一病人同时表现出迷走神经、舌咽神经、副神经受损的表现，根据现有的解剖学知识分析，受损部位最可能在何处？

4. 分析副神经损伤后可能的表现。

（马志健　易西南）

实验十

小脑　间脑　端脑

【目的要求】

1. 掌握小脑的位置、分部、分叶及小脑扁桃体的位置及临床意义。

2. 熟悉小脑内部结构，了解小脑皮质细胞构成特点。

3. 了解小脑纤维联系和功能，熟悉小脑损伤临床表现。

4. 掌握间脑的位置、分部及各部的主要功能，了解各部间脑的结构。

5. 掌握第三脑室的位置、连通情况。

6. 掌握背侧丘脑的位置、分部，掌握背侧丘脑外侧核的重要核团及主要纤维联系。

7. 熟悉下丘脑的内部核团名称及主要功能。

8. 了解上丘脑、后丘脑、底丘脑的位置及主要功能。

9. 掌握大脑半球的主要沟、回及分叶。

10. 掌握大脑半球的内部结构概要，掌握基底神经节的位置、组成；掌握内囊的位置、分部及其主要纤维束的局部位置关系和临床意义。了解皮质功能柱的构成及意义。

11. 掌握侧脑室的位置、分部。

12. 掌握大脑皮质功能定位概况，运动、感觉中枢（区）的位置、定位关系、主要功能，视觉、听觉中枢的位置与投射特点，运动性语言中枢和感觉性语言中枢的部位及其功能。

13. 了解边缘系统的组成及主要功能。

【实验材料】

1. 影像资料

小脑、间脑、端脑解剖录像。

2. 标本

（1）小脑、间脑、端脑各关键部位的横断面厚切片。

（2）小脑标本。

（3）内囊雕刻标本。

（4）脑正中矢状切面标本。

（5）脑干标本。

（6）完整脑标本。

（7）端脑水平切面标本。

（8）端脑冠状切面标本。

3. 模型

小脑模型，脑干、间脑放大模型，端脑放大模型，各种传导通路立体模型等。

【实验内容】

一、小脑

在全脑标本观察。小脑位于脑干的背侧面，小脑的上面被大脑半球的后部覆盖。

小脑的表面有许多大致平行的浅沟，相邻两沟间的凸起部分为小脑叶片。小脑借三对脚：小脑下脚、小脑中脚和小脑上脚，分别与延髓、脑桥和中脑相连，均已观察过，对照标本进行复习。

在小脑放大模型上观察。小脑由两侧膨隆的小脑半球和中间缩窄的小脑蚓组成，居中的小脑蚓高耸，与半球间无明显分界。小脑下面观察，两侧隆突，中部凹陷，前内侧靠近延髓的背外侧为小脑扁桃体，其位置恰在枕骨大孔上方，稍下移即可疝入枕骨大孔内。

小脑一般可以分为三叶，即绒球小结叶、前叶和后叶。从小脑的下面观察，可见小脑蚓最前端的隆起称为蚓小结，自小结向两侧借膜状结构连于一表面凹凸不平的圆形小体称为绒球。绒球与蚓小结相连构成绒球小结叶，是小脑最古老的部分，属于古小脑。在小脑上面前 1/3 与后 2/3 相接连处有一条比较深的裂称为原裂，原裂以前的部分即小脑前叶。除绒球小结叶及前叶外，位于原裂与后外侧裂之间的部分称为小脑后叶（后外侧裂为绒球小结叶后方的裂），是种系发生上随着大脑皮质的发展而最新形成的部分。

在小脑切面标本和小脑放大模型上观察。小脑叶片的表面由灰质所覆被，称为小脑皮质，内部色浅为白质称小脑髓体，在髓体深部埋藏有灰质团块为小脑核。在小脑水平切面或冠状切面标本上，小脑核包括居于中线两侧、第四脑室顶上方的顶核，半球深部一对呈皱褶囊袋状的齿状核，在顶核与齿状核间较小的栓状核与球状核。

二、间脑

在脑冠状切面标本和脑干放大模型上示教。间脑位于中脑和端脑之间，绝大部分为两大脑半球所覆盖，仅腹侧部可见。间脑在形态上可以区分为背侧丘脑、下丘脑、上丘脑、后丘脑和底丘脑 5 部分，为不连续的核团，被上、下行的纤维束分隔。背侧丘脑内侧面的中部有丘脑间粘合与对侧相连，丘脑间粘合前下方有一从前上斜向后下的浅沟称为下丘脑沟，是丘脑与下丘脑的分界，背侧丘脑的外侧面邻接内囊后脚，下方则与底丘脑相续，并以底丘脑与中脑相接。

1. 背侧丘脑

在脑干放大模型上观察。背侧丘脑位于中脑上方呈卵圆形，是重要的皮质下感觉中枢，位于两侧背侧丘脑之间呈矢状位的狭窄间隙为第三脑室。

在背侧丘脑放大模型上观察。后端膨大的部分为丘脑枕，前端较狭窄的隆起部分为丘脑前结节。在背侧丘脑中央有呈"Y"形的白质内髓板，将背侧丘脑分为靠前的前核群，靠内侧的内侧核群，及靠后外侧的外侧核群。其中外侧核群又可分为背侧部和腹侧部；腹侧部有腹前核、腹外侧核和腹后核（包括腹后内侧核和腹后外侧核），属特异性中继核团。

2. 下丘脑

在脑矢状切面标本上观察。下丘脑位于背侧丘脑前下方，二者以下丘脑沟为界。

在脑干放大模型上观察。从脑的底面可见下丘脑前下部为视交叉，自视交叉向后外侧延伸绕大脑脚上份的视束，视交叉中部后方为漏斗，其向前下突出并逐渐变细，前下方与圆形的垂体相连，漏斗根部后方略隆起部分称为灰结节，灰结节后方的一对半球形的隆起为乳头体。在正中矢状切面标本内侧面观察，可见视交叉前上方向上与一薄板状结构相连，称为终板（属端脑），构成第3脑室的前壁。

在下丘脑放大彩色模型上，可观察到位于终板与前联合和视交叉连线之间为视前区，含视前核；视交叉上方为视上区，含视上核、室旁核和下丘脑前核；漏斗上方为结节区，含漏斗核、腹内侧核和腹外侧核；结节区上方为乳头体区，包括乳头体及其背侧灰质，含乳头体核和下丘脑后核。

3. 后丘脑

在脑干放大模型上观察。后丘脑包括内、外侧膝状体。外侧膝状体位于丘脑枕的外下方，沿视束向后追踪在其终端处略显膨大的部分即是。在丘脑枕下方，上丘外侧的界限比较清晰的卵圆形小隆起即内侧膝状体，借下丘臂同下丘相连。

4. 上丘脑

在脑矢状切面标本上观察。上丘脑包括位于第三脑室顶部后上部分周围的一些结构，多与嗅觉及内脏活动有关，其中较重要者为在上丘上方的一个锥形小体即松果体，它是上丘脑的组成部分，属内分泌器官。

在脑干放大模型上观察。从背侧面观，在中脑上方正中为突起的松果体，与缰联合的中央相连，两侧为缰三角，向上走行在两侧背侧丘脑内侧菲薄的部分为丘脑髓纹，在背侧丘脑之间靠近腹侧面有后丘脑（一般观察不到）。

5. 底丘脑

底丘脑位于背侧丘脑与中脑交界处，在脑的冠状切面上可见底丘脑在红核外侧部，参与锥体外系的功能。

6. 第三脑室

在脑正中矢状切面标本上观察。第三脑室位居两侧背侧丘脑和下丘脑内侧面之间，为一狭窄间隙，是间脑的内腔，其前界为终板，后界由松果体隐窝，底由视交叉、漏斗、灰结节、乳头体等形成，向后下与中脑水管连通，前方借室间孔通侧脑室，室内可见有与侧脑室内相延的脉络丛。

三、端脑

1. 大脑半球的外形、分叶、主要的沟回

在完整端脑标本上观察。左、右两大脑半球被大脑纵裂分开，在大脑纵裂底部连结两大脑半球的结构为胼胝体。在正中矢状切开的半球标本的内侧面可见到被切断的胼胝体的断面呈耳轮状，每个大脑半球都分为背外侧面、内侧面及下方的底面，半球表面为大脑皮质，大脑皮质上有许多沟裂，沟裂之间的凸起部称为大脑回。

半球背外侧面：在大脑半球标本或模型上观察。外侧沟：背外侧面有一由前下行向后上方的深裂，此沟起于半球底面前部。中央沟：在背外侧面中部，有三条大致平行的从后上走向前下的沟，中间一条最为明显为中央沟；后方一条称为中央后沟；前方一条称为中央前沟。枕前切迹：在背外侧面下缘（即背外侧面与底面交界处），枕极前方约4cm处有一稍向上凹进的部位。顶枕沟：在半球内侧面后部可见一条由前下方走向后上方的深沟。

根据上述沟裂可将大脑半球区分为4叶：额叶，为外侧沟以上，中央沟以前部分；顶叶，为外侧沟以上，中央沟以后，枕前切迹与顶枕沟上端连线以前部分；颞叶，为外侧沟以下，枕前切迹与顶枕沟上端连线以前部分；枕叶，为枕前切迹与顶枕沟上端连线以后部分。此外，在外侧沟前部深面，还隐藏着一个岛叶，在切去部分额、颞、顶叶的标本上显示脑岛，可见岛叶的全貌。

在完整脑标本外侧面观察额叶主要的沟回。中央前沟和中央前回：中央沟前方有与之平行的沟为中央前沟，中央前沟与中央沟之间的回为中央前回。额上、中、下回：在中央前沟前方还有两条大致水平走向的沟，上方者为额上沟，下方者为额下沟，额上沟以上的脑回为额上回，额上、下沟之间的脑回为额中回，额下沟以下的脑回为额下回。

在完整脑标本外侧面观察顶叶主要的沟回。中央后沟与中央后回：中央后沟平行于中央沟，中央后沟与中央沟之间的脑回为中央后回。中央前、后回上端越过上缘折至内侧面并合成中央旁小叶。顶内沟：约在中央后沟上、中1/3交界处，有一大致水平向后的沟。顶上小叶和顶下小叶：在顶内沟上方的部分称顶上小叶，在其下方的部分称为顶下小叶。缘上回和角回：在顶下小叶围绕外侧沟末端的回称为缘上回，围绕颞上沟末端的回称为角回。

在完整脑标本外侧面观察颞叶主要的沟回。颞上沟和颞下沟：在颞叶外侧有上、下两条水平走向的沟，上方一条比较明显，称颞上沟，下方一条不大明显常中断成数段，称为颞下沟。颞上、中、下回：在颞上沟与大脑外侧沟间的脑回为颞上回，介于颞上、下沟之间的脑回为颞中回，颞下沟以下的脑回为颞下回。颞横回：在颞上回上面，隐藏在外侧沟下壁有横行的短回。

半球内侧面：在大脑半球标本或模型上观察。胼胝体及胼胝体沟：半球内侧面中部可见一呈耳轮状的断面为胼胝体的断面，它前端下垂为胼胝体嘴，嘴以上弯曲处为胼胝体膝，中间部为胼胝体干，后端稍膨大处为胼胝体压部。胼胝体上方有一条围绕它的沟，名胼胝体沟。扣带沟与扣带回：胼胝体沟上方有一条大致与之平行的沟，称为扣带沟，此沟末端转向背方，称为边缘支。胼胝体沟与扣带沟之间的脑回为扣带回。扣带沟前份以上部分为额叶额上回的延续。距状沟、楔叶、舌回：在胼胝体压部下方有弓形走向枕极的深沟称距状沟，此沟在胼胝体压部后方处与顶枕沟相切，顶枕沟与距状沟之间的部位称楔叶，距状沟下方为舌回。

半球底面：在大脑半球标本或模型上观察。半球底面前部由额叶，中部由颞叶，后部由枕叶构成，在额叶底面。嗅束、嗅球和嗅三角：大脑纵裂两侧各有一与裂并行的神经纤维束即嗅束，嗅束其前端略显膨大为嗅球，而后端则移行于一小三角形区域称嗅三角。侧副沟和海马旁回：在颞叶底面的中部有一条前后纵走的沟，称为侧副沟，它前段内侧的回称海马旁回，海马旁回前端向后上弯曲，称钩。海马和齿状回：海马旁回外上方，侧脑室下角的底有长形隆起为海马（海马全貌用特殊标本示教）。海马与海马旁回之间有一呈锯齿状的灰质带名齿状回。海马名称的来由是因为在冠状切面上，它呈海马状。

2. 端脑的内部结构

首先在基底核和背侧丘脑的立体模型上观察各基底核、背侧丘脑、内囊相互位置关系。见豆状核位于背侧丘脑的外侧，呈卵圆形，二者之间的缝隙为纤维通过，即为内囊后肢；尾状核呈牛角状，其头端大，位于豆状核和背侧丘脑的前方，体部弯过二者之上方，尾部绕到二者的后、下方（位于颞叶内），尾部连着的小球为杏仁体。尾状核从头到尾均走行于侧脑室的外侧壁上。

在大脑中部的水平切面标本上示教。可见大脑周边部分颜色较深为大脑皮质，中央部分颜色较淡为半球髓质，髓质的中央出现若干灰质团块及裂隙，这些灰质团块主要为基底核，裂隙则分别为侧脑室及第三脑室。

侧脑室及第三脑室：在半球中部水平切面上观察。半球前部有一束明显横走的纤维，为胼胝体前部纤维，在这束纤维的后方有一呈倒"八"字形的裂隙。此裂隙为侧脑室前角的水平切面（如标本为单侧半球，此裂隙则只有倒"八"字形的一半）。由此裂隙的尖端向后有一纵走的裂隙，为第三脑的水平切面，在此纵走裂隙后有一呈"人"字形的较宽的裂隙，为侧脑室后角的切面。此时对照侧脑室立体标本，观察侧脑室的全貌，可见它分为中央部、前角、后角、下角四部，中央部在顶叶深面，前角在额叶深面，下角在颞叶深面，后角在枕叶深面，各部彼此连通，两侧侧脑室又通过室间孔与第三脑室连通。对照脑室模型体会侧脑室及第三脑室的立体空间位置关系。

基底核：在半球中部水平切面上观察。在侧脑室前角切面的后外侧，有一大致卵圆形的灰质团块切面，为尾状核头的切面。在尾状核头切面的后外侧有一三角形的灰质切面为豆状核切面，此核中部由两条纵走的白质分隔为 3 部，外侧部颜色较深，称为壳，内侧二部颜色较浅称为苍白球。位于豆状核切面内后方的卵圆形灰质切面为背侧丘脑。背侧丘脑切面后外侧，侧脑室后角外侧壁前部，有一小卵圆形灰质切面为尾状核尾的断面。

在尾状核头与豆状核之间及豆状核与背侧丘脑之间，为一脚尖端向内呈侧的"＜"字状的白质板切面，即为内囊切面，在尾状核头与豆状核之间的部分称为内囊的前肢，在豆状核和背侧丘脑之间的部分，称为内囊的后肢，两肢连接处，即"＜"字形的尖端称为内囊膝。

在豆状核外侧，可见一呈锯齿状的狭窄灰质切面，即为屏状核的切面，屏状核与豆状核之间的窄白质带称为外囊。

基底核除上述尾状核、豆状核、屏状核外，还有杏仁体，此体连于尾状核的末端，位于颞叶内，在标本上不易观察，可在模型上观察。

基底核及内囊在上述水平切标本上观察不易体会其立体位置，再在半球冠状切面标本上对照观察。在冠状切面标本上部中央，可见明显的大脑纵裂，在此裂的底部可见横贯两半球的横行纤维束，为胼胝体干的冠状断面，在胼胝体下方的腔隙为侧脑室中央部的断面，居中线处的裂隙为第三脑室的切面，第三脑室两侧的卵圆形灰质为背侧丘脑的切面，背侧丘脑外侧的三角形灰质块为豆状核的断面，在此断面上亦可看到豆状核分为壳及苍白球两部分。豆状核上方的较小卵圆形断面为尾状核体的断面。豆状核、背侧丘脑、尾状核三者之间为内囊。屏状核、外囊在此切面上亦可观察到。

至此同学们对两半球内部的主要结构，如侧脑室、基底核、内囊等应已有一基本的三维空间的位置关系概念，为了进一步强化这些结构的空间位置关系，可对照脑干模型加深理解。

【临床联系】

一、癫痫病的解剖学基础

临床各种类型癫痫发作的基础是脑神经元的发作性异常放电，其基本特点是局部产生的异常高频放电。尽管癫痫灶的分布各不相同，但源自癫痫灶的异常高频放电均需沿一特殊途径产生传播，这一特殊途径就是各种类型癫痫发作的共同解剖结构基础。

大量资料说明与癫痫发作有关的重要解剖结构有两大系统，即前脑系统和脑干系统。

1. 前脑系统

在前脑内可被诱发出痫性放电的脑组织结构有边缘系统、基底核、皮层下结构和大脑皮层。

（1）边缘叶及边缘系统 边缘叶的主要结构为扣带回、海马旁回和海马。而边缘系统组成复杂，大概是指位于大脑半球内侧面而连接脑干和胼胝体的较古老的皮质和皮质下结构，包括海马旁回、海马结构、杏仁体、扣带回、隔区、下丘脑、丘脑前核、丘脑北侧核和中脑的中央灰质、脚间核、被盖背核、被盖腹核，一端近隔区，另一端在颞叶内侧面的前端。边缘系统的主要功能是有关内脏功能的整合与精神运动，故又称为内脏脑和精神脑。

边缘系统的主要病变表现为颞叶癫痫、记忆障碍、睡眠饮食习惯异常和痴呆。

（2）基底核 基底核与间脑部位相临近，中间以内囊相隔，包括尾状核、壳核和苍白球。与此相关的核团还有丘脑底核、中脑的黑质和红核、延髓的下橄榄体、网质核。其中尾状核和壳核合称新纹状体。在正常情况下，尾状核可抑制杏仁核、海马及颞叶皮层的痫性放电。在爬虫类、鸟类动物中，纹状体是锥体外系的重要组成部分，是调节肌张力、调节联合运动、维持姿势的最高运动中枢，而在高等哺乳动物中，纹状体退居次要地位，大脑皮质成为锥体外系的最高级中枢。但实验显示，纹状体对边缘性抽搐能起抑制作用。苍白球位于壳核的内侧，二者合称为豆状核。

（3）皮层下结构 丘脑：间脑中最大的一块组织，在脑干前端，形如圆丘、为一细胞核团。丘脑内部结构复杂，它由多个核群共同构成，如前核群、中线核群、内侧核群、外侧核群、后核群、板内核群和丘脑网状核等。

不同的丘脑核团作用不一，主要表现为对部分性发作的影响。腹前核和侧后核有病变时可减少皮层神经元的痫性放电，腹侧核为易化作用，背内侧核及丘脑腹侧海马区为抑制作用，腹内侧核无任何作用。

下丘脑：位于丘脑腹侧，丘脑下沟以下的部分，它组成第三脑室下部的侧壁和底壁。包括视交、灰结节、乳头体以及灰结节向下延伸的漏斗。

下丘脑前后部对抽搐分别起抑制和易化作用。

（4）大脑皮层 皮层的病变能够促发面部和前肢抽搐，起初是在慢性癫痫动物模型上发现的。此后，又证实大脑额叶和后部皮质病变也可降低惊厥阈值。

额叶：主要功能是运动功能、智能与情感、言语功能及对小脑共济运动的控制作用。额叶病变主要表现为运动、言语、精神障碍。额叶癫痫多表现为发作时头颈甚至整个躯体向一侧扭转，单限于肢体者常上举一侧上肢，好像击剑状。某些起源于这个部位的发作可引起短暂的凝视以及意识障碍，随之再出现一些刻板的发作，这种发作形式也称为复杂部分性发作。与颞叶引起的复杂部分发作不同，额叶性的部分发作后一般意识立即恢复，而颞叶性的发作后意识恢复则较慢。

顶叶：主要功能是感觉和语言功能。顶叶病变主要表现为感觉、言语和认识功能障碍。顶叶癫痫多以偏侧面部、上下肢的感觉异常或感觉脱失为主要发作表现，有时也可伴有视物变形或空间定向力丧失。顶叶发作易演变成同侧运动性发作，甚至全身性发作。

颞叶：主要功能为对听觉刺激进行分析综合。颞叶病变主要表现为听力、言语和精神障碍。属于单纯部分性发作的颞叶癫痫主要以听觉、嗅觉、内脏感觉等幻觉的体验、自主神经表现以及精神症状为主，发作初期意识清楚，在犯病之后可回忆部分或全部的发作情节，部分病例也可演变成大发作。

枕叶：主要功能为视觉功能。枕叶病变主要表现为视野、视觉障碍。枕叶癫痫常以偏侧闪光暗点、视物变形或视幻觉起病。继以同侧感觉性、运动性部分性发作，或全身强直-阵挛性大发作，偶尔发作之后呈现意识错乱以及自动症。

2. 脑干系统

该区域给予电刺激可产生狂奔或奔跑及强直性发作。如果去除与大脑皮层及脑干其他结构的联系，单独刺激脑干网状结构系统也可以诱发强直性发作。而且强直性发作的出现取决于对脑干不同频率、不同强度的刺激。产生强直发作能刺激的区域一般认为是在脑干的脑尾部和桥脑处，但在脑干处切断前后脑的联系时，仍可以用电刺激成功地在脑 部位诱发出强直发作。又进一步说明，网状结构中的关键部位是在桥脑头部网状核。

3. 小脑

小脑与脑干有广泛而密切的联系，其功能很难与小脑截然分开。小脑的功能主要是调节和校正肌肉的紧张度，以便维持姿势和平衡，顺利完成随意运动。当小脑或其纤维束受害时，即引起肌张力改变和病态运动。还可促发大脑皮质局限痫性放电，但却抑制强直发作。上小脑脚病变可阻止后肢强直发作。

【病例分析】

张某，女，20岁，因突然晕倒，被家属送到医院，约5h后苏醒。经检查发现，病人面部右眼裂以下面肌瘫痪，伸舌时舌尖偏向右侧，舌肌未见萎缩；咽、喉部肌正常，可发音，但是只能发出无规则的语言；右上肢痉挛性瘫痪，随意运动受损，肌张力增加，腱反射亢进。试分析其症状出现的原因。

分析：该患者面部右眼裂以下面肌瘫痪而面上部面肌正常，右侧舌肌瘫痪，右侧肢体痉挛性瘫痪，这些均表明为上运动神经元损伤。同时，因仅出现右上肢瘫痪而未有右下肢瘫痪，应属于左侧大脑皮质的运动中枢的中央前回下部受损。左侧大脑半球为优势半球，对语言的形成起决定性作用，其中央前回下部皮质的前方为运动性语言中枢的位置，此区受损后，发音功能虽然正常，但是丧失了说话能力。故推断该患者属于运动性失语症，可能因支配此区域的大脑中动脉分支血栓形成所致。

 **思 考 题**

1. 女孩李某，14 岁，出生时无异常情况，无遗传性疾病，婴儿期生长发育正常。10 岁时曾因出现多尿，烦渴就诊，当时给予垂体后叶加压素治疗，效果显著。近来自觉不适就诊，检查发现：智力发育正常；身高、体重均比同龄者低下，有营养不良，未发现色素沉着；外生殖器检查呈婴儿型；视神经盘（乳头）苍白，双颞侧视野视力严重下降；在颅侧位 X 线照像显示蝶鞍增大，鞍背侵蚀。试判断患者的病变位置，并从解剖学的角度分析患者各种症状形成的原因。

2. 患者田某，男性，36 岁，因头部外伤入院，入院时检查神志清醒。入院第一二天可下床活动，第三天早晨护士发现患者安静地睡在那里，但是枕头和床单十分凌乱，询问同室患者，知患者昨夜因头痛在床上来回翻转，到凌晨方睡着。护士向患者问话无应答，检查发现患者左侧瞳孔放大，对光反射不敏锐，乃通知负责医生。一小时后医生到来，检查：角膜反射减弱，患者已处于昏睡状态；给予强烈刺激，右侧肢体能活动避让，而左侧肢体活动减弱，于是急送手术室。手术证实患者左侧硬膜外血肿形成，左颞叶海马旁回钩疝入小脑幕切迹形成小脑幕切迹疝。试从解剖学的角度分析患者各种症状形成的原因。

（吴志虹 汪坤菊）

实验十一

脑和脊髓的被膜 血管 脑脊液循环 内脏神经

【目的要求】

1. 掌握硬脊膜的位置、硬脑膜组成特点，熟悉硬脑膜的形成物及其功能、海绵窦的位置与其联通的临床意义。

2. 熟悉蛛网膜的结构及蛛网膜下隙的概况，主要的蛛网膜下池（小脑延髓池、终池）的位置及其临床意义。

3. 熟悉硬脊膜的解剖特点及硬脊膜外隙的位置、内容及意义。

4. 熟悉脊髓蛛网膜下隙穿刺的解剖基础及临床应用。

5. 掌握颈内动脉系与椎 - 基动脉系的概念，颈内动脉主要分支、分布概况，脑底动脉环的组成、位置与连通概况。了解脊髓的动脉来源及分布。了解脑的静脉，脑膜静脉窦的结构特点及回流情况。

6. 掌握脑室系统的组成、位置与连通概况。熟悉脑脊液的循环途径及临床意义。了解先天性脑积水的发病原理。

7. 掌握内脏运动神经的概念、分类及解剖特点。

8. 掌握交感神经低级中枢的位置，交感干的位置、组成、主要椎前节名称、位置。了解腰部及盆部交感神经节的节后纤维的分布概况，内脏大、小神经的来源及其分布概况。

9. 掌握副交感神经低级中枢的部位，动眼神经中副交感纤维的起始及交换神经元的部位和节后纤维的分布。熟悉盆内脏神经的分布概况。

10. 掌握交感神经与副交感神经之间的主要区别和它们双重分布的概念。

11. 了解内脏感觉神经，掌握牵涉痛的概念，熟悉其机理。

【实验材料】

1. 影像资料

脑和脊髓的被膜、血管、脑脊液循环、内脏神经解剖录像。

2. 标本

脊髓、脑干、端脑各关键部位的横断面厚切片，保留蛛网膜及软脑膜的完整的脑标本，去脑保留硬脑膜的颅腔标本，保留被膜的离体脊髓标本，椎管内原位脊髓标本，血管完整的脑和脊髓标本，去顶颅骨标本，大脑正中矢状切面标本。示内脏神经的完整尸体或幼尸标本，脑神经标本，脊神经构成标本。

3. 模型

脑血管模型，脑室模型，脑模型，全身主要内脏神经模型，交感干模型，内脏传导路模型。

【实习内容】

一、脑和脊髓的被膜

1. 脊髓的被膜

利用带被膜的离体脊髓标本和打开椎管的原位脊髓标本进行观察。脊髓的被膜共分3层，由外而内依次为硬脊膜、蛛网膜和软脊膜。

硬脊膜：在离体脊髓标本上观察可见硬脊膜坚韧致密，呈圆筒状包围着脊髓，在打开椎管的标本上可见硬脊膜向上附于枕骨大孔边缘，向下终止于第二骶椎水平，包裹终丝，末端附于尾骨，向外包绕脊神经进入椎间孔，移行为神经外膜。硬脊膜与椎管壁之间的空隙即硬膜外隙，内含疏松结缔组织、脂肪、脊神经根和椎内静脉丛。

脊髓蛛网膜：翻开硬脊膜可见其深面有一层薄而透明的膜即蛛网膜，通常蛛网膜与硬脊膜相贴，二者间潜在的间隙为硬膜下隙。蛛网膜向上与脑周围的蛛网膜直接连续，在下端也包绕脊髓和马尾达第2骶椎水平。蛛网膜与其深面的软脊膜之间的空隙即蛛网膜下隙，活体有时有透明的脑脊液存在，向上与脑的蛛网膜下隙连通，此隙下部自脊髓末端至第二骶椎水平扩大为终池。

软脊膜：在蛛网膜深面紧紧地贴附在脊髓表面，难以分开的一层即软脊膜，深入脊髓的沟裂之中。在脊髓两侧，软脊膜在前后根之间向外侧突出，尖端连同蛛网膜附于硬脊膜，这些锯状的突起称齿状韧带，可作为椎管内手术的标志。

2. 脑的被膜

在保留蛛网膜及软脑膜的完整脑标本上观察。脑的被膜从外至内也分3层，即硬脑膜、脑蛛网膜、软脑膜。

硬脑膜：在已取出脑的颅腔湿标本上观察。贴附在颅骨内面为一层较厚的坚韧致密的膜，即为硬脑膜，此膜外面粗糙，在颅底部与颅骨紧密附着，内面光滑。在颞部撕开硬脑膜对光亮处观察可见明显的脑膜中动脉及其分支，硬脑膜在相当于矢状缝处有一形如镰刀向下垂的部分，前附于鸡冠，后附于枕内隆凸与小脑幕相连即为大脑镰，它伸入大脑纵裂内分隔两大脑半球。在相当于横窦沟处硬脑膜有一水平向前伸出的部分称为小脑幕，它伸入大脑半球与小脑之间。其前缘游离，呈凹形，形成小脑幕切迹，其间有中脑通过。小脑幕下方正中线部位，相当于两小脑半球间处硬膜亦稍突出，名为小脑镰。

硬脑膜在一定部位两层分开，其内面衬以内皮，称为硬脑膜窦，流经静脉血。在硬脑膜标本上继续观察主要的硬脑膜窦有以下内容。

上矢状窦：位于大脑镰上缘，自前向后下，在相当于枕内隆凸处汇入窦汇，在已横断切开上矢状窦的硬脑膜标本上观察上矢状窦，可见窦腔呈三角形。

下矢状窦：位于大脑镰游离缘即下缘处的小静脉窦，它向后汇入直窦。

直窦：位于大脑镰与小脑幕连接处，向后汇入窦汇。

横窦：位于小脑幕附着处，左、右各一，自窦汇起，沿横窦沟向前外至颞骨岩部后端转而向下续乙状窦。

乙状窦：相当于颅骨乙状窦沟部位，后接横窦，向下经颈静脉孔延续为颈内静脉。

窦汇：在相当于枕内隆凸附近，左右横窦、上矢状窦、直窦互相汇合，此汇合处称为窦汇。

海绵窦：在蝶鞍两侧，向前达眶上裂的内侧部，有眼静脉汇入，向后至颞骨岩部的尖端，分别借岩上窦、岩下窦与横窦和颈内静脉相通，两侧海绵窦还有前、后海绵间窦相通。在海绵窦内有颈内动脉和展神经通过，动眼神经、滑车神经及三叉神经第一支与第二支则经过窦的外侧壁。

脑蛛网膜：位于硬脑膜的深面，它与硬脑膜之间的腔为硬膜下隙，在脑蛛网膜完整的标本上观察，可见此膜为一层透明的薄膜，在脑沟裂处它不深入其中（大脑纵裂和横裂例外）而从其表面跨过。脑蛛网膜与其深面的软脑膜之间的空隙为蛛网膜下隙，活体此腔内流通着脑脊液，在上矢状窦两侧，可见脑蛛网膜形成许多小颗粒状结构突入上矢状窦内，此即蛛网膜颗粒。蛛网膜下隙在脑的沟裂处扩大形成蛛网膜下池，主要有，脚间池、小脑延髓池等。

软脑膜，在剥离部分蛛网膜标本上观察可见紧贴于脑表面的一层薄膜，但不易与脑分开，并深入于沟裂之中，此即软脑膜。在某些部位软脑膜与脑室的室管膜紧贴，构成脉络膜，若其中含有血管则构成脉络组织。脉络组织在某些部位血管反复分支成丛，夹带其表面的软脑膜与室管膜突入脑室形成脉络丛，脉络丛能产生脑脊液。取脑室标本观察，可见在侧脑室，第三、四脑室内，呈长索条葡萄状的细突起即是脉络丛。

二、脑室及脑脊液循环

在正中矢状切脑和脊髓带有被膜的标本上观察，由侧脑室，第三、四脑室，中脑水管，及脑和脊髓的蛛网膜下隙构成完整的腔隙，容纳脑脊液。

在大脑内部侧脑室左右各一，室间孔位于穹窿柱后；第三脑室位于两侧背侧丘脑及下丘脑之间的矢状裂隙，向上通侧脑室，向下通中脑水管；第四脑室位于延髓，脑桥与小脑之间，室底为菱形窝，室顶朝向小脑，通过正中孔和两个外侧孔通蛛网膜下隙。

脑脊液由各脑室内脉络丛产生。脑脊液总量在成人约150ml，充满于脑室系统、脊髓中央管和蛛网膜下隙内。它处于不断地产生、循环和回流的动态平衡，其循环途径为侧脑室脉络丛产生的脑脊液，经室间孔流向第三脑室，与第三脑室脉络丛产生的脑脊液一起，经中脑水管流入第四脑室，再往正中孔和外侧孔流入蛛网膜下隙，经蛛网膜颗粒渗透到硬脑膜窦。

三、脑和脊髓的血管

1. 脑的血管

在颈深层标本上观察。椎动脉起自锁骨下动脉，向上依次穿过第6至第1颈椎横突孔，向内弯曲经枕骨大孔进入颅腔。在脑血管标本上观察。在延髓与脑桥交界处两侧椎动脉汇合成基底动脉。椎动脉的分支主要有脊髓前动脉和脊髓后动脉，分别沿脊髓腹侧和背侧下行至脊髓。

基底动脉行于脑桥基底沟处，其主要分支有：①小脑下前动脉，由基底动脉起始部发出，分布于小脑下面前部。②小脑上动脉，由基底动脉末端发出，经动眼神经后下方行向外侧，分布于小脑上面。③大脑后动脉，为基底动脉的终支，在小脑上动脉的上方，并与之平行向外侧，经动眼神经前上方绕大脑脚行向外后，分支供应枕叶及颞叶等。

颈内动脉：颈内动脉经颈动脉管进入颅内，通过海绵窦，在视交叉外侧，分为大脑前及大脑中动脉。在脑血管的标本上继续观察：①大脑前动脉，在视交叉前方，可见两条几乎垂直走向的动脉，轻轻拉起视交叉可见此两动脉从颈内动脉发出后，至大脑纵裂转向上后方，分支分布于大脑半球额叶和顶叶内侧面皮质，左右两大脑前动脉在进入大脑纵裂前由一短支连通，此短支称前交通动脉。②大脑中动脉，在视交叉两侧是颈内动脉的直接延续，在颞叶与额叶间行向外侧经外侧沟前端绕至大脑半球背外侧面，分支分布于颞叶前部及额叶、顶叶外侧面之大部，其中包括躯体运动、躯体感觉和语言中枢。③后交通动脉，起自颈内动脉末段，是连接颈内动脉和大脑后动脉的一对动脉，通常相当细小。④脉络丛前动脉，细长，沿视束腹侧向后行，在侧脑室下角处进入脑室，参与构成侧脑室脉络丛，并分支供应海马、苍白球及内囊后脚。

大脑动脉环：两侧颈内动脉末段、大脑前动脉与大脑后动脉的起始段及连接各动脉之前、后交通动脉，在脑底形成环状吻合，称为大脑动脉环。

由大脑前、中、后动脉发出进入半球深面的小支总称中央支，重要者有：豆状核纹状体动脉，由大脑前及大脑中动脉起始部发出，穿前穿质进入脑实质内，分支供应尾状核、壳和内囊的大部。轻轻拉起视交叉可见大脑前动脉发出前中央支，轻轻拉开颞叶的内侧，见到大脑中动脉发出的中央支，分别穿前穿质的前、后部进入脑内。

脑的静脉不与动脉伴行，分浅深两部，深静脉收集大脑深部的血液，合成一条大脑大静脉，在胼胝体压部下方，找到此静脉，可见它注入直窦。浅静脉，分布于脑的表面，主要收集大脑皮质及部分髓质的血液，均注入附近脑的硬脑膜窦。

113

2. 脊髓的血管

脊髓前、后动脉：取脊髓标本观察，见此两动脉发自椎动脉颅内段，脊髓前动脉左右两支很快合成一条，沿前正中裂下行，左右脊髓后动脉分别沿两侧后外侧沟下行。

脊髓的静脉：注入硬膜外隙的椎内静脉丛。

四、内脏神经交感部

可分中枢部及周围部，中枢部将在中枢神经系统观察。

周围部包括交感神经节（分椎旁节及椎前节）以及由此发出的分支和交感神经丛等。

首先在模型上观察双侧交感干的位置，理解交感神经椎旁节与交感干的关系。再在内脏传导路模型上观察节前纤维通过交感神经节的方式，第一种方式是在节内交换神经元，第二种方式是穿过而不换元。

再在脊神经构成标本或模型上观察交感干和脊神经之间的关系。交感神经节前纤维混杂在胸 1 至腰 3 的脊神经前根中，出椎间孔后，从前支进入相邻近的交感干，进入支称为白交通支（因为节前纤维为有髓纤维，活体颜色亮白），因而只有在胸 1 至腰 3 水平才会存此种交通支。

由交感神经节发出的节后纤维再返回到脊神经前支的部分构成了灰交通支（因节后纤维为无髓纤维，活体颜色灰暗）。因此，在交感干的各部均可见到与脊神经前支之间灰交通支。注意在尸体标本上肉眼观察不易区别两种交通支。

在模型上观察白交通支内的节前纤维进入交感干后有 3 种去向：①终止于相应的椎旁节（模型上胸 1~5 各段均可看到）；②在交感干内上升或下降，然后终止于上方或下方的椎旁节（第 5 胸节上升及下降，第 1、2 胸节上升至颈段）；③穿经椎旁节终于椎前节。

交感神经节后纤维的分布也有 3 种去向：①经灰交通支返回脊神经，然后随脊神经分布于躯干和四肢的血管、汗腺、竖毛肌等。31 对脊神经都有灰交通支与交感干相连，通过灰交通支获得交感神经的节后纤维（第 1、2、5 胸神经均显示）。②攀附动脉行走，在动脉表面形成神经丛。③由交感神经节直接分支至所支配的脏器。

分别观察各段交感干。

1. 颈交感干

取颈部深层标本观察，位于颈动脉鞘的后方，颈椎横突的前方，可见此段交感干有 3 个膨大部分，分别称颈上神经节、颈中神经节和颈下神经节。

2. 胸部交感干

在示内脏神经的完整尸体或模型上观察。位于脊柱两侧，肋头的前方，干上的胸交感神经节数目与胸椎数目大致相当。可少于 12 个。胸交感干的神经节除灰交通支外，还有很多分支到达椎前节，其中较大的分支有：

（1）内脏大神经　起自第 5~9 胸交感神经节，向下合成一干，沿椎体表面下行穿膈脚，主要止于腹腔神经节。

（2）内脏小神经　起自第 10、第 11 胸交感神经节，下行穿膈脚后终于主动脉肾节。

3. 腰交感干

位于腰椎体前外侧与腰大肌内侧缘之间，腰交感干上的神经节的数目和位置常有变异，约 3～5 个。

4. 盆交感干

位于骶骨前面，骶前孔内侧，干上有 2～3 个骶节，两侧交感干同时止于一个奇节。

五、内脏神经副交感部

中枢部位于脑干和骶髓第 2～4 节段（见中枢神经系统的章节）。

副交感神经周围部包括副交感神经节（器官旁节和器官内节）及其纤维。

1. 颅部副交感神经

其节前纤维走在第 Ⅲ、Ⅶ、Ⅸ、Ⅹ 对脑神经内，随上述 4 对脑神经至相应副交感神经节。参阅脑神经部分，复习睫状神经节、翼腭神经节、下颌下神经节及耳神节，了解它们与各有关脑神经的关系和副交感纤维分布情况。

2. 骶部副交感神经

节前纤维起自脊髓骶 2～4 节段的骶副交感核，随骶神经出骶前孔，又从骶神经分出构成盆内脏神经，加入盆丛。节后纤维支配结肠左曲以下的消化管、盆腔脏器及外阴。

六、内脏神经丛

交感神经节与副交感神经的分支在胸、腹、盆腔形成神经丛，两种纤维成分交织在一起，肉眼无法区分。

1. 心丛

在纵隔标本上观察。可分为心浅丛及深丛。浅丛位于主动脉弓下方，深丛位于气管权前面。

2. 腹腔丛

在腹后壁标本或模型上观察，此丛位于腹主动脉上段前方，围绕在腹腔干和肠系膜上动脉根部周围，纤维连结成网，丛内有一对不规则的腹腔神经节，接受内脏大神经纤维。腹主动脉表面向下延续的部分称为腹主动脉丛。

3. 上腹下丛

上腹下丛位于第 5 腰椎前面，两髂总动脉之间。下腹下丛又称盆丛，为上腹下丛延续到直肠两侧的部分，一般难于解剖出来，可在模型上观察。

【临床联系】

一、硬膜外麻醉解剖学基础分析

定义：将局麻药注射到硬脊膜外腔，使部分脊神经的传导功能受到阻滞的麻醉方法，称为硬脊膜外腔阻滞，又称硬膜外阻滞或硬膜外麻醉。

（一）硬膜外麻醉解剖学基础

1. 位于椎骨内面骨膜与硬脊膜之间的空隙称为硬脊膜外腔，上闭合于枕骨大孔，与颅腔不相通，下终止于骶管裂孔，侧面一般终止于椎间孔，因此，药物不能直接进入颅内。

2. 硬脊膜外腔容积约 100ml，骶腔约占 25～30ml，硬膜外腔的后方较宽，胸部为 2～4mm，腰部为 5～6mm。

3. 腔中有脊神经通过，包围脊髓的软膜、蛛网膜和硬脊膜沿脊神经根向两侧延伸到椎间孔，分别形成根软膜、根蛛网膜和根硬膜。根蛛网膜细胞增生形成绒毛结构，并可突进或穿透根硬膜。

4. 硬脊膜外腔的血管丰富，并形成血管丛。穿刺或置管时容易损伤引起硬膜外腔出血；注药时吸收迅速，意外血管内注药可引起局麻药毒性反应。

5. 脂肪及结缔组织填充该腔，对局麻药的分布起限制作用，可达到截段麻醉作用，也有形成单侧麻醉的可能。

6. 骶管位于骶骨内，是硬膜外腔的一部分，与腰部硬膜外腔相通，容积约 25～30ml。自硬膜囊到骶管裂孔约 47mm。

（二）硬膜外麻醉操作并发症解剖学分析

1. 全脊麻

大量局麻药进入蛛网膜下隙，全部脊神经甚至颅神经都被阻滞，称为全脊麻。主要表现为呼吸抑制及呼吸麻痹、心动过缓和血压下降，严重者可发生呼吸心跳骤停。但如能及时发现并立即进行人工呼吸，常可避免发生严重后果。

2. 局麻药毒性反应

硬膜外血管丰富，对局麻药吸收快，或直接注入血管内，都可引起毒性反应。如在注药过程中，出现眩晕、耳鸣、舌麻等症状，多系血管内注药，应立即停止注药，并将导管退离血管，必要时静脉注射地西泮（安定）。

3. 直接脊髓损伤

穿刺触及脊髓时，病人肢体有电击样异感。轻者数分钟消失，可继续硬膜外麻醉。重者异感持续不退，应放弃阻滞麻醉，以免加重神经后遗症。

4. 感染

穿刺部位及硬膜外间隙感染非常罕见，但若发生，可形成硬膜外脓肿，压迫脊髓而引起严重神经症状或截瘫。

5. 硬膜外血肿

穿刺和置管都可能损伤硬膜外的血管而引起出血，但一般都不致引起严重后果。

二、颅内出血的类型，硬膜外血肿

外伤、血管病变都可以引起颅内出血。根据出血的部位，颅内出血大致可分为：

硬膜外血肿、硬膜下血肿、蛛网膜下出血、脑实质出血。硬膜外血肿最为常见，多为颅骨外伤所致；硬膜下血肿较少见，多为慢性；蛛网膜下隙出血多为脑血管畸形引起的颅内动脉破裂所致，多见于青壮年；脑质出血为脑质内血管破裂，多继发于动脉硬化和高血压，中老年多见。颅内出血均属于危、急症，应得到及时妥善处理。

硬膜外血肿多因颞部外伤所致的硬脑膜动脉破裂引起（脑膜中动脉破裂最为常见），血液积聚在颅骨与硬脑膜之间。因成年颅骨不能向外扩张，血肿压迫深面脑组织。一般为急性出血，引起颅内高压，逐步发展为脑疝而危及生命。典型临床表现为：头部外伤史，带有中间清醒期的昏迷（伤后立即昏迷为脑震荡所致，一般不超过半小时，清醒后再次昏迷为出血引起的颅高压、脑疝）。大多数病人为幕上区的出血，因而脑疝多为小脑幕切迹疝，双侧瞳孔不等大（压迫动眼神经）为小脑幕切迹疝典型的表现。CT 扫描可以确诊、定位。

【病例分析】

某患者，61 岁，退休教师，反复胸痛发作 3 年，再次发作加重，1 周后入院。疼痛发生在胸骨后区，放射到左肩、左臂内侧，每次发作持续约 15min，间隔期数小时至数天不等。一周前开始每天都有发作，休息可缓解，含服硝酸甘油有效。左臂无力，尤其是胸痛发作后更甚。

分析：此例为典型的心绞痛发作，由冠状动脉缺血所致。表现为心前区疼痛，可放射至左臂内侧和左肩部。少数病例心前区疼痛不明显，应特别加以注意。

心肌缺血引起心肌内乳酸积聚，缓激肽、5-羟色胺、组胺（均为致痛物质）释放增加，刺激心血管外膜中的痛觉神经末梢，经心丛中的心传入神经通过颈中心支、颈下支、胸心支到达交感干颈段，再经胸1～胸4节段的白交通支进入胸1～胸4脊神经节，节内假单极神经元的中枢突入上胸髓后角，再上传入脑。

思考题

1. 交感神经节前纤维、节后纤维各有哪些去路？
2. 交感神经和副交感神有哪些区别？
3. 总结心脏的神经支配。

（吴志虹　汪坤菊）

实验十二

脑和脊髓的传导通路

【目的要求】

1. 掌握躯干和四肢本体（深）感觉及精细触觉传导通路的组成，各级神经元胞体及纤维束在中枢的位置，丘系交叉的位置及皮质投射区。

2. 掌握躯干和四肢痛温觉、粗略触觉、压觉传导路的组成，各级神经元胞体及纤维束在中枢的部位，纤维走行和交叉的位置及皮质投射区。

3. 掌握头面部痛温觉、粗略触觉、压觉传导路的组成，各级神经元胞体所在部位，纤维走行和交叉的情况、皮质投射区。

4. 掌握视觉传导路的组成，纤维部分交叉（视交叉）的情况与在内囊的位置，皮质投射区。熟悉瞳孔对光反射路径。

5. 掌握骨骼肌随意运动的上、下运动神经元管理的基本情况；皮质脑干束（即皮质核束）发起及通过内囊的部位及对脑神经运动核控制情况（即双侧控制与对侧控制），核上瘫与核下瘫不同表现的形态学基础，着重认识面神经与舌下神经核上瘫与核下瘫的主要表现。

6. 掌握皮质脊髓束的发起（来源）及在内囊和脑干各段的位置，锥体交叉的位置，皮质脊髓侧束与皮质脊髓前束的走行终止情况；在锥体路（系）的上、下运动神经元损伤后的不同表现。

7. 了解锥体外系的组成、功能概念，及主要环路。

8. 了解平衡觉传导路、听觉传导路。

【实验材料】

1. 影像资料

传导通路解剖录像。

2. 标本

（1）脊髓、脑干、端脑各关键部位的横断面厚切片。

（2）内囊雕刻标本。

（3）视觉传导路雕刻标本。

（4）脑正中矢状切标本，脑外形标本。

3. 模型

各种传导通路立体模型等。

4. 其他

手电筒、扣诊锤。

【实验内容】

一、躯干和四肢意识性本体感觉传导通路

躯干和四肢的本体（深）感觉和精细触觉：在深部感觉传导路模型上观察其构成的 3 级神经元。第 1 级神经元位于脊神经节内，其周围突分布至本体觉感受器和精细触觉感受器；中枢突入脊髓，在后索上升，其中，来自躯干下部和下肢的纤维（第 5 胸节以下）在后索的内侧部排列形成薄束，薄束在胸 5 以下占据了后索的全部位置，而来自躯干上部和上肢的纤维（第 4 胸节以上）在后索的外侧部排列形成楔束，与楔束形成内外方向排列。中枢突上行至延髓下部终止于薄束核和楔束核。第 2 级神经元位于薄束核和楔束核内，它们发出的纤维向前绕过中央灰质的腹侧，在中线与对侧交叉，形成内侧丘系交叉，交叉后的纤维向上转折呈前后方向排列，称为内侧丘系，经脑桥、中脑，最后止于背侧丘脑的腹后外侧核（此处与躯体有点对点的关系）。第 3 级神经元位于腹后外侧核内，其轴突称为丘脑中央辐射，经内囊后肢投射到大脑皮质中央后回的中、上部，中央旁小叶后部，部分投射到中央前回。

二、痛温觉、粗触觉和压觉（浅）传导通路

1. 躯干、四肢的痛温觉和粗略触觉

在浅部感觉传导路模型上观察其构成的 3 级神经元。第 1 级神经元为脊神经节细胞，其周围突分布感受器；中枢突经后根进入脊髓，终止于第 2 级神经元；第 2 级神经元胞体主要位于第 Ⅰ、Ⅳ、Ⅴ 层，它们发出纤维经白质前连合上行 1～2 个节段，然后交叉在对侧的外侧索和前索内上行，组成脊髓丘脑侧束和脊髓丘脑前束，终止于丘脑腹后外侧核。由丘脑腹后外侧核起始为第 3 级神经元，其轴突组成丘脑上辐射，投射到中央后回的中、上部和中央旁小叶后部（3、2、1 区）。

2. 头面部的痛温觉和触觉（三叉神经传导路）

由 3 级神经元组成。在浅部感觉传导路模型上观察其构成的 3 级神经元。第 1 级神经元位于三叉神经节内，其周围突分布至头面部感受器，中枢突组成三叉神经感觉根入脑干，止于三叉神经脑桥核和三叉神经脊束核。第 2 级神经元位于三叉神经脑桥核和脊束核内，发出的纤维交叉至对侧组成三叉丘系，止于丘脑腹后内侧核。第 3 级神经元位于丘脑腹后内侧核内，其轴突经内囊后肢投射到中央后回的下部。

三、视觉传导通路和瞳孔对光反射通路

1. 视觉传导路

在视觉传导路模型上观察其构成的 3 级神经元。第 1 级神经元为眼球视网膜上的双极细胞。第 2 级神经元为节细胞，其轴突构成视神经，穿过视神经管入颅腔，形成视交叉后延为视束。在视交叉中，来自两眼视网膜鼻侧半的纤维交叉；来自视网膜颞侧半的纤维不交叉。视束绕大脑脚大部分纤维止于外侧膝状体。第 3 级神经元位于外侧膝状体内，其发出的纤维构成视辐射，经内囊后肢投射到端脑距状沟周围的视区皮质。

2. 瞳孔对光反射

在视觉传导路模型上观察构成该反射的反射弧各部分：传入神经（包括视神经、视交叉、视束），反射中枢（位于脑干的上丘臂，顶盖前区，双侧动眼神经副核），传出神经即动眼神经（交感纤维，经睫状神经节换元后发出睫状短神经至瞳孔括约肌）。

在视觉传导通路上示教并分析该反射弧各部损伤所至的瞳孔对光反射的改变。

四、听觉传导路

在听觉传导路模型上观察其构成的 4 级神经元。第 1 级神经元为位于蜗螺旋神经节内的双极细胞，其周围突分布于内耳的螺旋器；中枢突组成蜗神经，止于蜗腹侧和背侧核。第 2 级神经元在蜗腹侧和背侧核内，此二核发出的大部分纤维至对侧上行构成外侧丘系，少数纤维不交叉进入同侧外侧丘系走行，最终止于下丘。第 3 级神经元位于下丘，其纤维经下丘臂到达内侧膝状体。第 4 级神经元位于内核膝状体，发出纤维组成听辐射，经内囊后肢投射到大脑皮质的听区——颞横回。

五、锥体系

1. 皮质脊髓束

在运动传导路模型上观察其神经元的位置，上运动神经元为中央前回上、中部和中央旁小叶前半部的锥体细胞，下运动神经元为脊髓前角细胞。锥体细胞的轴突集合成皮质脊髓束，下行经内囊后肢至延髓锥体，约 75% ~90% 的纤维交叉至对侧形成锥体交叉，在对侧脊髓外侧索内下行，称皮质脊髓侧束，逐节终止于脊髓前角细胞，支配四肢肌；小部分纤维不交叉而下行至同侧脊髓前索内下行，称为皮质脊髓前束，经白质前联合终于对侧脊髓前角细胞，支配躯干和四肢的骨骼肌运动；皮质脊髓前束中一部分纤维始终不交叉而止于同侧脊髓前角细胞，支配躯干肌运动。

2. 皮质核束

在运动传导路模型上观察其神经元的位置，上运动神经元为中央前回下部的锥体细胞；下运动神经元位于脑神经运动核。锥体细胞的轴突集合成皮质核束，大部分纤

维经内囊膝下行陆续分出至双侧脑神经运动核（动眼神经核、滑车神经核、展神经核、三叉神经运动核、面神经核上半、疑核和副神经核），支配双侧眼外肌、咀嚼肌、面上部表情肌、胸锁乳突肌、斜方肌和咽喉肌；小部分纤维完全交叉止于对侧面神经核下半和舌下神经核，支配对侧面下部表情肌和舌肌。

六、锥体外系

锥体外系：在锥体外系传导模型上观察主要的通路。

皮质－纹状体系：大脑皮质→尾状核和壳→苍白球→背侧丘脑、红核、黑质、网状结构等。

皮质－脑桥－小脑系：额叶、枕、颞叶皮质→（交叉）→脑桥核→新小脑皮质→齿状核→（交叉）→红核→脊髓前角细胞。

【临床联系】

"中风"与三偏征　由于大脑中动脉在经过前穿质外侧部时，于此处垂直发出一些向上穿入前穿质的数条细小动脉，称之为中央支，又称豆纹动脉。它们分支分布到大脑深层中央区供应尾状核、豆状核、内囊膝和后肢的前部。豆纹运动呈"S"形弯曲走行，形成特殊的动力学，所以在高血压、动脉硬化等情况下易破裂出血，是临床上最常见的脑溢血。出血除引起颅内压增高外，会损害基底核、背侧丘脑、内囊。压迫内囊会导致该处的纤维受损，主要包括皮质脊髓束、皮质脑干束、意识性本体感觉、痛温觉、视辐射和听辐射等纤维，由此产生一系列的神经功能障碍，主要包括：半身瘫痪（偏瘫）、半身深浅感觉障碍（偏麻）、同向偏盲（偏盲）。由于经内囊的纤维传导的是对侧半身的躯体运动和躯体感觉信息，双侧耳的听觉信息、双眼对侧视野的视觉信息，所以偏瘫和偏麻发生在病变的对侧，偏盲发生在双眼对侧视野，没有明显听觉障碍。除出血性中风以外，还可以有栓塞和血栓形成引起的缺血性中风。

【病例分析】

陈某，男，62岁，有高血压史，3天前因情绪激动，突然昏倒不省人事，经医院抢救，逐渐苏醒，检查发现：

①左侧上、下肢呈痉挛性瘫痪，肌张力增高，腱反射亢进并出现病理反射。

②左侧眼裂下面部表情肌瘫痪，左鼻唇沟消失，嘴歪向右侧，左侧舌肌瘫痪，伸舌时舌尖偏向左侧。

③左半身（包括面部）浅、深感觉全部消失。

④双眼视野出现左侧偏盲（患者看不见左边的物像）。

分析：

①左侧上、下肢痉挛性瘫痪，肌张力增强，腱反射亢进以及病理反射阳性，是上

运动神经元（皮质脊髓束）损伤的表现。由于大脑皮质对脊髓失去控制作用，而出现肌张力增强、痉挛性瘫痪和腱反射亢进。

②面部和舌的体征是皮质脑干（核）束受损伤产生的上运动神经元病变的表现，因为面神经核下部和舌下神经核只接受对侧皮质脑干（核）束的神经纤维支配，故一侧的上运动神经元（皮质脑干束）病损后，可出现对侧眼裂以下面部表情肌和舌肌半侧瘫痪。下运动神经元对肌有营养作用，现下运动神经元未损伤，所以肌可以不出现萎缩。

③左侧浅、深感觉消失，是由于管理感觉的纤维左右交叉形成脊髓丘脑束、三叉丘系和内侧丘系，然后都在内囊处集中形成丘脑皮质束，最后投射到中央后回，所以当一侧内囊中的丘脑顶叶束受损时，可使另一侧的浅、深感觉消失。

④双眼视野左侧偏盲是由于右侧视辐射（或右视束）受损而产生左侧视野偏盲（患者看不见左边的物像）。

⑤患者有年纪大、高血压和突然昏迷等病史，结合上述体征分析，诊断为脑溢血，病变部位在右侧内囊。因为右侧内囊是管理对侧运动，感觉和视野的纤维束最集中的部位，如此处血管由于高血压而突然破裂出血，血肿可损害上述这些纤维束的功能，于是出现三偏症状。

小结：①病变影响皮质脊髓束和皮质脑干（核）束的功能。②病变影响痛温、视、本体觉。③运动、感觉和视觉传导纤维在内囊处集中，大脑功能为对侧管理，故病变在右侧内囊。④由病史和体征分析，可诊断为：脑溢血（右侧内囊）。

思 考 题

一位 62 岁的老人，体检有因颅内压增高，右边身体瘫痪，几周后检查发现：左眼眼睑下垂，左眼向外斜视，瞳孔扩大，对光反射消失，伸舌时舌尖偏向右边，右侧面下部表情肌瘫痪，面上部表情肌还可以随意运动，右上肢和右下肢随意运动消失，肌张力增高，跟腱反射亢进。为什么会出现上述症状，病变在何部位？

（吴志虹　汪坤菊）

第二部分　高职高专 B 平台

（供护理、助产、医学检验技术、药学、眼视光技术、家政服务等专业用）

实验一

绪论　运动系统

【目的要求】

1. 了解描述人体解剖学标准姿势和常用的方位术语。

2. 了解运动系统的组成及功能，骨的形态、分类和构造。

3. 在全身骨骼骨架标本上辨识全身主要骨、关节的名称，在全身骨骼肌标本（或模型）上辨认主要骨骼肌的名称。

4. 结合标本和模型观察脊柱、胸廓、骨盆、颅的组成和形态。

5. 活体触摸临床上常用的骨性标志和肌性标志。

【实验材料】

1. 影像资料

运动系统解剖录像。

2. 标本

（1）全身骨骼骨架标本。

（2）新鲜猪骨标本，长骨纵切、横切标本（示骨质、骨膜、骨髓和骺软骨）。

（3）煅烧骨、脱钙骨标本（示骨的化学成分和物理特性）。

（4）全身游离骨标本。

（5）脊柱标本、胸廓标本、骨盆标本、整颅标本。

（6）肩关节、肘关节、腕关节、髋关节、膝关节、踝关节、颞下颌关节标本。

（7）全身肌肉标本。

3. 模型

（1）脊柱模型。

（2）胸廓模型。

（3）骨盆模型。

（4）整颅模型，分离颅骨模型，颅水平切模型（示颅底内、外面观）。

（5）全身肌肉模型。

【实验内容】

一、绪论

1. 介绍实验室规则，人体解剖学学习目的、方法、要求，实验报告书写，成绩构成及计分方法等。

2. 介绍人体解剖学网络课程、精品课程使用方法。

3. 介绍人体解剖学方位术语。

教师示教人体解剖学姿势、轴、面和方位术语。

二、骨学总论

（一）骨的分类

在全身骨骼骨架标本上观察全身骨的形态及分类，区分长骨、短骨、扁骨和不规则骨。

1. 长骨

长骨呈长管状，分一体两端。多位于四肢，如肱骨、股骨等。

2. 短骨

短骨形似立方体。多位于连接牢固且较灵活的部位，如腕骨等。

3. 扁骨

扁骨呈板状。主要构成容纳重要器官的腔壁，如颅骨等。

4. 不规则骨

不规则骨形状不规则。如上颌骨和蝶骨等。

（二）骨的构造

观察新鲜猪骨标本，长骨纵切、横切标本，骨的构造包括骨膜、骨质、骨髓三部分。

1. 骨膜

覆盖骨表面的结缔组织膜，在关节面处缺如。表面粗糙，有肌肉附着。

2. 骨质

骨密质位于骨的表层、骨膜深面。骨松质主要布于长骨两端、骨密质内面，由骨小梁构成，呈海绵状。

3. 骨髓

在新鲜骨标本上观察，骨髓腔内和骨松质的网眼内充满有骨髓，为结缔组织。红骨髓颜色鲜红，黄骨髓为脂肪组织。

（三）骨的化学成分及物理性质

观察经稀盐酸脱钙后的骨标本，由于无机质已溶解而只含有机质，骨虽保持其外形，但却非常柔软而具有弹性。观察煅烧的骨标本，有机质已除去，只含无机质，保持外形，但非常松脆、失去弹性。

三、躯干骨及其连结

躯干骨包括椎骨、肋和胸骨。

1. 椎骨

在全身整体骨架标本和脊柱标本（或模型）上观察椎骨的形态和分类，依次寻找和辨认颈椎、胸椎、腰椎、骶骨和尾骨，并仔细观察它们的主要特征。

2. 胸骨

在全身整体骨架标本上观察胸骨的位置（胸前壁正中），自上而下分胸骨柄、胸骨体和剑突三部分。

3. 肋

在全身整体骨架标本上观察 12 对肋骨和肋软骨的形态及其与胸骨和脊柱胸段的关系。

4. 骨性标志

在活体上摸认：颈静脉切迹、胸骨角、第 2～12 肋（思考：为什么摸不清第 1 肋）、肋弓、剑突等骨性标志。

5. 脊柱

（1）脊柱整体观　在全身整体骨架标本和游离脊柱标本上观察。

前面观：椎体自上而下依次由小变大，至骶骨下端又变小，试解释其大小变化的原因。

后面观：注意棘突排列方向及棘突间隙宽窄差别，讨论其临床意义。

侧面观：颈、胸、腰、骶四个生理弯曲的部位，方向，试解释弯曲形成因素和功能意义。

（2）椎间盘　在部分矢状切椎骨间连结标本和经椎间盘横切标本上可见相邻椎体间连有纤维软骨即椎间盘，外周为由多层同心圆排列的纤维软骨构成纤维环，中央为胶状的髓核。注意观察椎间盘后外侧部与椎间孔的相互位置关系。

（3）韧带　椎体和椎间盘的前、后面，可见纵向行走，坚韧的前、后纵韧带。连结相邻两椎弓板之间由弹性纤维构成的黄韧带。连结相邻的两个棘突之间的棘间韧带，注意观察其与黄韧带、棘上韧带的关系。连于棘突末端的棘上韧带，至颈部扩展成三角形片状的项韧带。连于相邻横突的横突间韧带。

（4）关节突关节　相邻椎骨的上、下关节突构成的关节突关节。

（5）脊柱的运动　相互间作脊柱前曲、后伸、侧屈、旋转和环转运动，注意脊柱各段运动的幅度。

6. 胸廓

在全身整体骨架观察胸廓的构成及整体形态。重点关注胸廓上、下口的构成。

在胸前壁解剖示胸锁及胸肋关节的标本上，观察第1胸肋结合，第2~7胸肋关节，以及第8~10肋软骨前端与上位肋软骨借软骨间关节相连所形成的肋弓。

四、颅骨及其连结

在整颅标本、水平切和正中矢状切标本上观察颅的组成、分部、各颅骨的位置及形态结构。

1. 脑颅

位于颅的后上部，由8块脑颅骨围成颅腔，容纳脑。分为不成对的额骨、筛骨、蝶骨、枕骨和成对的顶骨、颞骨。

2. 面颅

位于颅的前下部，由15块颅骨组成，构成面部及眶、鼻腔和口腔的骨性基础。

分为成对的鼻骨、泪骨、颧骨、腭骨、上颌骨、下鼻甲和不成对梨骨、下颌骨、舌骨。

3. 颅骨的连结

在整颅标本上，观察矢状缝、冠状缝和人字缝。

在幼儿整颅标本及颅水平切标本上观察颅矢状缝和冠状缝中的少量纤维组织，蝶枕软骨结合、蝶岩软骨结合、岩枕软骨结合等。观察新生儿颅骨的前、后囟，注意其形态。

在骨架和颞下颌关节标本上观察：可见该关节由下颌骨的下颌头与颞骨的下颌窝及关节结节构成。关节囊松弛，其上方附于下颌窝和关节结节周缘，下方附于下颌颈。

五、四肢骨及其连结

在全身整体骨架上观察确认四肢各骨的名称、位置，用游离四肢骨观察其结构。肢带骨逐一细看，自由肢骨重点观察其两骺端的结构。

（一）上肢骨

在全身整体骨架上观察锁骨与胸骨柄和肩胛骨肩峰的连接关系。

1. 锁骨

在游离锁骨上确认胸骨端和肩峰端，胸骨端为内侧粗大的一端。

2. 肩胛骨

在全身整体骨架上观察肩胛骨关节盂与肱骨头的连接关系。在游离肩胛骨上确认呈三角形的肩胛骨的3个缘、3个角和前、后两面。

3. 肱骨

在游离肱骨上确认肱骨的一体两端及关节面。

4. 桡骨

在游离桡骨上辨认桡骨的一体两端及关节面。

5. 尺骨

在游离尺骨上确认尺骨的一体两端及关节面。

6. 腕骨

在完整手骨标本上观察 8 块腕骨之间的位置关系：近侧列由桡侧向尺侧依次为手舟骨、月骨、三角骨和豌豆骨；远侧列由桡侧向尺侧依次为大多角骨、小多角骨、头状骨和钩骨。

7. 掌骨

在完整手骨标本上观察掌骨头、体、底的形态结构，掌握其排列关系和命名规律。

8. 指骨

在完整手骨标本上观察指骨底、体和滑车的形态结构。

9. 骨性标志

在活体上相互摸认：锁骨、肩胛冈、肩峰、肩胛骨上下角、肱骨内、外上髁、鹰嘴、桡骨头、桡骨茎突、尺骨头、手舟骨、豌豆骨。

10. 上肢骨连结

主要观察肩关节、肘关节和腕关节。

（1）肩关节　在切开关节囊的肩关节标本和矢状切肩关节标本上可见：肩关节由肱骨头与肩胛骨的关节盂组成。其结构特点是两关节面差别大，关节囊薄而松弛，囊的上、前、后方有肌肉加强。下壁薄弱。关节盂周缘有纤维软骨构成的盂唇加深关节窝。在关节囊内有肱二头肌长头腱穿过。肩关节是全身最灵活的关节，能作屈、伸、收、展、旋内、旋外和环转运动，且运动幅度较大。

（2）肘关节　在肘关节整体标本上可确认，肘关节由三个关节组成，肱尺关节由肱骨滑车和尺骨滑车切迹构成；肱桡关节由肱骨小头和桡骨关节凹构成；桡尺近侧关节由桡骨环状关节面和尺骨桡切迹构成，三个关节包在同一个关节囊内。肘关节主要作屈、伸运动。

（3）桡尺远侧关节　由尺骨头环状关节面构成关节头，由桡骨的尺切迹及自下缘至尺骨茎突根部的关节盘共同构成关节窝。关节盘将尺骨与腕骨分开。

（二）下肢骨

1. 髋骨

在游离髋骨标本确认髋骨的位置（左、右），髋骨由髂骨（上）、坐骨（后下）和耻骨（前下）三者愈合而成。在三骨愈合处的外侧面形成深陷的髋臼，前下方形成一闭孔。

2. 股骨

股骨是人体最长最结实的长骨。在游离股骨上确认股骨的一体两端及关节面。

3. 髌骨

是人体最大籽骨。在游离髌骨上观察髌骨上宽下尖，前面粗糙，后面光滑。

4. 胫骨

在分离胫骨上确认胫骨的一体两端及关节面。

5. 腓骨

在游离腓骨上确认上端的膨大腓骨头，下端的膨大外踝。

6. 跗骨

在完整足骨上确认 7 块跗骨的位置排列。分近侧列的：距骨、跟骨、足舟骨；远侧列（由内至外）的：内侧、中间、外侧楔骨和骰骨。

7. 跖骨

在完整足骨上观察 5 块跖骨。其底、体、头与掌骨的比较。注意第 5 跖骨粗隆较突出。由内向外为第 1、2、3、4、5 跖骨。

8. 趾骨

在完整足骨上观察 14 块趾骨。各节趾骨的名称和结构均与手指骨类似。

9. 骨性标志

在活体相互上摸认：髂嵴和髂后上棘、髂前上棘、髂结节、耻骨嵴、耻骨结节、耻骨联合、耻骨下支、坐骨支、坐骨结节和尾骨尖、股骨内、外侧髁、胫骨内、外侧髁、髌骨、胫骨粗隆、胫骨前缘、内踝、外踝等。

10. 下肢骨连结

主要观察骨盆、髋关节、膝关节、踝关节。

（1）骨盆　在骨盆标本和骨盆模型上观察：骶髂关节由骶、髂两骨的耳状面构成。关节面对合紧密，关节囊紧张，周围有强厚的韧带加强，连结牢固，活动性甚微。

骨盆由左、右髋骨与骶、尾骨及其间的骨连结构成，可见两侧的耻骨联合面间有纤维软骨构成的耻骨间盘形成耻骨联合。

在整体骨架、骨盆标本和骨盆模型上观察骨盆的组成，大、小骨盆的分界，小骨盆上、下口的围成，耻骨弓的构成。在男、女性骨盆标本或模型上比较以下差别：小骨盆上口的形状、小骨盆下口的宽窄、骨盆腔的形状、耻骨下角的大小。

（2）髋关节　观察切开关节囊的髋关节标本，可见髋关节由髋臼和股骨头构成。髋臼较深，周缘附有纤维软骨构成的髋臼唇加深关节窝。髋臼切迹被髋臼横韧带封闭。股骨头凹处附有股骨头韧带，连于髋臼横韧带，此韧带有滑膜包裹、内含营养股骨头的血管。关节囊周围有韧带加强，关节囊上、后及前均有韧带加强，惟有下壁较薄弱，故股骨头脱位常发生在此处。

（3）膝关节　在切开关节囊的膝关节标本上观察，可见股骨下端、胫骨上端及髌骨构成膝关节。在股骨内、外侧髁关节面之间，垫有两块关节盘称内、外侧半月板，为透明软骨构成，内侧半月板较大，呈"C"形；外侧半月板较小，近似"O"形，内、外侧半月板可加深关节窝，增强关节的稳定性。在膝关节标本上观察，可见厚而强韧的髌韧带。

（4）踝关节　在足关节整体标本上观察：可见踝关节由胫、腓骨下端与距骨构成。足尖上抬，足背向小腿前面靠拢称背屈，反之称跖屈。

六、全身各主要骨骼肌的名称和主要的肌性标志

1. 骨骼肌的形态

在全身肌肉标本上观察四肢的长肌（如肱二头肌、股四头肌等），腹壁的扁肌（如腹直肌、腹外斜肌、腹内斜肌等）和深层的短肌（如肋间肌等），在眼睛、口腔周围的轮匝肌。

2. 骨骼肌的构造

在全身肌肉标本上观察，长肌中部的肌纤维为肌腹，两端是白色致密坚韧附于骨的纤维束为肌腱。

3. 骨骼肌的辅助装置

在全身解剖标本上由浅入深辨认以下层次：皮肤、浅筋膜、深筋膜、肌、骨。把皮肤翻开，可见皮肤下面有一层脂肪，即为浅筋膜，包被全身，由疏松结缔组织构成，富含脂肪。在浅筋膜深面可见肌纤维方向不清晰，因其表面覆盖一致密结缔组织构成的深筋膜。在四肢深筋膜伸入各肌群之间构成肌间隔。试着在臀大肌腱与大转子之间寻找滑膜囊。在手、足部标本的肌腱外面寻认到腱滑膜鞘。

4. 全身骨骼肌的观察

在全身肌肉标本或模型上观察，寻找和辨认三角肌、肱二头肌、肱三头肌、臀大肌、臀中肌、臀小肌、梨状肌、股四头肌、股二头肌、小腿三头肌、胸大肌、肋间肌、膈、腹直肌、腹外斜肌、腹内斜肌、腹横肌、胸锁乳突肌、斜方肌、背阔肌等，并了解它们的作用。

思 考 题

1. 运动系统由哪几部分组成，有哪些主要功能？
2. 为何老年人股骨颈容易发生骨折？
3. 说出三个临床上常用的骨性标志。

（张雨生　陈卫民）

实验二

内 脏 学

【目的要求】

1. 掌握消化系统的组成；熟悉口腔、咽、食管、胃、小肠、大肠等消化管各段的位置、形态和分部，肝、胰的位置和形态；了解腹膜和腹膜腔的概念。

2. 掌握呼吸系统的组成；熟悉鼻、咽、喉、气管、支气管和肺的位置和形态；了解胸膜和纵隔的概念及分部。

3. 掌握泌尿系统的组成；熟悉肾、输尿管、膀胱和尿道的位置、形态和分部。

4. 掌握男、女性生殖系统的组成；熟悉男性睾丸、附睾、输精管、射精管和附属腺体的位置和形态，女性卵巢、输卵管、子宫、阴道的位置、形态和分部；了解男、女性外生殖器的组成和会阴的概念。

【实验材料】

1. 影像资料

消化系统、呼吸系统、泌尿系统、生殖系统、胸膜、腹膜、纵隔、会阴等解剖录像。

2. 标本

（1）消化系统概观标本，呼吸系统概观标本，泌尿系统概观标本，生殖系统概观标本。

（2）内脏器官原位标本。

（3）内脏器官游离标本。

（4）头颈部正中矢状切面标本。

3. 模型

（1）人体半身模型。

（2）男、女性泌尿生殖系统概观模型。

（3）肝、胰、胃、肠、肺、气管、肾、膀胱、睾丸、卵巢等内脏器官模型。

（4）胸膜模型，腹膜模型，纵隔模型，男、女性正中矢状切面模型。

【实验内容】

一、消化系统

（一）口腔

在头部正中矢状切面标本上，并结合活体观察以下结构：上唇、人中、下唇、鼻唇沟、口裂等结构。

在活体及模型上重点观察以下结构。

1. 牙

在上、下颌骨标本及乳牙、恒牙标本上观察乳牙和恒牙的数目、形态和排列，并区分牙冠、牙颈、牙根等结构。

2. 舌

在舌分离标本上观察，舌尖、舌体、舌背、舌根等结构，并观察舌表面黏膜的形态。

（二）咽

在头颈部正中矢状切面上观察，咽为一上宽下窄、前后略扁的肌性管道，上起颅底，下至第6颈椎下缘续食管。软腭水平以上为鼻咽，会厌水平以下为喉咽，中段为口咽。

（三）食管

在完整消化系统概观标本上及头颈部正中矢状切面上观察食管各部，注意其行程和各部的毗邻关系，食管分颈、胸、腹三部：颈部位于颅底与胸骨颈静脉切迹平面之间；胸部位于胸骨颈静脉切迹平面与膈的食管裂孔之间；腹部很短，位于食管裂孔与胃贲门之间。

（四）胃

在消化系统标本上观察。胃大部分位于左季肋区，小部分位于腹上区。仅胃的前壁小部分与腹前壁相邻，胃小弯邻肝左叶，胃大弯邻膈、脾脏，胃后壁邻胰腺。观察游离胃标本，胃小弯凹向右上方，胃大弯凸向左下方。入口处为贲门，用手捏因无明显括约肌而较柔软；出口处为幽门，有较厚的环形括约肌，捏之较硬。

近贲门处为胃的贲门部；自贲门水平向上突出的部分为胃底部；中间大部分为胃体部；近幽门的部分为幽门部，幽门部左侧较为扩大称幽门窦，右侧呈管状为幽门管。各部并无明显分界，但组织学上有结构差异。角切迹为小弯侧的最低点急弯处，被认为是胃体部与幽门部的分界标志。

（五）小肠

1. 十二指肠

在标本上观察其位置和毗邻。在模型上观察十二指肠的分部以及与胰腺的关系。

2. 空肠和回肠

在标本上观察空回肠的位置，寻找起止点。空肠主要位于右上腹部，起于十二指肠空肠曲；回肠主要位于右下腹部，止于回盲部，二者并无明显分界。

（六）大肠

1. 盲肠与阑尾

盲肠位于右髂窝内，是回肠进入大肠水平以下的一小段肠管，呈盲囊状，盲肠内下方伸出的小突起为阑尾，一般呈转曲状。阑尾与盲肠的位置关系变化多因人而异。剪开标本，找到回盲口，观察其上下缘各有一半月形黏膜皱襞为回盲瓣，在回盲瓣的下方2cm处可见阑尾的开口。在活体上确认麦氏点，在标本上印证。

2. 结肠

在盲肠和结肠标本上辨认结肠带、结肠袋和肠脂垂，并与回肠进行比较。在标本上向盲肠方向追踪三条结肠带，找到它们在盲肠盲端的汇合点，即为阑尾的根部。结肠分升结肠、横结肠、降结肠和乙状结肠4部。

3. 直肠

在正中矢状切面的盆腔标本上观察直肠的位置和凹向前的骶曲、凹向后会阴曲。直肠下端的膨大称直肠壶腹。注意观察男女性直肠前面的毗邻关系，男性直肠前邻膀胱底、精囊、输精管壶腹、前列腺。女性直肠前邻子宫、阴道上部。在游离标本上观察剖开的直肠。注意直肠壶腹的三个横瓣，其中最大的一个距离肛门7cm。

4. 肛管

在剖开的游离肛管标本上观察内面的6~10条纵行的黏膜皱襞即为肛柱，相邻两肛柱下端的小横瓣为肛瓣。相邻两肛柱下端和肛瓣共同围成的开口向上的小囊袋为肛窦。肛柱下端和肛瓣相互连接，在肛门上方形成一圈锯齿状的黏膜皱襞环，称之为齿状线，白线位于齿状线下方1cm的地方，它们之间的区域叫肛梳。

（七）肝

1. 肝的位置

在标本上观察，肝大部分位于右季肋区和腹上区，小部分位于左季肋区。肝脏是一不规则的楔形实质器官，上面与膈肌接触称膈面，下面与其他脏器接触称脏面。

2. 肝的形态

用离体的肝脏标本、肝模型配合观察肝的外形及分叶。在脏面的中部有排列成"H"形的沟窝，包含二个纵沟、一个横沟。左纵沟的前半含有由脐静脉闭锁而成的肝圆韧带，左纵沟的后半含有静脉导管闭锁而成的静脉韧带。右纵沟的前半，由一长圆形浅窝形成，称为胆囊窝；后半由一深而长的窝构成，称为腔静脉沟，内有下腔静脉。二纵沟之间的横沟称为肝门，是肝固有动脉左、右支、肝左管、肝右管、肝门静脉左、右支以及神经和淋巴管进出的门户，这些进出肝门的结构称肝蒂。由此"H"形沟裂，可以把肝脏分成四叶，右纵沟右侧的区域为右叶，左纵沟左侧的区域为左叶。左右纵沟之间，横沟以前的区域称方叶；左右纵沟之间，横沟以后的区域叫尾状叶。

3. 胆囊及肝外胆道

胆囊位于胆囊窝内，呈梨形，胆囊底暴露于肝前缘的胆囊切迹处，在标本上印证胆囊底体表投影位置。胆囊管弯曲，向下行至小网膜右缘内，与肝总管汇合成胆总管。循胆总管向肝门方面追踪，可见肝总管分左、右肝管入肝；向下方追踪，可见胆总管经十二指肠降部与胰头之间，在十二指肠降部中份斜穿肠壁开口于十二指肠大乳头。

（八）胰

在标本上观察胰腺形态位置，在模型上观察胰腺和十二指肠位置关系。胰腺大部分位于腹上部。于胃后方，第1、2腰椎前方，可分为头、体、尾三部。胰头被十二指肠包绕，胰体的左端就是胰尾，较细，与脾门接触。胰腺导管：可见一条与胰腺长轴平行的白色细管，此导管从左走向右，沿途收纳许多小管。在胰头与十二指肠降部之间与胆总管汇合成略膨大的肝胰壶腹，共同开口于十二指肠乳头。有时在胰管上方可见副胰管，开口于十二指肠小乳头。

（九）腹膜与腹膜腔

1. 腹膜

在模型上观察腹膜的构成。腹膜分壁层腹膜和脏层腹膜。壁腹膜贴覆在腹、盆壁的内层。由壁腹膜返折并覆盖腹盆腔脏器形成脏层腹膜。在打开腹前壁的标本上，辨认壁层和脏层腹膜，可见壁腹膜薄而光滑，呈半透明状。

2. 腹膜形成的结构

（1）小网膜　是自肝门向下移行至胃小弯和十二指肠上部的双层腹膜结构，其左侧部从肝门至胃小弯部分称肝胃韧带，其右侧连接肝门与十二指肠上部间的部分称肝十二指肠韧带。在打开腹前壁的标本上观察，肝十二指肠韧带右侧缘内走行着出入肝的重要管道，即右前方的胆总管、左前方的肝固有动脉和两者后方的门静脉。小网膜右侧游离缘，其后方为网膜孔。

（2）大网膜　首先在正中矢状面示腹膜移行的模型上观察，大网膜由胃的前、后两壁的脏腹膜在骨大弯处合并下行，贴于横结肠前壁，此部分称为胃结肠韧带，继续下行，垂于空回肠前面，返折后包绕横结肠。

（3）网膜囊　在正中矢状面示腹膜移行的模型上观察，在小网膜和胃后方的扁窄间隙即为网膜囊，又称小腹膜腔。

网膜孔：在打开腹前壁的标本上，将左手食指从右向左伸入到肝十二指肠韧带之后方，探查网膜孔，辨识其边界，食指指背触及的即为下腔静脉，为网膜孔后界，食指和拇指所夹住的结构为肝十二指肠韧带，食指指腹触及的结构为门静脉；上界为肝尾叶，下界为十二指肠上部。

（4）系膜　在打开腹前壁的标本上观察。小肠系膜，是将空、回肠连于腹后壁的双层腹膜结构。

（5）韧带　镰状韧带，在打开腹前壁的标本上，拉肝脏向下，见膈面和膈之间的双层腹膜结构呈镰刀状。

冠状韧带：手伸入肝和膈之间可探查到冠状韧带，呈前后两层，由膈下及肝上的腹膜移行而成，前层向前与镰状韧带相续，前、后两层间相隔较远处的肝表面未被腹膜覆盖的区域称为肝裸区。冠状韧带左、右两处，前、后两层彼此粘和增厚形成了左、右角韧带。

3. 腹膜腔

在腹膜模型上观察，腹膜腔为脏腹膜与壁腹膜互相延续、移行，共同围成不规则的潜在性腔隙，男性腹膜腔为一封闭的腔隙，女性腹膜腔则通过输卵管腹腔口经输卵管、子宫、阴道与外界相通。在脏器与腹壁之间、脏器与脏器之间形成间隙、沟、窦、凹陷等结构。

4. 腹膜与腹盆腔脏器的关系

在打开腹前壁的标本上会发现胃、十二指肠上部、空肠、回肠、盲肠、阑尾、横结肠、乙状结肠、脾、卵巢、输卵管等器官表面光滑，均有较长的系膜或韧带连于腹后壁，活动度大，为腹膜内位器官。

肝、胆囊、升结肠、降结肠、直肠上段、子宫、膀胱等器官部分或大部分表面光滑，活动度小，但不需破坏腹膜亦可见到，为腹膜间位器官。

肾、肾上腺、输尿管、胰、十二指肠降部和下部、直肠中下部均位于腹后壁的腹膜后，需要撕开壁腹膜才可将其暴露，此类器官为腹膜外位器官。

二、呼吸系统

（一）鼻

1. 外鼻

在活体上观察外鼻形态和结构。鼻以鼻骨和鼻软骨做支架，鼻尖两侧扩大的部分叫鼻翼，可扇动。鼻翼两侧至口角外侧的浅沟称鼻唇沟。

2. 鼻腔

鼻腔由鼻中隔分成左右两腔（两鼻腔大小并非等同）。观察头部正中矢状切面标本，鼻域将每个鼻腔分为前部的鼻前庭和后部的固有鼻腔二部分；鼻前庭位于鼻腔前下方鼻翼内面，表面覆盖皮肤，生有粗短的鼻毛。固有鼻腔壁上覆盖富含血管的黏膜。

（二）喉

1. 喉的软骨

在喉模型或标本上观察：甲状软骨，为喉软骨中最大的一块，由两个对称四边形软骨板构成，两板前缘于正中线上约以直角相连形成前角，前角上端向前突出叫喉结，可在体表摸到，成年男性特别突出。环状软骨，形如指环，位于甲状软骨的下方。杓状软骨，呈三棱锥体形，左右各一，位于环状软骨板上缘的两侧，尖向上，底向下。底为与环状软骨板连成环杓关节，底有向前、向外二突起，外侧突为肌突，连接着喉肌，前突为声带突，向前连接着声韧带。会厌软骨，形如树叶，下部细长，上部宽阔，下端贴附在甲状软骨前角的内面，前面稍凸，后面凹陷对向喉腔。

2. 喉的连结

在喉标本上观察以下结构。弹性圆锥：为弹性纤维组成的膜状结构，附着于甲状软骨前角的后面和环状软骨上缘及杓状软骨声带突之间。此膜的上缘游离，张于甲状软骨前角与杓状软骨声带突之间，称声韧带。弹性圆锥前份较厚，张于甲状软骨下缘与环状软骨弓上缘之间，称环甲正中韧带。方形膜：呈斜方形，由会厌软骨的两侧缘和甲状软骨前角的后面向后下附着于杓状软骨的前内侧缘。此膜下缘游离，称前庭韧带。甲状舌骨膜：连于甲状软骨上缘与舌骨之间的结缔组织膜。

3. 喉肌

在喉肌标本和模型上观察：开大声门的肌肉为环杓后肌，起自环状软骨板后面，肌纤维外上行止于同侧杓状软骨肌突。紧张声带的肌肉为环甲肌，起于环状软骨弓，止于甲状软骨板下缘及甲状软骨下角。

4. 喉腔

在喉矢状断面的标本和模型上观察。喉口：顺会厌上缘两侧向后下方延伸的黏膜皱襞叫杓会厌襞，由会厌上缘、两侧杓会厌襞及杓间切迹所围成的椭圆形开口叫喉口。喉口到环状软骨下缘之间的腔称为喉腔，内表面被覆黏膜。约在喉腔中段的两侧壁上，有二对前后平行的黏膜皱襞突入喉腔内，上一对为前庭襞，其间的裂隙叫前庭裂；下一对皱襞为声襞，其间的腔隙叫声门裂。两个皱襞将喉腔分为三部，自上而下：喉前庭、喉中间腔和声门下腔。其中喉中间腔向两侧突入前庭襞与声襞之间的隐窝叫喉室。

（三）气管、支气管及肺

在标本上观察，气管后面与食管紧邻，起自环状软骨下缘，下行至第4和第5胸椎体交界处（胸骨角平面）分为左、右主支气管进入两肺，右侧主支气管较陡直而粗短。左主支气管较平斜而细长。切开气管杈，其内面可见一呈矢状位的半月形气管隆嵴。

观察胸腔内左、右两肺，可见左肺为二叶，右肺为三叶。每个肺有一尖、一底、二面和三缘。

（四）胸膜和纵隔

胸膜根据所在部位的不同分两部分，紧贴在肺表面的一层叫脏胸膜。它与肺组织贴得很紧，不易撕开。贴在胸壁内面的叫壁胸膜，壁胸膜因所在部位的不同又分为四部分：贴在肋骨与肋间肌内面的部分叫肋胸膜，贴在膈上面的叫膈胸膜，贴在纵隔上的叫纵隔胸膜。壁胸膜的最高部分，超过锁骨上方 2.5cm 达到颈根部，叫胸膜顶。

胸膜腔是封闭的浆膜囊，左右互不相通，在它们之间有纵隔。纵隔为两侧纵隔胸膜间的脏器与结缔组织的总称，主要包括心脏、心包、大血管、气管、支气管、食管等。

三、泌尿系统

在泌尿系统概观标本（或模型）上，辨认肾、输尿管、膀胱和尿道等器官，并结合泌尿系统其他标本（或模型）观察泌尿系统各器官的位置、形态和结构。

（一）肾

1. 位置

在人体半身模型上观察，肾位于脊柱两侧，贴靠于腹后壁的上部，前面覆盖腹膜。左肾的上端平第 11 胸椎下缘，下端平第 2~3 腰椎间盘之间；右肾上端平第 12 胸椎上缘，下端平第 3 腰椎上缘。第 12 肋分别斜过左肾后方的中部和右肾后方的上部。

2. 形态

观察肾分离标本，肾为蚕豆形的成对实质性器官，分上、下两端，前、后两面，内、外侧两缘。内侧缘中部凹陷称肾门，有肾的血管、神经、淋巴管和肾盂出入，这些结构被结缔组织包裹在一起合称肾蒂。

3. 结构

观察肾冠状切面标本（或模型），肾门向肾内续于一个较大的腔称肾窦，肾实质可分为外周的皮质和内侧的髓质两部分。肾髓质由 15~20 个圆锥形的肾锥体构成，肾锥体的底部朝向肾皮质，尖端朝向肾窦，2~3 个肾锥体的尖端合并成一个肾乳头。肾皮质嵌入相邻肾锥体之间的部分称为肾柱。在肾窦内，容纳肾乳头的盘口形结构叫肾小盏，2~3 个肾小盏汇合成一个肾大盏，肾大盏有 2~3 个，最终汇合成肾盂，肾盂出肾门，在第二腰椎体上缘水平续接输尿管。

（二）输尿管

观察人体半身模型和显示肾、输尿管及膀胱三角的标本，输尿管为一对扁而细长的肌性管道，前面覆有腹膜，上接肾盂，下终于膀胱输尿管口。

（三）膀胱

观察显示肾、输尿管及膀胱三角的标本，膀胱空虚时呈三棱锥体形，可分为尖、体、底和颈四部。膀胱尖朝向前上方，膀胱底朝向后下方，尖与底之间的部分称膀胱体。膀胱的最下部有尿道内口，围绕尿道内口部分称膀胱颈。

在膀胱内面两输尿管口之间的黏膜皱襞叫输尿管间襞，它与尿道内口之间三角形区域称为膀胱三角，此处缺少黏膜下层，无皱襞。在男性尿道内口后方的膀胱三角处有一纵型小隆起，称膀胱垂。

（四）尿道

观察女盆腔正中矢状切面（示女性尿道）模型，女性尿道起于膀胱颈部的尿道内口，经阴道前方行向前下方，穿经尿生殖膈，开口于阴道前庭的尿道外口，特点是短、宽、直。

在男性盆腔正中矢状切面标本及模型上观察。男性尿道全长约 16～22cm，起自膀胱的尿道内口，向下穿经前列腺、尿生殖膈和阴茎海绵体，终于尿道外口。因此，男性尿道由内向外分为前列腺部、膜部（即穿尿生殖膈段）和海绵体部。

四、生殖系统

（一）男性生殖系统

在男性泌尿生殖系统概观标本及男性盆腔正中矢状切面标本（或模型）上观察男性内生殖器。睾丸位于阴囊内，左右各一，扁椭圆形，分前后缘、上下端、内外侧面，紧贴其后上端的是附睾，附睾尾部有一条细长的管，穿经腹股沟管进入盆腔，连至膀胱底的后面，这就是输精管。输精管的末端膨大为输精管壶腹。在其外侧，有一表面凹凸不平的精囊，其外形比输精管壶腹稍大。在膀胱颈的下方，有一栗子状的腺体，即前列腺，有尿道穿过其中。

在盆腔正中矢状面上，可见一斜穿前列腺的细小射精管，开口于尿道的前列腺部。尿道球腺呈豌豆样大小，左右各一，位于尿生殖膈内，其排泄管开口于尿道球。

（二）女性生殖系统

在女性泌尿生殖系统概观标本及女性盆腔正中矢状切面标本（或模型）上观察女性内生殖器。

1. 卵巢

在盆腔侧壁髂内、外动脉起始部的夹角内（卵巢窝）可见扁椭圆形质地较坚韧的卵巢，上端称为输卵管端，与输卵管相接触，下端称为子宫端，借卵巢固有韧带与子宫相连。前缘称为卵巢系膜缘，借卵巢系膜与子宫阔韧带相连，其中部为卵巢门，是卵巢动、静脉、淋巴管和神经等出入之处。后缘称为游离缘。

139

2. 输卵管

在子宫阔韧带的上缘、子宫与卵巢之间为输卵管，其内侧端的开口在子宫角内面称输卵管子宫口，外侧端的开口在腹腔，称输卵管腹腔口。输卵管由内侧向外侧分为四部：由输卵管子宫口向外穿行子宫壁至子宫角的一段称输卵管子宫部；向外延续较短而细的一段为输卵管峡；自卵巢下端经卵巢系膜缘向外上行至卵巢上端的管径较粗的一段是输卵管壶腹；输卵管外侧端呈漏斗状叫输卵管漏斗，其末端周缘的指状突起称为输卵管伞。

3. 子宫

在尸体标本及游离的完整子宫、女性盆腔正中矢状断面标本、模型上观察，子宫位于盆腔中央、膀胱与直肠之间。成年人子宫呈前后略扁的倒置梨形，子宫上端向上突出的宽而圆隆的部分是子宫底，子宫底的外侧端与输卵管结合处称子宫角，子宫下端狭细呈圆柱形的部分为子宫颈，子宫底与子宫颈之间的大部分呈上宽下窄形称子宫体，子宫颈与子宫体相互移行的部分较细称子宫峡，子宫颈的下段突入阴道内的部分称子宫颈阴道部，其上段位于阴道以上，称子宫颈阴道上部。

在子宫冠状切面标本或模型上观察子宫内腔。子宫内腔可分为上、下两部分，子宫体内的腔称子宫腔，呈底朝上的扁三角形，底的两侧借输卵管子宫口与输卵管相通，尖向下延续为子宫颈管。子宫颈管是子宫颈空腔，呈梭形，其下口称子宫口，通阴道。

4. 阴道

在盆腔中央、子宫下方、尿道与肛管之间找到一扁的肌性管道即是阴道。阴道壁由黏膜、肌层和外膜组成，其前壁较短，后壁较长，平时前后壁相贴，呈塌陷状态。阴道下部穿尿生殖膈，以阴道口开口于阴道前庭的后部。处女的阴道口周围的黏膜皱襞，称为处女膜。处女膜破裂后所残留的黏膜痕迹称处女膜痕。阴道上端宽阔，包绕子宫颈阴道部，两者之间形成的环形间隙，称为阴道穹，可分为前部、后部和左、右侧部。其中阴道后穹隆位置最深，并与直肠子宫陷凹相邻。

思考题

1. 左、右主支气管各有什么特点，气管异物常易落入哪侧？
2. 简述膀胱三角的结构特点和临床意义？
3. 固定子宫的装置有哪些？

（张雨生　陈　敏）

实验三

脉管系统

【目的要求】

1. 观察脉管系统组成概观标本（或模型），了解脉管系统的组成。

2. 在离体心标本（或模型）上观察心的外形，各心腔的位置、形态、主要结构和连通关系。

3. 观察心血管铸形标本，了解左、右冠状动脉的起始、重要分支、分布。

4. 观察标记有传导系的牛心瓶装标本，了解心传导系统的组成。

5. 观察全身血管标本和全身骨骼伴神经血管模型，了解全身主要血管分支和分布。

6. 观察肝门静脉组成及其侧支循环模型，了解肝门静脉的组成、结构特点、行程、主要属支。

7. 在淋巴系统组成及胸导管模型上观察胸导管及右淋巴导管的行走及收集范围。

8. 观察脾及胸腺标本及模型，了解其形态和功能。

【实验材料】

1. 影像资料

脉管系统解剖录像。

2. 标本

（1）打开胸前壁的完整尸体标本（示心及相连的大血管）。

（2）离体心（包括完整的和显露各腔的）标本。

（3）标记有传导系的牛心瓶装标本。

（4）心血管铸型标本、全身动脉铸形标本。

（5）全身血管标本（示全身大血管的行程及其一、二级分支的行走和分布）。

（6）小儿胸腔解剖标本（示胸腺），腹腔解剖标本（示胸导管），离体脾标本。

3. 模型

（1）心血管系统组成模型。

（2）完整心外形及心解剖模型。

（3）心传导系模型。

（4）全身骨骼伴神经血管模型（示大血管的行程及其一级、二级、三级分支）。

（5）全身静脉模型，上、下肢浅静脉模型。

（6）男性和女性盆腔矢状切面模型（示髂总、髂内和髂外静脉）。

（7）门静脉组成及其侧支循环模型（示肝门静脉的组成及其与上、下腔静脉的吻合）。

（8）淋巴系统模型（示淋巴导管的行走及收集范围、表浅淋巴结群的位置、回流及收集范围），示胸导管的起点及行程的模型，脾脏的模型。

（9）纵隔模型。

【实验内容】

一、脉管系统组成

在打开胸前壁的完整尸体标本和全身血管标本（或模型）上观察：脉管系统由心血管系统和淋巴系统组成。心血管系统包括心和血管，血管又分为动脉、静脉和毛细血管。

二、心

（一）心的位置、毗邻和外形

1. 位置

在打开胸前壁的完整尸体标本及模型上观察：可见心外面裹以心包，斜位于中纵隔内，居两肺之间，膈肌之上，约 2/3 位于身体正中线的左侧，1/3 位于正中线的右侧。

2. 毗邻

在胸腔解剖标本和纵隔模型上观察：心前方邻胸骨体和第 2~6 肋软骨，后方平对第 5~8 胸椎，两侧是肺和胸膜，上方连出入心的大血管，下贴膈。掀开心包的前份，可见心似倒置的圆锥体，心尖朝向左前下方，心底朝向右后上方，心的长轴自右上方斜向左下方，约与正中矢状面成 45°角。

3. 外形

在离体心标本及心模型上观察：辨认心的一尖一底两面三缘四沟。

心尖：由左心室构成，圆钝，游离，朝左前下方，与左胸前壁接近，在左锁骨中线与左侧第 5 肋间隙交点内侧 1~2cm 处为心尖体表投影，此处可见或扣及心尖搏动。

心底：由左心房和部分右心房构成，较宽，朝向右后上方，有出入心的大血管相连。

胸肋面（前面）：由右心房、室和左心耳及部分左心室构成，朝向前上方，在胸骨体和肋软骨的后方。在打开胸前壁的完整尸体标本及模型上，该面隔心包大部分被肺和胸膜覆盖，小部分与胸骨体下部和左侧第 4~6 肋软骨相贴，心内注射常在左胸骨旁第 4 肋间隙进针。

膈面（下面）：贴附在膈上，几呈水平位，2/3 由左心室，1/3 由右心室构成。

右缘：圆钝而近垂直，由右心房构成。左缘：钝，斜向左下，大部分由左心室小部分由左心耳构成。下缘较锐，位置水平，由右心房构成。下缘：近水平，由右心室和心尖构成。左缘和下缘在心尖处相接。

冠状沟（房室沟）：几乎绕心一周，几呈冠状位，为右上心房和左下心室在表面的分界标志，在心的胸肋面被肺动脉基部中断。肺动脉基部右份可见一沟，向右下方追踪至下缘，再将心掀起，可见此沟行于心底与膈面交界处，然后向左上行，绕到左缘的上端，向上向前到前面肺动脉基部左份。

前室间沟：在胸肋面自肺动脉基部左份由冠状沟向下达心尖右侧，为左、右心室在胸肋面上的分界标志。

后室间沟：在膈面，自冠状沟向下达心尖右侧，为左、右心室在膈面上的分界标志。前、后室间沟在心尖右侧汇合处稍凹陷称心尖切迹。上述三沟在心外膜完整的标本上，有心的营养血管和脂肪组织填充，在剥去心外膜和清除脂肪组织的心标本上，心血管行走处有浅沟。

房间沟：心底部，右心房与右肺上、下静脉之间的浅沟，为左、右心房表面分界标志。房室交点：房间沟、后室间沟与冠状沟的交界处。

（二）心腔

在已切开的离体心标本和塑料心瓣膜模型上观察各心腔内的结构。

1. 右心房

壁薄，壁的内表面光滑，有三个入口，后上方为上腔静脉口；后下为下腔静脉口，下腔静脉口与右房室口之间为冠状窦。前下方是右房室口，此口为右心房的出口，通右心室。房间隔右侧面中下部有一卵圆形凹陷为卵圆窝，此处薄弱，是房间隔缺损的好发部位。

2. 右心室

室壁较薄，3～5mm，仅及左心室的 1/3。入口为右房室口，出口为肺动脉口，两口之间有一弓形肌隆起，称室上嵴，将右心室分为后下方的流入道和前上方的流出道。在去掉心房的标本上观察右房室口，可见此口由致密结缔组织构成的三尖瓣环围绕，环上附有三个近似三角形质软而薄的瓣膜，称三尖瓣。在肺动脉口处有三个半月形的肺动脉瓣。

3. 左心房

将心翻转，在心底处找到左心房，掀开其后壁，可见其前部，即左心耳突向左前方，内面有梳状肌，为心外科最常见手术入路之一。后部又称左心房窦，壁光滑，后壁上有两对肺静脉口，通左、右肺上、下静脉，此处无瓣膜；前下方有出口——左房室口，通向左心室。

4. 左心室

室壁较厚，8~12mm，为右室的三倍。室腔较长，呈圆锥形，尖向心尖，底有二口，位于左后方的为入口——左房室口，位置较低；位于右前方的为出口——主动脉口，较左房室口稍高。找到左房室口，可见其周围有由致密结缔组织构成的二尖瓣环，环上附有二个近似三角形质软而薄的瓣膜，称二尖瓣，其中较大的一个在前，称为前瓣；较小的一个在后，称为后瓣。以二尖瓣前瓣将左心室分为流入道、流出道两部分。流入道其内表面也有肉柱和乳头肌，肉柱较右心室的细小，乳头肌借腱索与二尖瓣的尖端相连。二尖瓣环、二尖瓣、腱索、乳头肌结构与功能密切相关，称二尖瓣复合体，也是保证血液单向流动的装置。顺左心室后方往上追寻，可见主动脉前庭内壁光滑无肉柱，以主动脉口与升主动脉相通。主动脉口周围也有三个半月形的瓣膜，叫主动脉瓣。从升主动脉腔内观察，可见每个半月瓣与其相对的动脉壁之间有一小空隙，名主动脉窦，有冠状动脉开口。

（三）心的构造

在去掉心房的标本上观察。

1. 心纤维骨骼

位于左、右房室口的二尖瓣环和三尖瓣环，位于主动脉口和肺动脉口的主动脉瓣环和肺动脉环。二尖瓣环、三尖瓣环和主动脉后瓣环之间的右纤维三角，主动脉左瓣环与二尖瓣环之间的左纤维三角。

2. 心壁

在离体心标本上观察位于心房与心室内面的心内膜，见其与大血管内膜相延续，可形成心瓣膜。心外膜，即浆膜性心包。在剥离心外膜的标本上观察，见心肌（心室肌）外层斜行、中层环行、内层纵行（形成肉柱、乳头肌）。

3. 心间隔

在心的冠状切标本上观察。

房间隔：由两层心内膜中间夹结缔组织和少量心肌组成，分隔左右心房，房间隔是倾斜的，右心房在隔的右前方，左心房在隔的左后方。在右心房，下腔静脉入口左上方的房间隔，可见一椭圆形的浅凹，名卵圆窝，为房间隔最薄处。

室间隔：分隔左右心室，室间隔的方向由左前斜向右后，且稍向右心室腔突出。室间隔上方中部较薄，称为室间隔膜部，为间隔缺损的好发部位，下方由厚的肌肉构成，称为室间隔肌部。注意观察室间隔膜部左右两侧的心腔。

（四）心的传导系

在标记有传导系的牛心瓶装标本和标记有传导系的心模型上观察：可见位于上腔静脉与右心房交界处心外膜深面的窦房结。位于房间隔冠状窦口的前上方（右心房Koch 三角）心内膜深面的房室结。由房室结发出，沿室间隔膜部后下缘前行，在室间隔肌部上方分出左、右束支的房室束。行于左、右侧心内膜深面的左、右束支。在心内膜下交织成网进入心肌的蒲肯野（Purkinje）纤维。

（五）心的血管

在离体心标本和心血管铸型标本上观察。

1. 右冠状动脉

在心的胸肋面、冠状沟的右侧，可见右冠状动脉起自主动脉右窦，经右心耳与肺动脉根部间入冠状沟右行，绕右缘转向膈面，至房室交点分为两支。右冠状动脉的分布范围：右半心、室间膈后 1/3、部分左室后壁、窦房结、房室结。

2. 左冠状动脉

发自主动脉左窦，经左心耳与肺动脉根部之间入冠状沟左行分支。出左心耳下方分为前室间支和旋支。左冠状动脉的分布范围：左半心、窦房结、房室结、室间隔前 2/3、部分右室前壁。

3. 静脉

心的静脉多与动脉伴行，经冠状窦汇入右心房。

（1）心大静脉 在胸肋面起于心尖，在前室间沟内伴左冠状动脉的前室间支上行，斜向左上进入冠状沟，注入冠状窦。

（2）心中静脉 在心的膈面，起于心尖，在后室间沟内伴右冠状动脉的后室间支上行，汇入冠状窦。

（3）心小静脉 起于心的右缘，在冠状沟与右冠状动脉伴行，后行汇入冠状窦。

（4）冠状窦 在心的膈面，冠状沟与后室间沟相交处的冠状沟内，有一条粗短的静脉，即冠状窦。它汇集心大、心中、心小静脉的血液，开口于右心房。

（六）心包

在未切开心包的心标本上观察：可见心的周围有一个纤维浆膜囊包裹，此纤维浆膜囊即是心包。它的外层由致密的纤维结缔组织构成，为纤维心包，向上续于出入心大血管的外膜。掀开已切开的心包，可见纤维心包的内表面和心的外表面很光滑，此即浆膜心包。衬在纤维心包内表面者，为浆膜心包壁层；构成心外膜者，称浆膜心包脏层。浆膜心包的壁层和脏层在血管根部移行，二者之间的腔隙叫心包腔。

145

三、动脉

（一）肺循环的动脉

在纵隔标本上观察：肺动脉以一短干起于右心室，在升主动脉的前方，向左后上行，于主动脉弓的下方分为左、右肺动脉。右肺动脉较长而粗，经升主动脉及上腔静脉的后方入肺。左肺动脉较短，横行越过胸主动脉及左主支气管的前方入肺。肺动脉干分叉处稍左侧与主动脉弓下壁之间，有一条索状结构，即动脉韧带，为胚胎期动脉导管闭索后的残迹。

（二）体循环的动脉

1. 主动脉

在打开胸前壁和腹前壁的胸腹腔标本上观察。主动脉分为四段：起自左心室，斜向右上前方，至右侧第 2 胸肋关节处为升主动脉；呈弓形弯向左后至第 4 胸椎下缘为主动脉弓；从第 4 胸椎体下缘到膈主动脉裂孔处为胸主动脉；在腹腔内沿脊柱左前方下行至第 4 腰椎下缘分叉为腹主动脉。主动脉弓凸侧，由右前向左后分别为：头臂干、左颈总动脉、左锁骨下动脉。

2. 头颈部动脉

在头颈部动脉分支的瓶装标本和模型上观察颈总动脉、颈内动脉、颈外动脉及其分支。

（1）颈总动脉　左颈总动脉起于主动脉弓。右颈总动脉起于头臂干。两侧颈总动脉在胸锁关节的后方，沿食管、气管和喉的外侧上行，至甲状软骨的高度分为颈内动脉和颈外动脉。

（2）颈内动脉　颈内动脉在颈部没有分支，上行经颈动脉管直接进入颅腔。

（3）颈外动脉　分支主要分布在头颈面部。

甲状腺上动脉：自颈外动脉起始部向前下至甲状腺侧叶上端，分支至甲状腺与喉。

舌动脉：平舌骨大角发出，经舌骨舌肌深面入舌至口底及腭扁桃体。

面动脉：在舌动脉起点稍上方发出，在咬肌前缘处绕下颌骨下缘，转向前上行入面部，最后达眼内眦部。分支入下颌下腺、腭扁桃体及面部。

颞浅动脉：在耳廓前方上行，分布于颞部皮肤，是颈外动脉终支之一。

上颌动脉：在除去下颌支的标本上观察。向前行入颞下窝，是颈外动脉另一终支。分支有脑膜中动脉：在下颌颈深面由上颌动脉发出，上行经棘孔入颅，在颅内发出分支供应颅骨及硬脑膜。

3. 锁骨下动脉

在示头颈部血管的模型和全身动脉铸形标本上观察。右锁骨下动脉起自头臂干。左锁骨下动脉直接起自主动脉弓。主要分支有：椎动脉、胸廓内动脉、甲状颈干。

4. 上肢的动脉

腋动脉：在上肢血管标本上观察，于第一肋外侧缘续于锁骨下动脉，行于腋腔中，至大圆肌和背阔肌下缘移行为肱动脉。

肱动脉：沿肱二头肌内侧下行至肘窝，平桡骨颈平面分为桡动脉和尺动脉。

桡动脉：为肱动脉终支之一，先经肱桡肌和旋前圆肌之间，继而在肱桡肌腱和桡侧腕屈肌腱之间下行，绕桡骨茎突至手背，穿第 1 掌骨间隙至手掌。

尺动脉：在尺侧腕屈肌与指浅屈肌之间下行，经豌豆骨桡侧至手掌。

5. 胸主动脉

壁支：在开胸的胸后壁肋间隙观察肋间后动脉。①肋间后动脉（9 对），起自第 3～11 肋间隙内，初行于肋胸膜与肋间内肌之间，在肋角附近发出一较小的下支，沿下位肋骨上缘向前沿肋沟前行。②肋下动脉（1 对），位于第 12 肋以下。

脏支：细小，发出分支至支气管、食管、心包等脏器，有支气管支、食管支、心包支。

6. 腹主动脉

壁支：膈下动脉、腰动脉、骶正中动脉，分布于膈、腹后壁、脊髓和盆后壁等。

脏支：①肾动脉，左右肾动脉在第 2 腰椎水平，发自腹主动脉两侧，横行向外，分别经肾门入肾，并分出肾上腺下动脉至肾上腺。②睾丸动脉，细而长，在肾动脉发出处稍下方发自腹主动脉前壁，向下外，行经腹股沟管参与构成精索，进入阴囊，分布于睾丸和附睾。③腹腔干，打开腹前壁的腹腔，切除肝左叶的标本上观察，腹腔干在膈肌主动脉裂孔稍下方处起自腹主动脉，本干粗而短，分为三支。a. 胃左动脉，向左上行至胃贲门处再沿胃小弯右下行，分布于食管腹腔段、贲门和胃小弯。b. 肝总动脉，向右前行至十二指肠上部上方，分为肝固有动脉和胃十二指肠动脉，肝固有动脉分肝左、右支入肝及胃右动脉到胃小弯右侧，胃十二指肠动脉分出胰十二指肠上动脉和胃网膜右动脉，分布于肝、胆囊、胃、大网膜、十二指肠、胰头等。c. 脾动脉，轻轻把胃向上翻起，可见脾动脉起自腹腔干，沿胰的上缘左行经脾肾韧带达脾门，分数支入脾，沿途发出胰支、胃网膜左动脉、胃短动脉、胃后动脉、脾支，分布于胰、胃、大网膜、脾等。④肠系膜上动脉，在打开腹前壁的腹腔血管标本上观察，约在第一腰椎水平，腹腔干的下方，发自腹主动脉，从胰头后面穿出向前经十二指肠水平部前方进入小肠系膜根。⑤肠系膜下动脉，在打开腹前壁的腹腔血管标本上观察，先将小肠翻向右上方，可见肠系膜下动脉约在第 3 腰椎水平发自腹主动脉，行向左下方，至左髂窝并降入小骨盆。

7. 髂总动脉

在打开腹前壁的腹腔血管标本上观察，髂总动脉左右各一，在第四腰椎左前方，起自腹主动脉，向下外侧行至骶髂关节处分为髂外动脉和髂内动脉。

髂内动脉：在髂血管的标本或者模型上观察，髂内动脉为一短干，下行进入盆腔，发出分支营养盆壁及盆内脏器。在女性的髂内动脉的瓶装标本上观察子宫动脉，自髂内动脉发出后向下内行，在于宫颈外侧跨过输尿管前方分布于子宫、阴道及输卵管，且与卵巢动脉吻合。

髂外动脉：在髂血管的标本或者模型上观察，在骶髂关节的前方自髂总动脉分出后行向外下，经腹股沟韧带深面进入股前部，改名为股动脉。

8. 下肢的动脉

股动脉：在下肢的动脉标本上观察，在腹股沟韧带中点深面续于髂外动脉。通过股三角，穿收肌腱裂孔至腘窝，移行为腘动脉。

腘动脉：在收肌腱裂孔处，续自股动脉，下行至腘肌下缘分为胫前、后动脉。

胫后动脉：为腘动脉终支之一，平腘窝下缘处分出，沿小腿后面浅、深屈肌之间下行，经内踝后方转入足底，分为足底内、外侧动脉，分支分布于小腿后群肌和足底。

胫前动脉：为腘动脉另一终支，平腘窝下缘处分出，向前穿小腿骨间膜，在小腿前群肌之间下行至踝关节前方，移行为足背动脉，其分支分布于小腿前群肌。

足背动脉：为胫前动脉之延续，在踝关节前方循足背向前下行穿第一跖骨间隙，与足底外侧动脉吻合形成足底弓。

在全身动脉铸形标本或者全身骨骼伴神经血管模型上观察上述动脉。

四、静脉

（一）肺循环的静脉

在纵隔标本上观察：肺静脉位于左心房的后部，分别为右上、下肺静脉，左上、下静脉，分别开口于左心房的两侧壁。肺静脉里是含氧丰富的动脉血。

（二）体循环的静脉

组成：上腔静脉系、下腔静脉系（含肝门静脉系）和心静脉系。

上腔静脉系：由上腔静脉及其属支组成，收集头颈部、上肢、胸部（心除外）的静脉血液。

下腔静脉系：由下腔静脉及其属支组成，收集下肢、盆部、腹部等处的静脉血液。

心静脉系：由冠状窦及其属支（主要有心大静脉、心中静脉、心小静脉）组成，收集心的静脉血液。

1. 上腔静脉

在纵隔标本上观察。左右头臂静脉在右侧第 1 胸肋关节的后方汇合而成，垂直下降，在平对第 3 胸肋关节的下缘注入右心房。在上腔静脉入心之前其右后方有奇静脉注入。

（1）头臂静脉　在头颈部的静脉标本上观察，头臂静脉由同侧的颈内静脉和锁骨下静脉在胸锁关节后方汇合而成，汇合处所形成的夹角称为静脉角。左静脉角有胸导管注入，右静脉角有右淋巴导管注入。

（2）奇静脉　在右膈脚处起自右腰升静脉，沿食管的后方和胸主动脉右侧上行，至第 4 胸椎体的高度向前勾绕右肺根上方，注入上腔静脉。奇静脉沿途收集右侧肋间后静脉、食管静脉、支气管静脉和半奇静脉的血液。奇静脉上连上腔静脉、下借右腰升静脉连于下腔静脉，是沟通上、下腔静脉系的重要通道之一。

2. 下腔静脉

在打开腹前壁的腹腔静脉的标本上观察。下腔静脉于第 4～5 腰椎间的右前方由左、右髂总静脉合成，沿腹主动脉的右侧上行，经肝的腔静脉沟，穿膈肌的腔静脉孔进入心包，注入右心房。

（1）髂总静脉 在小骨盆的上口观察，髂总静脉由髂内和髂外静脉合成。髂内静脉收集盆腔的血液；髂外静脉是股静脉的直接延续。

（2）肾静脉 在肾动脉的前面与其伴行，成直角注入下腔静脉。

（3）睾丸静脉（女性为卵巢静脉） 起自睾丸和附睾的小静脉，在精索内形成蔓状静脉丛（此丛常由 8～10 条静脉组成），经腹股沟管腹环处合成两条睾丸静脉，左侧汇入左肾静脉，右侧汇入下腔静脉。

（4）肝静脉 在肝脏显示肝静脉的专用标本或模型上观察。此静脉有 2～3 条主干，斜行入下腔静脉，收集由肝动脉和门静脉输入的血液。

3. 四肢浅静脉

在身体各部皮下均存在浅静脉，主要观察以下内容。

（1）上肢的浅静脉 相互间用压脉带压迫臂中部，反复做握拳动作，观察手背静脉网。手指的静脉起于围绕甲根及指腹的皮下丛，在各指背面形成两条互相吻合的指背静脉，至掌背形成手背静脉网，汇成下列主要静脉。

①头静脉：起于手背静脉网的桡侧，在腕关节上方转至前臂前面，沿前臂桡侧皮下上行，过肘窝处通过肘正中静脉与贵要静脉吻合。头静脉主干则沿肱二头肌外侧上行。经三角肌胸大肌肌间沟，穿过深筋膜，注入腋静脉或锁骨下静脉。

②贵要静脉：起于手背静脉网的尺侧，逐渐转至前臂的前面。经过肘窝时接受肘正中静脉，再沿肱二头肌内侧上行，至臂中点稍下方处穿深筋膜注入肱静脉，或伴肱静脉上行至腋腔与肱静脉汇合成腋静脉。

③肘正中静脉：一般为粗短的静脉干，于肘窝处连接头静脉与贵要静脉（此型国人约占 50%）。

（2）下肢浅静脉 在下肢浅静脉标本上观察。

①大隐静脉：在足内侧缘起于足背静脉网，经内踝前方、小腿内侧、膝关节内后方，再沿股部内侧上行，经隐静脉裂孔汇入股静脉，在入股静脉之前收集下列 5 条属支，即股内侧浅静脉、股外侧浅静脉、腹壁浅静脉、旋髂浅静脉和阴部外静脉。

②小隐静脉：自足的外侧缘处起自足背静脉网。经外踝后方、小腿后面上行到腘窝，穿腘深筋膜汇入腘静脉。

在上、下肢浅静脉的标本和模型观察其行程。学生互相观察浅静脉走行。

4. 肝门静脉的组成、行程和属支

在示门静脉模型和标本上观察。

肝门静脉组成：肝门静脉长 3～6cm，由肠系膜上静脉和脾静脉在胰颈的后方汇合而成，向上经十二指肠上部后方，进入肝十二指肠韧带，居肝固有动脉与胆总管的后方，经肝门入肝。

肝门静脉的属支有：肠系膜上静脉、脾静脉、肠系膜下静脉、胃左静脉、附脐静脉。肝门静脉收纳腹腔内除肝以外不成对脏器（脾、胰、胆囊及自食管下段至直肠上部消化管）的静脉血。

五、淋巴系统

在全身浅淋巴结的模型上观察：淋巴系统是脉管系的重要组成部分，由各级淋巴管道、淋巴器官和散在的淋巴组织构成。

（一）淋巴管道

在示淋巴管、淋巴结、胸导管的瓶装标本上示教淋巴管、淋巴结和胸导管。

（二）淋巴器官

1. 胸腺

在小儿胸腔解剖标本（示胸腺）、纵隔模型上观察。可见胸腺位于胸骨柄后方，上纵隔前部，心包前上方，有时可向上突入到颈根部。呈扁条形，分不对称的左、右两叶，两叶以结缔组织相连，其主要功能是产生 T 淋巴细胞并参与机体免疫反应，分泌胸腺素。胸腺有明显的年龄变化，新生儿及幼儿的胸腺相对较大，青春期后逐渐萎缩退化，被结缔组织代替。

2. 脾

在腹腔解剖标本、腹腔脏器模型、脾脏标本和脾脏模型上观察。可见脾位于左季肋部，胃底与膈之间，在第 9 至第 11 肋之间，其长轴与第 10 肋一致，前端可达腋中线。因其位置较深，正常在肋弓下不应触及。其位置可随呼吸及体位的不同而有变化。脾可分为膈、脏两面，前、后两端，和上、下两缘。注意其上缘锐利，常有 2～3 个切迹，是触诊辨认脾的特征性标志，膈面光滑隆凸向外上与膈相贴，脏面凹陷，朝向前内方，与胃、左肾、胰尾、结肠左曲相毗邻。脏面中部有血管和神经出入的成裂隙状纵行陷凹叫脾门。脾前端较宽阔，朝向前外下方，后端钝圆，朝向内上后方。脾是最大的淋巴器官，具有储血、造血、清除衰老红细胞和进行免疫应答的功能。

 思考题

1. 描述心的血供。

2. 用简图总结胃的血供。

3. 肝门静脉与上、下腔静脉系之间主要通过哪几处静脉丛形成吻合？

（张雨生 石小田）

实验四

感觉器官　内分泌系统

【目的要求】

1. 在眼球标本和模型上观察眼球壁的层次，熟悉眼球内容物的组成；了解眼球折光装置的组成和形态结构特点，熟悉眼房的结构、房水循环的途径及其临床意义。

2. 熟悉结膜的形态、位置和分部；了解眼外肌的名称、起止、作用及神经支配。

3. 在前庭蜗器模型上观察外耳、中耳、内耳的分部；了解新生儿外耳道的特点。

4. 熟悉中耳鼓室的位置，了解鼓室六个壁主要结构与毗邻及临床意义；了解听小骨的形态及生理功能。

5. 了解鼓膜及咽鼓管的位置、分部、作用，幼儿咽鼓管的形态特点及临床意义。

6. 了解骨迷路和膜迷路各部的形态、位置，听觉感受器、位觉感受器的位置及功能。

7. 了解甲状腺、甲状旁腺、肾上腺、垂体、胸腺、松果体的形态、位置及垂体的分部、生理功能及临床意义。

【实验材料】

1. 影像资料

感觉器官（眼、耳）解剖录像，内分泌系统解剖录像。

2. 标本

（1）猪眼数个、眼肌标本、眼的血管标本、眼睑标本、泪器标本。

（2）颞骨岩部（示鼓室六个壁）标本，示外耳道、鼓膜、骨迷路标本，咽鼓管标本。

（3）新生儿内分泌腺概观标本，颈部解剖标本（示甲状腺），脑正中矢状切标本，脑外形标本。

3. 模型

眼球解剖放大模型，眼外肌和眼球构造模型，示外耳、中耳、内耳的分部和形态及鼓室位置、结构和毗邻的模型，骨半规管和膜半规管模型，听小骨模型；各种内分泌腺模型。

【实验内容】

一、视器

视器由眼球和眼副器及血管、神经构成，结合标本和模型分别观察。

（一）眼球

在眶解剖标本上观察。眼球位于眶内，它近似球形，前后径略小于横径，后方连粗大的视神经，经视神经管进入颅腔，周围有眼球外肌及神经血管，眶内充满脂肪组织。眼球由眼球壁及其内容物组成。

在眼的模型上观察，将猪眼分别沿眼球赤道切开和矢状切开后观察。

1. 眼球壁

由外而内，可分三层。

（1）外膜　为眼球纤维膜，前为角膜，后为巩膜。

角膜：为眼球纤维膜前 1/6 的透明部分，无血管，约呈圆形，其曲度较大，所以角膜较向前突出，有屈光作用。

巩膜：为眼球纤维膜后 5/6，厚而坚韧，乳白色不透明，前接角膜，在眼球后极稍内侧有视神经从巩膜穿出，前方角膜缘处有环形的**巩膜静脉窦**，为房水回流的通道。

（2）中膜　为眼球血管膜，也叫葡萄膜，呈棕黑色。由前向后可分为虹膜、睫状体和脉络膜三部分。

虹膜：呈冠状位，是中膜最前部的环形的薄膜，位于角膜后方，晶状体前方，虹膜中央有圆形的孔称**瞳孔**。角膜与晶状体、睫状小带之间的腔隙叫眼房，虹膜把眼房分成较大的眼前房和较小的眼后房，二者借瞳孔相通。在前房内，虹膜和角膜交界处构成的环形区域称虹膜角膜角（前房角），角的前外侧壁有小梁网，连于巩膜与虹膜之间，有滤网作用，为房水回流必经之路。

睫状体：是血管膜中部最肥厚部分，位于巩膜与角膜移行处的内面，前接虹膜根部，后续于脉络膜，在眼的矢状切面上，睫状体呈三角形，结合眼球冠状切面后面观，可见睫状体后部 2/3 较平坦，称睫状环，前 1/3 较肥厚，内表面有 70～80 个向内突出的皱襞，叫睫状突。睫状体内的平滑肌为睫状肌，有调节晶状体和分泌房水的功能。

脉络膜：占血管膜的后 2/3，前接睫状体，后方有视神经穿过，外与巩膜疏松结合，内面紧贴视网膜色素层。富含血管和色素，有营养、吸收分散光线作用。

（3）内膜　称视网膜，为眼球感觉膜。附于中膜内面，分两层，外层紧密贴在中膜内面者为色素上皮层；内层叫神经层。视网膜自后向前分为三部分：视部、睫状体部和虹膜部。在眼球模型上观察视网膜上的结构，在视网膜后部有血管穿出的圆形隆起为视神经盘，在视神经盘外（颞）侧有黄色小区为黄斑，内有中央凹。

在沿眼球赤道切开和矢状切开的猪眼上观察：眼球壁可分为三层，内层为白色，是视网膜的神经层，与视神经相对应处内面为中心略凹的视神经盘，乳白色这层较易剥离，该层深面一层呈蓝黑色为视网膜色素上皮层，再外面呈棕黑色为脉络膜，两者紧贴在一起，最外层为厚而致密坚韧、乳白色的巩膜，在眼球后极偏内侧有视神经穿出巩膜，其外包有视神经鞘。

2. 眼球的内容物

包括房水、晶状体和玻璃体。

房水：是充满眼房的澄清的液体，有营养角膜和晶状体、维持眼内压和折光功能。

晶状体：位于虹膜与玻璃体之间，呈双凸透镜状，后面曲度较大，前面曲度较小，无色透明，具有弹性。借睫状小带系于睫状体。

玻璃体：为无色透明的胶状物质，充满于晶状体、睫状小带与视网膜之间，约占眼球内腔的4/5。

在沿眼球赤道切开猪眼上观察：眼球内部后半充满冻胶状的玻璃体，若不是新鲜眼球，则有的玻璃体会液化呈水样。除去冻胶状的玻璃体，从后方往前看视网膜、脉络膜、虹膜等。用镊子夹起晶状体，仔细观察连于晶状体与睫状体之间的睫状小带，此带为透明、菲薄的膜样结构。将晶状体取出观察其形态结构。观察睫状体的睫状环与睫状突及其前方的虹膜与瞳孔。观察最前方的角膜，如不是新鲜眼球，则因防腐液的作用而不是十分透明。最后将眼球壁前部沿矢状方向剪开，观察眼前房、眼后房及虹膜、角膜角等结构。

在活体上相互观察眼球前方的角膜，后方乳白色的巩膜，透过角膜观察虹膜、瞳孔及眼球前房等结构。用手电筒相互照射一侧眼睛，观察照射和移开手电筒时双侧瞳孔的反应，被照侧瞳孔缩小为瞳孔直接对光反射，另一侧的瞳孔缩小为瞳孔间接对光反射。瞳孔对光反射有助于对神经系统疾病的诊断，瞳孔对光反射迟钝或消失，见于昏迷病人。

（二）眼副器

在活体上观察。

1. 眼睑

俗称"眼皮"，位于眼球前方，分上睑和下睑。上、下睑之边缘称睑缘，睑缘的前缘生有睫毛。上、下睑缘之间的缝隙名睑裂。上、下睑在两端连合处分别名为内眦及外眦。内眦与眼球之间的空隙为泪湖。泪湖底有一微红小突起，称为泪阜。

在眼睑标本上观察，眼睑的结构由浅至深可分为皮肤、浅筋膜、肌层、睑板和睑结膜五层。

2. 结膜

在标本与活体上观察。结膜为一层薄而透明的黏膜，覆盖在眼睑的后面与巩膜前部的前面。依其所处的部位，可分为三部分：眼睑最内层为睑结膜。覆盖巩膜前部，其深面白色的巩膜为球结膜。睑结膜与球结膜互相移行，其反折处形成的隐窝，称结膜穹窿，有上穹与下穹。观察结膜上穹时需翻起上睑，眼球往下转；观察结膜下穹时需外翻下睑，眼球往上转。当闭眼时，三部分结膜之间所形成的囊状空隙，称为结膜囊，结膜囊通过睑裂与外界相通，滴眼药水时药水即进入结膜囊。

3. 泪器

由泪腺和泪道组成。泪道包括：泪点、泪小管、泪囊和鼻泪管。

在活体上观察：在上、下睑缘内侧端各有一小突起为泪乳头，其顶端有一小孔，对向泪湖，分别称为上、下泪点，是泪小管的开口。

在标本或模型上观察：分别起自上、下泪点的上、下泪小管，先与睑缘成垂直方向走行，旋即几乎成直角转向内侧行，上、下泪小管汇合后开口于泪囊。泪囊为位于泪囊窝内的膜性囊，其上端为盲端，在内眦水平以上，其下端移行于鼻泪管。

4. 眼球外肌

眼球外肌有七块，其中运动眼睑的是上睑提肌。其余六块均止于眼球，运动眼球，包括四条直肌、两条斜肌。

在眼肌标本和眼外肌和眼球构造的模型上逐一观察。上睑提肌在上直肌上方可认出，起自视神经管周围的总腱环，前行处为腱膜，止于上睑睑板。四块直肌（即上直肌、下直肌、内直肌、外直肌）均起于视神经管周围和眶上裂内侧的总腱环，分别沿眶的上、下、内侧、外侧壁前行，在眼球的上、下、内、外方，至眼球赤道（中纬线）的前方，止于巩膜上、下、内侧、外侧各部。内、外直肌的功能分别是使瞳孔转向内侧和外侧；上、下直肌可使瞳孔转向上内方和下内方。

上斜肌：起自于总腱环，在上直肌和内直肌之间，沿眼眶顶壁之内侧缘前行，至眼眶顶壁内侧缘前端处，穿过一滑车，再转向后外，经上直肌与外直肌之间走向后外方，止于眼球赤道（中纬线）后方，其功能是使瞳孔转向外下方。

下斜肌：起自眼眶底壁的前内侧，经下直肌下方，斜向后外，止于眼球下面赤道（中纬线）的后方，其功能是使瞳孔转向外上方。

（三）眼球和眼眶的血管和神经

在眼的血管标本和模型上观察。

眼动脉：起自颈内动脉颅内段，与视神经伴行经视神经管入眶，先在视神经外侧，后经上直肌与视神经之间眼眶内侧壁，再经上斜肌与内直肌之间前行，最后出眼眶成为终支。

神经：将在脑神经实习时观察。

二、前庭蜗器

在示外耳、中耳、内耳的分部和形态及鼓室位置、结构和毗邻的模型上可见：前庭蜗器包括前庭器和蜗器，按部位可分为外耳、中耳、内耳三部。

（一）外耳

包括耳廓、外耳道、鼓膜。

在耳（示外耳道、鼓膜、骨迷路）标本和示外耳、中耳、内耳的分部和形态及鼓室位置、结构和毗邻的模型上观察：连于外耳门至鼓膜间的弯曲管道为外耳道，外侧1/3 为软骨部，与耳廓软骨相延续，内侧 2/3 为骨性部。由外向内，其方向为先向前上，继而稍向后，最后弯向前下，故活体上检查成人鼓膜时，需将耳廓拉向后上方，使外耳道呈近似于直线才能窥见。婴儿外耳道短而直，鼓膜近于水平位。

在鼓膜的标本和模型上观察：在外耳道与鼓室之间，可见一椭圆形半透明薄膜即鼓膜。向前、下、外倾斜，与头部的矢状面及水平面各成 45°角。鼓膜上 1/4，呈三角形，薄而松弛，称松弛部；下部 3/4 坚实紧张，称紧张部，为鼓膜振动之主要部分。鼓膜整体呈漏斗状，凸面向内，与锤骨柄末端相对处为鼓膜脐。锤骨柄紧贴鼓膜内面。

（二）中耳

包括鼓室、咽鼓管、乳突窦及乳突小房。为一含气的不规则腔道，大部分在颞骨岩部内。

在示外耳、中耳、内耳的分部和形态及鼓室位置、结构和毗邻的模型及锯开的颞骨标本上对照观察，注意确定各结构的解剖位置。

1. 鼓室

鼓室是颞骨岩部内含气的一个形状不规则的腔隙，上、下径和前、后径长，内外侧径短，鼓室各壁覆有黏膜，此黏膜与咽鼓管及乳突窦、乳突小房内的黏膜相延续。鼓室可分为六壁。

上壁：又称鼓室盖，为一薄骨板，分隔鼓室与颅中窝。

下壁：又称颈静脉壁，亦为一薄骨板，分隔鼓室和颈静脉窝内的颈内静脉。

前壁：又称颈动脉壁，即颈动脉管的后壁，此壁上部有肌咽鼓管开口，肌咽鼓管可分为上、下二部，上部为鼓膜张肌半管，内容鼓膜张肌，下部为咽鼓管半管。

后壁：又称乳突壁，此壁上部有乳突窦开口，乳突窦又与后方的乳突小房相通。乳突窦开口内侧有外侧半规管凸，开口下方有一锥隆起，内容镫骨肌。

外侧壁：又称鼓膜壁，大部分是鼓膜，此外，鼓膜所附着处周围的骨也组成外侧壁的一部分。

内侧壁：又称迷路壁，为内耳之外侧壁。此壁凹凸不平，中部有圆形隆起，名岬，由耳蜗第一圈隆凸形成（可在模型上取出颞骨里面的内耳模型加以验证）。岬的后上方有卵圆形孔，名前庭窗或卵圆孔，通向前庭，为镫骨底封闭。岬的后下方有圆形小孔，名蜗窗或圆窗，在活体上有第二鼓膜封闭。在前庭窗的后上方有一条弓形隆起，称为面神经管凸，内有面神经（模型上面神经管凸已打开显露面神经管和面神经）。

鼓室内结构细小，在三块听小骨和两条听骨肌标本上较难看清，要和模型结合起来观察：三块听骨即锤骨、砧骨及镫骨，最靠外侧为锤骨，锤骨柄末端附着于鼓膜脐区，锤骨头与砧骨相关节，砧骨又与镫骨头连接，而镫骨底则覆盖前庭窗。三骨借关节和韧带连结成听骨链，连于鼓膜和前庭窗之间，可将声波的振动转换成机械能传入内耳。

运动听小骨的肌为鼓膜张肌和镫骨肌，鼓膜张肌位于鼓膜张肌半管内，骨腱从管内伸入鼓室，止于锤骨，收缩时将锤骨拉向内侧，紧张鼓膜。镫骨肌位于鼓室后壁的锥隆起内，肌腱入鼓室，止于镫骨，收缩拉镫骨底向后外方，离开前庭窗，以减轻内耳的压力。

2. 咽鼓管

为沟通中耳鼓室与鼻咽部的管道，又名欧氏管。成人长 3.5～4.0cm。内 2/3 为软骨部，以咽鼓管咽口开口于平对下鼻甲后方的鼻咽部侧壁，管自咽口向后上外行，外 1/3 为骨部，以咽鼓管鼓室口开口于鼓室前壁。咽鼓管咽口和软骨部平时关闭，当吞咽或打呵欠时，腭帆张肌收缩，咽口张开。

幼儿咽鼓管较成人短而平，口径较大，故咽部感染易沿咽鼓管侵入鼓室，引起中耳炎。

3. 乳突窦和乳突小房

是鼓室向后的延伸。乳突窦位于鼓室上隐窝的后方，是乳突小房中最大者，向前开口于鼓室，向后与乳突小房相连通。乳突小房为颞骨乳突内的许多含气小腔，在锯开的颞骨标本上观察，可见这些小腔互相交通，向前借乳突窦与鼓室相通。

（三）内耳

内耳位于鼓室和内耳道底之间，全部埋藏于颞骨岩部骨质内，由骨迷路和膜迷路构成。骨迷路为颞骨岩部骨密质围成的不规则腔隙，膜迷路为套在骨迷路内的膜性管或囊，二者间充满外淋巴，膜迷路内充满内淋巴，内、外淋巴互不相通。

1. 骨迷路

在耳（示外耳道、鼓膜、骨迷路）标本和内耳模型上观察。

可见骨迷路共分三部，即前庭、骨半规管、耳蜗。骨迷路中部扩大之腔隙为前庭，前庭前部较窄，前下方有一大孔道连形似蜗牛壳之耳蜗，后部较宽，后上方以 5 个小孔通 3 个骨半规管。前庭与中耳之间有前庭窗和蜗窗，前庭内侧壁接内耳道底。

前庭后上方有三个几乎互成直角的半环形骨管，为骨半规管，根据位置分为前骨半规管、后骨半规管和外骨半规管，前骨半规管凸向上，约与颞骨岩部的长轴相垂直；后骨半规管凸向后外，与颞骨岩部的后面接近平行；外骨半规管凸向外侧，呈水平位。每个半规管都有两个骨脚连于前庭，较细小者称单骨脚，较膨大者称壶腹骨脚，前、后骨半规管的单骨脚合成一总骨脚，故 3 个骨半规管以 5 个孔开口于前庭。

位于前庭的前方，形似蜗牛壳者为耳蜗。由蜗螺旋管环绕蜗轴两圈半而成。蜗顶朝前外方，蜗底朝后内方对向内耳道底。蜗轴伸出之骨螺旋板，分蜗螺旋管为上下两半，上半为前庭阶，下半为鼓阶。

2. 膜迷路

位于骨迷路内封闭的膜性管和囊，借纤维束固定于骨迷路。分为椭圆囊、球囊、膜半规管和蜗管。

在耳（示外耳道、鼓膜、骨迷路）标本和内耳模型上观察。

位于前庭后上方的椭圆囊隐窝内者为**椭圆囊**，较大。后壁有 5 个开口，连于膜半规管。前壁有椭圆球囊管，连于球囊和内淋巴导管。椭圆囊内有椭圆囊斑，为位觉感受器，感受头部静止和直线变速运动的刺激。

位于前庭前下方的球囊隐窝内者为**球囊**，较椭圆囊小。下端以连合管连于蜗管。球囊内有球囊斑，为位觉感受器，感受头部静止和直线变速运动的刺激。

在骨半规管内，形状与骨半规管相似者为**膜半规管**，骨壶腹内相应的膜部膨大称膜壶腹，壁上有隆起的壶腹嵴，也是位觉感受器，感受头部旋转变速运动的刺激。

膜蜗管位于耳蜗螺旋管内，介于骨螺旋板与蜗螺旋管外侧壁之间，水平切面呈三角形。

三、内分泌系统

在新生儿显示全身内分泌腺的标本上对全身内分泌腺进行观察，形成一个全身内分泌腺的全貌了解。内分泌系统由全身各部的内分泌腺组成，按其存在的形式可分为两大类。内分泌器官：甲状腺、甲状旁腺、肾上腺、垂体、松果体、胸腺；内分泌组织：胰腺内的胰岛、睾丸内的间质细胞、卵巢内的卵泡和黄体等。

（一）甲状腺及甲状旁腺的形态和位置

甲状腺：利用颈部解剖标本、新生儿标本、喉和气管带甲状腺的标本、模型观察辨认。甲状腺位于颈前部，贴附于喉和气管上部的两侧和前方，呈"H"形。左、右侧叶上达甲状软骨的中部，下抵第 6 气管软骨环水平。两侧叶之间的甲状腺峡，位于第 2~4 气管软骨环的前方，有时自峡向上伸出一个锥状叶，较长者可达舌骨。甲状腺峡有时缺如，使左、右侧叶分离。

甲状旁腺：利用甲状腺标本和模型，结合图谱观察辨认。甲状旁腺位于甲状腺侧叶的后面，一般是两对黄豆大小的扁椭圆形小体。上一对多在甲状腺侧叶后面的中、上 1/3 交界处，下一对常在甲状腺侧叶后面的下部、甲状腺下动脉附近。要注意的是甲状旁腺的数目和位置变化较大，有时埋入甲状腺实质内，寻找辨认困难。临床上作甲状腺次全切除时，一定要保留甲状腺侧叶的后部，目的是避免甲状旁腺被切除。

（二）垂体、松果体的形态和位置

垂体：利用头部正中矢状切面标本、颅底内面观标本、脑干带垂体和松果体的标本和模型观察辨认。垂体呈椭圆形，位于颅中窝、蝶骨体上面的垂体窝内，硬脑膜形

157

成的鞍隔下方。垂体借其上方的漏斗穿过鞍隔连于下丘脑，分为前方的腺垂体和后方的神经垂体两部分。

松果体：利用头部正中矢状切面标本、脑干带垂体和松果体的标本、模型观察辨认。松果体是形似松果状的椭圆形小体，位于背侧丘脑后上方，上丘之间的浅凹内，并借其柄连于第三脑室顶的后部。

（三）肾上腺的形态和位置

利用腹膜后间隙器官的标本、新生儿标本观察辨认。肾上腺在腹膜之后，是成对的腹膜外位器官，位于肾的上内方。肾上腺与肾共同包被在肾筋膜内，但有单独的纤维囊和脂肪囊，肾下垂时，肾上腺不随之下降。肾上腺左侧较大近似半月形，右侧稍小呈三角形。肾上腺前面有不太明显的门，是血管、神经、淋巴管等出入的门户。

（四）胸腺的形态和位置

在小儿纵隔标本上观察，胸腺位于胸骨柄后方，上纵隔前部，心包的上方及出入心脏的大血管前面，有时可向上突至颈根部。胸腺的左、右两叶常不对称，每叶呈上窄下宽的扁条形。新生儿及幼儿时期胸腺的体积较大，随年龄增长继续发育至青春期，性成熟后最大，而后逐渐萎缩退化，成年后胸腺组织被结缔组织、脂肪等替代。

 思 考 题

1. 请分析光线进入眼内转化成视觉冲动所经过的解剖路径？依次经过的这些结构中发生哪些病变后会引起失明？

2. 运用所学视器的解剖学知识，试解释近视、远视、老视、散光、白内障、青光眼、沙眼、斜视、瞳孔缩小、瞳孔散大、夜盲、色盲等疾病与何结构有关？

3. 为什么婴幼儿比成人容易在咽喉发炎后之后患中耳炎？中耳炎可能波及哪些结构？

（郭　宇　张雨生）

实验五

神 经 系 统

【目的要求】

1. 熟悉神经系统的组成、分部。

2. 熟悉脊髓的位置、外形；了解骨髓内部结构和功能。

3. 在完整脑标本、脑干标本及脑的正中矢状切面标本（或模型）上寻找和辨认端脑、间脑、脑干、小脑等中枢神经系统的组成，掌握它们的位置、外形；了解其内部结构和主要功能。

4. 观察脊神经标本或模型，掌握颈丛、臂丛、腰丛、骶丛和胸神经前支的组成、位置和主要分支分布。

5. 观察脑神经和内脏神经标本或模型，掌握脑神经的名称；了解其性质和各对脑神经的行程分布，内脏神经的区分和分布。

6. 观察脑和脊髓的被膜和血管标本或模型，了解脑和脊髓的被膜特点，熟悉脑和脊髓的动脉来源和主要分支，大脑动脉环的组成、位置及其功能意义。

7. 在脑室及脑脊液循环标本或模型上观察，熟悉脑室系统、脑脊液的产生及其循环途径。

8. 观察脑和脊髓的传导通路模型，熟悉传导通路的基本概念和感觉传导通路和运动传导通路的特点。

【实验材料】

1. 影像资料

神经系统解剖录像。

2. 标本

（1）离体脊髓标本，原位脊髓标本（脊柱带脊髓标本示脊神经根、椎间孔、脊神经分支），脊髓横切面标本。

（2）颈丛、臂丛、腰丛、骶丛组成标本，肋间神经标本，离体上、下肢神经标本，纵隔（显露膈神经、迷走神经、膈肌）标本，坐骨神经、股神经及其分支标本。

（3）脑正中矢状切标本，脑干标本，完整脑标本，面部浅层标本（显露腮腺面神经颅外段的分支与），头颈侧面深层标本（显露后 4 对脑神经），颈部神经标本，显露迷走神经全程标本（喉上、喉返神经、迷走前干、迷走后干和鸦爪支等）。

（4）小脑标本。

（5）保留蛛网膜及软脑膜的完整脑标本，去脑保留硬脑膜的颅腔标本，保留被膜的离体脊髓标本，椎管内原位脊髓标本。

（6）血管完整的脑和脊髓标本。

（7）示内脏神经的完整尸体或幼尸标本。

3. 模型

（1）神经系统概观模型。

（2）脊神经构成模型。

（3）颈丛、臂丛分支与分布模型

（4）纵隔模型。

（5）脑干模型。

（6）脑神经核电动模型。

（7）示脑干内纤维束模型 12 对脑神经的模型。

（8）内脏神经模型。

（9）小脑模型。

（10）间脑放大模型。

（11）.端脑放大模型。

（12）各种传导通路立体模型等。

（13）脑血管模型。

（14）脑室模型。

【实验内容】

一、脊髓

（一）脊髓的位置

在打开椎管后壁的脊髓标本上示教。脊髓位于椎管内，上端在枕骨大孔处延续为延髓，下端成人平对第 1 腰椎体下缘（新生儿脊髓下端平对第 3 腰椎体下缘）。

（二）脊髓的外形

在离体脊髓标本上观察。脊髓呈前、后略扁的圆柱形，全长粗细不等，有两处膨大，上端为颈膨大，下端为腰骶膨大。末端逐渐变细，称为脊髓圆锥，其下端延续为细长的终丝（需拨开马尾寻找）。

在脊髓节段模型上观察。脊髓表面有 6 条纵行的浅沟，前正中明显的沟称前正中裂；后面正中为后正中沟，在前正中裂外侧有成对的前外侧沟，在后正中沟外侧有成对的后外侧沟。

（三）脊髓的内部结构

在脊髓横切标本上示教。切面中间部分颜色较浅的部分为灰质，而周围部分颜色较深为白质。

脊髓灰质略呈"H"形，中央有细小的中央管上通脑室，其前、后方的皮质分别称为灰质前、后连合；外侧部向前扩大形成前角，在两膨大处尤为明显；向后的狭细突起称后角；前、后角之间为中间带；在胸髓节段横切标本上还可观察到，中间带向外侧突出形成侧角（胸1到腰3节段存在）。从脊髓整体的角度来看，各节段前角、后角和侧角连成柱状，称为前柱、后柱和侧柱，前柱主要是运动性神经元，后柱为感觉性神经元和联络神经元，侧柱为内脏运动和内脏感觉性神经元。

脊髓白质位于灰质的周围，主要由纵向走行的神经纤维束构成，根据脊髓的沟裂可分为：前正中裂与前外侧沟之间的前索，前、后外侧沟之间的外侧索，后正中沟与后外侧沟之间的后索。在前外侧裂深部有横越的白质纤维，称白质前连合。

二、脊神经

（一）脊神经的构成及其分支

先观察脊神经构成模型，再观察脊髓和脊神经原位标本。

在模型和标本上可见脊神经通过脊神经根与脊髓相连接。脊神经的前根发自脊髓前外侧沟，后根从后外侧沟进入脊髓。在椎间孔处，前、后根合并成脊神经，然后再分成前支、后支离开椎间孔，此处可见脊神经节，位于后根，为感觉神经元胞体聚集而成。

脊神经的前支较粗大，走向脊柱的前外侧；后支向后分布到躯干背部中线两侧的肌和皮肤；脊膜支，较细小，从椎间孔返回入椎管分布到脊膜及椎管内血管（在普通标本上难以见到）；交通支，连接交感干（详见内脏神经）。

脊神经的前支分别构成神经丛（颈丛、臂丛、腰丛和骶丛）；胸部的脊神经前支呈节段性分布。脊神经后支呈节段性分布到脊柱区的肌和皮肤，不必作详细观察。

（二）脊神经各神经丛的组成及主要分支

1. 颈丛

观察颈丛组成标本，颈丛由第1~4颈神经前支组成，颈丛发出的分支主要有以下2个。

（1）皮支　可在颈丛模型上观察，多数经胸锁乳突肌后缘中点穿出深筋膜，向上、前、下各方向行走至浅层。依次辨认枕小神经、耳大神经、颈横神经、锁骨上神经。

（2）膈神经　在颈丛模型、纵隔标本（或模型）上观察，由颈丛发出，向下经前斜角肌表面，至颈根部经锁骨下动、静脉之间进入胸腔，经肺根前方贴心包两侧下行达膈肌，该神经分支支配膈肌的运动，并分支到心包、胸膜，右膈神经至肝、胆，传导其感觉冲动。

2. 臂丛

在颈及上肢标本上观察臂丛的组成，臂丛由第 5～8 颈神经前支与第 1 胸神经前支组成。

在上肢标本上辨认臂丛的主要分支。

（1）肌皮神经　分支支配喙肱肌、肱二头肌和肱肌，其终支为前臂外侧皮神经。

（2）正中神经　在臂部没有分支，在前臂分支支配前臂前肌群（肱桡肌、尺侧腕屈肌、指深屈肌尺侧半除外），终支为 3 支指掌侧总神经，在手掌部发出返支支配鱼际肌（拇收肌除外）和 1、2 蚓状肌。皮支分布于手掌掌心和鱼际区皮肤以及桡侧半和桡侧三个半指掌侧皮肤及这三个半指中节与远节指背的皮肤。

（3）尺神经　在臂部行经正中神经内侧，无分支，在前臂分发出肌支支配尺侧腕屈肌、指深屈肌尺侧半。主干继续下行达腕上方处发出手背支，绕前臂远端内侧缘达手背侧，分布于手背尺侧半及尺侧一个半指近背侧皮肤。尺神经终支至手掌部分为深、浅两支：深支支配小鱼际肌，拇收肌，第 3、4 蚓状肌和全部骨间肌；浅支沿手掌面下行，分布于小鱼际区皮肤尺侧半和尺侧一个半指掌侧及一个半指中节与远节指背的皮肤。

（4）腋神经　肌支分布于三角肌和小圆肌，皮支分布于三角肌区及臂上份外侧部皮肤。

（5）桡神经　肌支支配肱三头肌、肱桡肌和桡侧腕长伸肌，皮支分布于臂及前臂后部皮肤。

3. 腰丛

在显露腹后壁的标本上观察，翻开腰大肌，于腰椎横突前方可见腰丛，腰丛由胸 12 前支的一部分、腰 1 至腰 3 的前支及腰 4 前支的一部分构成。

观察腰丛的主要分支。

（1）股神经　在游离下肢神经标本上观察，股神经是腰丛最大的分支，在股部的分支有：①肌支，数条分支入股四头肌和缝匠肌；②前皮支，分布于大腿前部的皮肤；③隐神经，为股神经终支，亦为皮支，在股部伴股动脉下降，经收肌管到膝关节内侧穿出至皮下，伴大隐静脉下行至小腿前内侧面，最后达足内侧缘，分布于小腿前内侧面及足内侧缘皮肤。

（2）闭孔神经　在盆腔矢状切面连有下肢的标本上观察，闭孔神经自腰大肌内侧缘穿出后，沿小骨盆侧壁下行，至大腿内侧，分为前、后两支，支配股内侧肌群和闭孔外肌。

4. 骶丛

在盆腔矢状切并连有下肢的标本上观察，骶丛由腰 4 前支大部分、腰 5（构成腰骶干）及所有骶神经前支构成。

观察骶丛的主要分支。

（1）臀上和臀下神经　在臀部，翻开臀大肌和臀中肌，可见此2神经分别经梨状肌上孔和下孔穿出。臀下神经入臀大肌支配该肌；臀上神经行于臀中、小肌之间并支配此2肌及阔筋膜张肌。

（2）阴部神经　与臀下神经同出梨状肌下孔，随后绕过坐骨棘进入坐骨小孔，沿坐骨肛门窝侧壁，分数支至肛管会阴部及外生殖器。

（3）坐骨神经　此神经为骶丛的最大分支，也是人体最粗大的一支神经。经梨状肌下孔穿出后（此处个体差异大，部分分两支穿梨状肌上、下孔或其中一支穿梨状肌纤维），行经坐骨结节与股骨大转子之间至股后部，发出分支支配大腿后群肌。于腘窝上角处，分为2终支（分支部位高低个体差异大，少数人分支部位高达臀部穿梨状肌处）。①胫神经，下行至小腿后部，伴胫后动脉，经小腿后面深、浅两层肌间下行，并发出分支支配小腿后群肌。主干经内踝与跟结节之间进入足底，分为内、外侧2支，分别称为足底内、外侧神经，分布于足底的肌和皮肤。②腓总神经，沿股二头肌内侧缘向外下行，绕过腓骨颈外侧，穿腓骨长肌分为腓深和腓浅神经。腓深神经伴胫前动脉，在小腿前群肌间下行，分支支配小腿前群肌和足背肌。腓浅神经行于腓骨长、短肌之间，分支支配腓骨长、短肌。主干向下，于小腿外侧面中、下1/3交界处穿出深筋膜，分布于小腿外侧面、足背、趾背的皮肤。观察时特别要注意其绕腓骨颈处，该处易于损伤。请在活体上标出坐骨神经干的体表投影。

三、脑干

（一）脑干的位置

在完整脑标本上观察。脑干位于脊髓和间脑之间，分为延髓、脑桥和中脑三部分。

（二）脑干的外形

（1）腹侧面　在脑干放大模型上观察。①延髓，上端略膨大，形如蒜头，以横行的桥延沟与脑桥分隔，下部经枕骨大孔延续为脊髓，前正中裂两侧与前外侧沟之间纵行隆起称锥体，内含锥体束纤维，锥体下端前正中裂消失处为锥体交叉，交叉纤维为皮质脊髓束。在前外侧沟的后外侧有卵圆形隆起的橄榄，深面为下橄榄核，舌下神经根丝在其内侧穿出，背外侧由上而下依次有舌咽、迷走和副神经根丝穿出。②脑桥，腹侧面明显膨隆称脑桥基底部，表面横纹深部为横行的神经纤维。中线处略凹陷为纵行的基底沟，容纳基底动脉。基底部向两侧变细与小脑相延续为小脑中脚，三叉神经从其前外侧穿出。基底部下缘的桥延沟内由内向外依次有展、面和前庭蜗神经根丝穿出。③中脑，腹侧面上缘为视束覆盖，下缘为脑桥覆盖，表面呈一对纵行柱状隆起，称大脑脚，由纵行的下行纤维束构成，两侧大脑脚间的深窝称为脚间窝，有动眼神经根丝穿出。

（2）背侧面　在脑干放大模型上观察。脑干背侧面中份的凹窝称菱形窝，由延髓背侧上半部和脑桥的背侧部共同构成，以横行的髓纹为界。①延髓，背侧面下部与脊髓相似，在后正中沟上端两侧，菱形窝下角以下，有隆起的薄束结节和楔束结节，深面有薄束核与楔束核。楔束结节外上方的隆起为小脑下脚（蝇状体）。②脑桥，背部为菱形窝的上半部分，向两侧与小脑上脚（结合臂）和小脑中脚相连。③中脑，背侧面有两对圆形的隆起，上方为上丘，是皮质下视觉反射中枢，以上丘臂向前外侧与外侧膝状体相连；下方为下丘，是皮质下听觉反射中枢，以下丘臂向前外侧与内侧膝状体相连，下丘下方有滑车神经根丝穿出。

（三）第四脑室

在头颈部正中矢状切面标本上观察。菱形窝构成第四脑室的底，顶为向后上指向小脑的部分，有第四脑室正中孔通至蛛网膜下隙。第四脑室上角连通中脑水管，下角连通脊髓中央管，外侧角向外侧延伸转向腹侧形成外侧隐窝，隐窝尖端开口为第四脑室外侧孔，亦通蛛网膜下隙。

（四）脑干的内部结构

在脑干及脑干神经核电动模型上观察。在中线最内侧为一般躯体运动核团，由上到下依次为动眼神经核、滑车神经核、展神经核和舌下神经核；靠界沟内侧为一般内脏运动核团，由上到下依次为动眼神经副核、上泌涎核、下泌涎核和迷走神经背核；在一般内脏运动核团深面为特殊内脏运动核团，由上到下依次为三叉神经运动核、面神经核、疑核和副神经核；在界沟外侧为内脏感觉神经核团，即孤束核，跨过中脑和延髓；最外侧为特殊躯体感觉核团，含前庭神经核和蜗神经核，位于中脑和延髓的交界处；在特殊躯体感觉核团深面为一般躯体感觉核团，由上到下为三叉神经中脑核、三叉神经脑桥核和三叉神经脊束核。

非脑神经核团分布不规则，在中脑背侧上丘深面为上丘核，下丘深面为下丘核；在上丘平面中脑被盖部中央可见红核，其腹外侧为黑质，参与运动功能调节。在脑桥基底部为脑桥核，是大脑和小脑之间的中继站；被盖腹侧部偏下方为上橄榄核，参与听觉功能；背侧面可见蓝斑核，与睡眠和觉醒有关；在延髓背侧面下部由内向外为薄束核和楔束核，是深感觉传导通路的中继核团，腹侧面橄榄深面为巨大的下橄榄核，参与小脑对运动的调控。

四、脑神经

1. 嗅神经（Ⅰ）

嗅神经为感觉神经，司嗅觉。在头部正中矢状切开标本上观察嗅黏膜，在整脑标本上观察嗅球及嗅束，在颅底骨标本上观察筛孔。

2. 视神经（Ⅱ）

视神经为感觉神经，司视觉。在去除眶上壁和外侧壁的标本上，可见在眼球后极偏内侧一粗大的神经出眼球，经视神经管入颅腔续于视交叉，此即视神经。

3. 动眼神经（Ⅲ）

动眼神经为运动神经。在脑干标本上，可见其发自中脑脚间窝。在去除眶上壁和外侧壁的标本上，可见动眼神经穿过海绵窦，经眶上裂入眶内，分为上、下2支，上支分布到上直肌和上睑提肌，下支至下直肌、内直肌、下斜肌。

4. 滑车神经（Ⅳ）

滑车神经为运动神经。在脑干标本上可见其从中脑背面下丘下方出脑。在去除眶上壁和外侧壁的标本上见其穿海绵窦后经眶上裂入眶，支配上斜肌。

5. 三叉神经（Ⅴ）

三叉神经为混合性神经。在脑干标本上可见三叉神经根连于脑桥中部前外侧。三叉神经发出三个大支：眼神经、上颌神经、下颌神经。

在头面部深层标本上观察这些分支。

（1）眼神经　经眶上裂入眶。在除去眶顶部的标本，观察其分支。①额神经，分布于额部皮肤。②泪腺神经，分布于泪腺、结合膜和上睑的皮肤。③鼻睫神经，分布于鼻腔黏膜（嗅黏膜除外）、筛窦、泪囊和鼻背、鼻前庭的皮肤以及眼球、眼睑等。

（2）上颌神经　为三叉神经的第二支。先在头部正中矢状切深层标本上进行观察。此神经由三叉神经节发出后前行，穿海绵窦后，经圆孔进入翼腭窝。再由眶下裂入眶至眶下壁，改名为眶下神经，主干向前行经眶下沟、眶下管，出眶下孔达面部，沿途分支分布于上颌窦眶下壁、牙齿和牙龈、下睑、眶下区、上唇的皮肤和黏膜以及鼻部皮肤等处。注意观察上牙槽后神经与翼腭神经（至翼腭神经节）。

（3）下颌神经　为三叉神经的第三支，最粗，由三叉神经节向前下经卵圆孔出颅。在暴露颞下窝的标本上观察，下颌神经分为前后两干。前干细小主要分支为运动神经，除支配咀嚼肌、鼓膜张肌和腭帆张肌外，尚分出一感觉支即颊神经（在标本上咀嚼肌及其神经都已除去，而颊神经仍可见到），它由下颌神经前干发出至颊肌表面，并穿此肌，管理颊区皮肤及黏膜的感觉。后干主要分支有：①耳颞神经，较细小，以两个根由下颌神经发出，二根夹持脑膜中动脉后合成一干经下颌关节后方，进入腮腺上部，经此腺转向外上方，由该腺上端穿出，至颧弓根部后方，与颞浅动脉伴行向上分布至颞部皮肤。②下牙槽神经，是下颌神经2个大支中后方的一支，下行经下颌孔入下颌管，最后经颏孔穿出下颌骨，易名为颏神经，此神经沿途分支主要分布于下颌牙齿、牙龈、颏部及下唇的皮肤和黏膜。③舌神经，是下颌神经2个大支中前方的一支，与下牙槽神经平行，上端有鼓索神经加入，经翼外肌深面下行，达下颌下腺的上方，继沿舌骨舌肌的表面前行至舌尖。舌神经分布于舌前部2/3的黏膜（一般躯体感觉），其中来自鼓索的味觉纤维则分布于舌前2/3的味蕾传导味觉冲动。

6. 展神经（Ⅵ）

展神经属运动神经。在脑干标本上可观察到展神经根在桥延沟前方连接脑干。在去除眶上壁和外侧壁的标本上见展神经经枕骨斜坡上行进入海绵窦，再经眶上裂入眶，在眶内先找到外直肌，在外直肌内侧与其相连的神经即展神经。

至此，可以总结出多条神经穿经海绵窦，它们分别是：动眼神经、滑车神经、眼神经、上颌神经、外展神经。

7. 面神经（Ⅶ）

面神经为混合性神经，含躯体运动、内脏运动、内脏感觉纤维成分。在脑干标本上可见面神经在桥延沟，展神经根的外侧连于脑干。伴前庭蜗神经经内耳门进入内耳道。面神经在颞骨岩部内的行程在标本上不易观察，可在耳模型及颞骨冠状位切开标本上进行观察。在耳模型上揭开岩部的上壁，可见面神经在内耳道穿入颞骨岩部后，穿经面神经管，从茎乳孔出颅，继穿经腮腺实质前行，在腮腺内先分为上、下两支，最终分成数个终支。

面神经在面神经管内的分支有：

（1）岩大神经　由颞骨岩部的膝状神经节发出，穿岩大神经管入颅中窝，穿破裂孔向前穿翼管至翼腭窝，终于翼腭神经节。节后纤维支配泪腺、鼻、腭部黏膜。

（2）镫骨肌支　在耳模型上观察，自面神经管下段发出（膝状神经节以后），入鼓室支配镫骨肌。

（3）鼓索　在耳模型上观察，可见它在茎乳孔上方自面神经发出，行向前上方，经鼓膜上部内侧，穿岩鼓裂到颞下窝，向前加入舌神经。

面神经在颅外的分支有以下几部分。

在保留腮腺的头面部浅层标本上观察，可见面神经发出 5 组分支由腮腺前缘穿出，自上而下依次为：

（1）颞支　在腮腺上缘穿出，行向前上，支配额肌和眼轮匝肌。

（2）颧支　腮腺上缘与前缘交汇处穿出，前行，横过颧骨，支配眼轮匝肌。

（3）颊支　由腮腺前缘中部穿出，前行，横过咬肌，支配颊肌、口轮匝肌和其他口周围肌。

（4）下颌缘支　由腮腺前缘下部穿出，沿下颌体下缘至口三角肌与下唇诸肌。

（5）颈支　由腮腺下端穿出，细小（不必细找），支配颈阔肌。

翼腭神经节：为副交感神经节。由老师在面侧深部的标本上示教，位于翼腭窝上部，上颌神经的下方，蝶腭孔附近。属于面神经的一个副交感神经节，为一扁平的小结，常不易观察，其节后纤维支配泪腺的分泌。

下颌下神经节：为副交感神经节。在下颌下腺的上方、舌神经下方可看到一个小神经节与舌神经相连，是面神经的又一个副交感神经节。此节有前后 2 根分别连于舌神经的下方，分支至下颌下腺和舌下腺。

8. 前庭蜗神经（Ⅷ）

前庭蜗神经又称位听神经，属感觉神经（特殊躯体感觉）。在耳模型上观察，它起自内耳螺旋神经节和前庭神经节（均属于感觉神经节），此神经与面神经伴行经内耳道入颅，连接于脑干桥延沟外侧。螺旋神经节细胞的周围突分布到内耳螺旋器，前庭神经节细胞的周围突分布到球囊斑、椭圆囊斑和壶腹嵴。

9. 舌咽神经（Ⅸ）

舌咽神经为混合神经，含躯体运动、内脏运动、躯体感觉和内脏感觉纤维。取脑干观察，见该神经根连于脑干延髓橄榄后沟上部。取颅底骨观察颈静脉孔，可见舌咽神经伴迷走神经、副神经从此孔出颅。取头颈部深层标本，先找出茎突和连于茎突的茎突咽肌，舌咽神经细小，在该肌下部后缘处，其行程在一般标本不易看清，可观察到舌支和窦支。舌咽神经的舌支分布至舌后1/3黏膜及味蕾等。

舌咽神经其他的分支有：咽支，为3～4条细支，于咽后壁与交感神经、迷走神经构成丛（不易于观察）。鼓室神经，自舌咽神经的下神经节发出，穿颞岩下面入鼓室分支并吻合成丛，其中岩小神经经耳神经节换元后支配腮腺（不易于观察）。

耳神经节：为副交感神经节，在面侧深部标本观察（可由老师示教），位于卵圆孔下方，紧贴下颌神经内侧。

10. 迷走神经（Ⅹ）

在脑干标本上可见其连于橄榄后沟下部。在相应标本和模型上观察，迷走神经经颈静脉孔出颅后，行于颈内、颈总动脉和颈内静脉之间的后方，直达颈根部，因左右迷走神经在胸腹腔的行程去向稍有不同，故应分别观察其胸、腹腔段。①左迷走神经：经左颈总动脉和左锁骨下动脉之间进入胸腔，然后跨主动脉弓的左前方，下行至左肺根后方，在此可见左迷走神经分出若干细支分布于支气管前后，再向内下至食管的前方，参与组成食管前丛，此丛向下延为迷走神经的前干，穿膈肌食管裂孔进入腹腔，分布至胃前壁及胃小弯和肝脏。②右迷走神经：经右锁骨下动脉之间进入胸腔。在胸部先沿气管右侧下行，以后越过右肺根后方，分支参与组成右肺丛后继续行向内下，在食管的后面分支参与组成食管后丛。达食管下段，此丛延为迷走神经后干，经食管裂孔入腹腔，一终支分布于胃后壁，另一终支参与组成腹腔丛。

11. 副神经（Ⅺ）

在脑干标本上见其连于橄榄后沟下部迷走神经根丝之下方。在颈部标本上，向上翻开胸锁乳突肌，可见与该肌深面相连的即为副神经，并于该肌后缘上中1/3交点处穿出向后下行支配斜方肌。

12. 舌下神经（Ⅻ）

在脑干标本上见其连于延髓前外侧沟。在颈部深层标本上观察，先找到颈外动脉下部，于颈外动脉浅面跨过连于舌的神经即舌下神经，它支配舌内、外肌。

五、小脑

（一）小脑的位置

在全脑标本上观察。小脑位于脑干的背侧面，上面被大脑半球的后部覆盖。

（二）小脑的外形

在小脑放大模型上观察。小脑由两侧膨隆的小脑半球和中间缩窄的小脑蚓组成。小脑下面靠近延髓的背外侧为小脑扁桃体，其位置恰在枕骨大孔上方，稍下移即可疝入枕骨大孔内。

（三）小脑的内部结构

在小脑切面标本和小脑放大模型上观察。小脑表面由灰质所覆被，称为小脑皮质，内部色浅，称为小脑髓质，在髓质深部埋藏有灰质团块称为小脑核。在小脑水平切面或冠状切面标本上观察，小脑核包括居于中线两侧、第四脑室顶上方的顶核，半球深部一对呈皱褶囊袋状的齿状核，在顶核与齿状核间较小的栓状核与球状核。

六、间脑

（一）间脑的位置

在脑冠状切面标本和脑干放大模型上观察。间脑位于中脑和端脑之间，绝大部分为两大脑半球所覆盖，仅腹侧部可见。

（二）间脑的外形

间脑可以区分为背侧丘脑、下丘脑、上丘脑、后丘脑和底丘脑 5 部分。

1. 背侧丘脑

在脑干放大模型上观察。背侧丘脑位于中脑上方呈卵圆形，是重要的皮质下感觉中枢，位于两侧背侧丘脑之间呈矢状位的狭窄间隙为第三脑室。

在背侧丘脑放大模型上观察。后端膨大的部分为丘脑枕，前端较狭窄的隆起部分为丘脑前结节。在背侧丘脑中央有呈"Y"形的白质内髓板，将背侧丘脑分为靠前的前核群，靠内侧的内侧核群，及靠后外侧的外侧核群。其中外侧核群又可分为背侧部的背外侧核、后外侧核及丘脑枕，与前核群和内侧核群均属联络性核团；腹侧部的腹前核、腹外侧核和腹后核（包括腹后内侧核和腹后外侧核），属特异性中继核团。

2. 下丘脑

在脑矢状切面标本上观察。下丘脑位于背侧丘脑前下方，二者以下丘脑沟为界。

在脑干放大模型上观察。从脑的底面可见下丘脑前下部为视交叉，自视交叉向后外侧延伸绕大脑脚上份的视束，视交叉中部后方为漏斗，其向前下突出并逐渐变细，

168

前下方与圆形的垂体相连，漏斗根部后方略隆起部分称为灰结节，灰结节后方的一对半球形的隆起为乳头体。在正中矢状切面标本内侧面观察，可见视交叉前上方向上与一薄板状结构相连，称为终板（属端脑），构成第 3 脑室的前壁。

在下丘脑放大彩色模型上，可观察到位于终板与前联合和视交叉连线之间为视前区，含视前核；视交叉上方为视上区，含视上核、室旁核和下丘脑前核；漏斗上方为结节区，含漏斗核、腹内侧核和腹外侧核；结节区上方为乳头体区，包括乳头体及其背侧灰质，含乳头体核和下丘脑后核。

3. 后丘脑

在脑干放大模型上观察。后丘脑包括内、外侧膝状体。外侧膝状体位于丘脑枕的外下方，沿视束向后追踪在其终端处略显膨大的部分即是。在丘脑枕下方，上丘外侧的界限比较清晰的卵圆形小隆起即内侧膝状体，借下丘臂同下丘相连。

4. 上丘脑

在脑矢状切面标本上观察。上丘脑包括位于第三脑室顶部后上部分周围的一些结构，多与嗅觉及内脏活动有关，其中较重要者为在上丘上方的一个锥形小体即松果体，它是上丘脑的组成部分。

5. 底丘脑

在脑的冠状切面标本上可见底丘脑在红核外侧部，参与锥体外系的功能。

七、端脑

（一）大脑半球的外形、分叶及主要的沟回

1. 大脑半球整体观

在完整端脑标本（或模型）上观察。端脑包括左、右大脑半球，左右大脑半球之间为纵行的大脑纵裂，纵裂的底部为连接两半球的胼胝体，大脑和小脑之间为大脑横裂。每侧大脑半球都分为上外侧面、内侧面及底面。大脑半球表面凹陷处称为大脑沟，沟之间的凸起称为大脑回。

2. 大脑半球的分叶

在大脑半球标本（或模型）上观察。大脑半球表面有 3 条恒定的叶间沟：①外侧沟，起于半球下面，行向后上方，至上外侧面。②中央沟，起于半球上缘中点稍后方，斜向前下方，下端与外侧沟隔一大脑回，上端延伸至半球内侧面。③顶枕沟，位于半球内侧面后部，自距状沟，自下而上并略转至上外侧面。

大脑半球被上述沟分为 5 叶：①额叶，为外侧沟以上，中央沟以前部分。②顶叶，为外侧沟以上，中央沟以后，枕前切迹与顶枕沟上端连线以前部分。③颞叶，为外侧沟以下，枕前切迹与顶枕沟上端连线以前部分。④枕叶，为枕前切迹与顶枕沟上端连线以后部分。⑤在外侧沟前部深面，还隐藏着一个岛叶，在切去部分额、颞、顶叶的

标本上显示脑岛，可见岛叶的全貌。

半球上外侧面：在完整脑标本外侧面观察额叶主要的沟回。中央前沟和中央前回：中央沟前方有与之平行的沟为中央前沟，中央前沟与中央沟之间的回为中央前回。额上、中、下回：在中央前沟前方还有两条大致水平走向的沟，上方者为额上沟，下方者为额下沟，额上沟以上的脑回为额上回，额上、下沟之间的脑回为额中回，额下沟以下的脑回为额下回。

在完整脑标本外侧面观察顶叶主要的沟回。中央后沟与中央后回：中央后沟平行于中央沟，中央后沟与中央沟之间的脑回为中央后回。中央前、后回上端越过上缘折至内侧面并合成中央旁小叶。顶内沟：约在中央后沟上、中 1/3 交界处，有一大致水平向后的沟。顶上小叶和顶下小叶：在顶内沟上方的部分称顶上小叶，在其下方的部分称为顶下小叶。缘上回和角回：在顶下小叶围绕外侧沟末端的回称为缘上回，围绕颞上沟末端的回称为角回。

在完整脑标本外侧面观察颞叶主要的沟回。颞上沟和颞下沟：在颞叶外侧有上、下两条水平走向的沟，上方一条比较明显，称颞上沟，它的后段走向后上进入顶下小叶，下方一条不大明显常中断成数段，称为颞下沟。颞上、中、下回：在颞上沟与大脑外侧沟间的脑回为颞上回，介于颞上、下沟之间的脑回为颞中回。颞下沟以下的脑回为颞下回。颞横回：在颞上回上面。

半球内侧面：在大脑半球标本或模型上观察。胼胝体及胼胝体沟，半球内侧面中部可见一呈耳轮状的断面为胼胝体的断面，胼胝体上方有一条围它的沟名胼胝体沟。扣带沟与扣带回，胼胝体沟上方有一条大致与之平行的沟称为扣带沟。胼胝体沟与扣带沟之间的脑回为扣带回。扣带沟前份以上部分为额叶额上回的延续。距状沟、楔叶、舌回，在胼胝体压部下方有弓形走向枕极的深沟称距状沟，此沟在胼体压部后方处与顶枕沟相切，顶枕沟与距状沟之间的部位称楔叶，距状沟下方为舌回。

半球底面：在大脑半球标本或模型上观察。半球底面前部由额叶，中部由颞叶，后部由枕叶构成，在额叶底面。嗅束、嗅球和嗅三角：大脑纵裂两侧各有一与裂并行的神经纤维束即嗅束，嗅束其前端略显膨大为嗅球，而后端则移行于一小三角形区域称嗅三角。侧副沟和海马旁回：在颞叶底面的中部有一条前后纵走的沟，称为侧副沟，它前段内侧的回称海马旁回，海马旁回前端向后上弯曲，称钩。海马和齿状回：海马旁回外上方，侧脑室下角的底有长形隆起为海马（海马全貌用特殊标本示教）。海马与海马旁回之间有一呈锯齿状的灰质带名齿状回。海马名称的来由是因为在冠状切面上，它呈海马状。

（二）大脑半球的内部结构

首先在基底核和背侧丘脑的立体模型上观察各基底核、背侧丘脑、内囊相互位置关系。见豆状核位于背侧丘脑的外侧，呈卵圆形，二者之间的缝隙为纤维通过，即为内囊后肢；尾状核呈牛角状，其头端大，位于豆状核和背侧丘脑的前方，体部弯过二者之上方，尾部绕到二者的后、下方，尾部连着的小球为杏仁体。尾状核从头到尾均走行于侧脑室的外侧壁上。

在大脑中部的水平切面标本上示教。可见大脑周边部分颜色较深为大脑皮质，中央部分颜色较淡为半球髓质，髓质的中央出现若干灰质团块及裂隙，这些灰质团块主要为基底核，裂隙则分别为侧脑室及第三脑室。

八、内脏神经

内脏神经分内脏运动神经和内脏感觉神经，内脏运动神经包括交感神经和副交感神经。

（一）交感神经

交感神经低级中枢位于脊髓胸 1~腰 3 节段的灰质侧角的中间外侧核（见中枢神经系统），周围部包括交感神经节（分椎旁节及椎前节）以及由此发出的分支和交感神经丛等。

首先在内脏神经模型上观察双侧交感干的位置，理解交感神经椎旁节与交感干的关系。再在内脏传导路模型上观察节前纤维通过交感神经节的方式，第一种方式是在节内交换神经元，第二种方式是穿过而不换元。

然后在脊神经构成标本（或模型）上观察交感干和脊神经之间的关系。交感神经节前纤维混杂在胸 1 至腰 3 的脊神经前根中，出椎间孔后，从前支进入相邻近的交感干，进入支称为白交通支。

由交感神经节发出的节后纤维再返回到脊神经前支的部分构成了灰交通支。因此，在交感干的各部均可见到在脊神经前支之间的灰交通支。注意在尸体标本上肉眼观察不易区别两种交通支。

（二）副交感神经

副交感神经低级中枢位于脑干和骶髓第 2~4 节段（见中枢神经系统），副交感神经周围部包括颅部和骶部。

（1）颅部副交感神经　其节前纤维走在第Ⅲ、Ⅶ、Ⅸ、Ⅹ对脑神经内，随上述 4 对脑神经至相应副交感神经节。参阅脑神经实习指导，复习睫状神经节、翼腭神经节、下颌下神经节及耳神节，了解它们与各有关脑神经的关系和副交感纤维分布情况。

（2）骶部副交感神经　节前纤维起自脊髓骶 2~4 节段的骶副交感核，随骶神经出骶前孔，又从骶神经分出构成盆内脏神经，加入盆丛。节后纤维支配结肠左曲以下的消化管、盆腔脏器及外阴。

九、脑和脊髓的被膜、血管、脑脊液循环

(一) 脑和脊髓的被膜

1. 脊髓的被膜

利用带被膜的离体脊髓标本和打开椎管的原位脊髓标本进行观察。脊髓的被膜共分3层，由外而内依次为硬脊膜、蛛网膜和软脊膜。

硬脊膜：坚韧致密，呈圆筒状包围着脊髓，在打开椎管的标本上可见硬脊膜向上附于枕骨大孔边缘，向下终止于第二骶椎水平，包裹终丝，末端附于尾骨，向外包绕脊神经进入椎间孔，移行为神经外膜。硬脊膜与椎管壁之间的空隙即硬膜外隙，内含疏松结缔组织、脂肪、脊神经根和椎内静脉丛。

脊髓蛛网膜：翻开硬脊膜可见其深面有一层薄而透明的膜即蛛网膜，通常蛛网膜与硬脊膜相贴，二者间潜在的间隙为硬膜下隙。蛛网膜向上与脑周围的蛛网膜直接连续，在下端也包绕脊髓和马尾达第2骶椎水平。蛛网膜与其深面的软脊膜之间的空隙即蛛网膜下隙，活体有时有透明的脑脊液存在，向上与脑的蛛网膜下隙连通，此隙下部自脊髓末端至第二骶椎水平扩大为终池。

软脊膜：在蛛网膜深面紧紧地贴附在脊髓表面，难以分开的一层即软脊膜，深入脊髓的沟裂之中。在脊髓两侧，软脊膜在前后根之间向外侧突出，尖端连同蛛网膜附于硬脊膜，这些锯状的突起称齿状韧带，可作为椎管内手术的标志。

2. 脑的被膜

在保留蛛网膜及软脑膜的完整脑标本上观察。脑的被膜从外至内也分3层，即硬脑膜、脑蛛网膜、软脑膜。

硬脑膜：在已取出脑的颅腔湿标本上观察。贴附在颅骨内面为一层较厚的坚韧致密的膜，即为硬脑膜，此膜外面粗糙，在颅底部与颅骨紧密附着，内面光滑。

软脑膜：在剥离部分蛛网膜标本上观察可见紧贴于脑表面的一层薄膜，但不易与脑分开，并深入于沟裂之中。此即软脑膜。在某些部位软脑膜与脑室的室管膜紧贴，构成脉络膜，若其中含有血管则构成脉络组织。脉络组织在某些部位血管反复分支成丛，夹带其表面的软脑膜与室管膜突入脑室形成脉络丛，脉络丛能产生脑脊液。取脑室标本观察，可见在侧脑室，第3、4脑室内，呈长索条葡萄状的细突起即是脉络丛。

(二) 脑室系统及脑脊液循环

在脑和脊髓带有被膜的正中矢状切标本上观察，脑室系统是由侧脑室、第三脑室、第四脑室、中脑水管，及脑和脊髓的蛛网膜下隙构成完整的腔隙，容纳脑脊液。

在大脑半球内部侧脑室左、右各一，室间孔位于穹窿柱后；第三脑室位于两侧背侧丘脑及下丘脑之间的矢状裂隙，向上通侧脑室，向下通中脑水管；第四脑室位于延

髓，脑桥与小脑之间，室底为菱形窝，室顶朝向小脑，通过正中孔和两个外侧孔通蛛网膜下隙。

脑脊液为由各脑室内脉络丛产生的无色透明液体。脑脊液总量在成人约为150ml，充满于脑室系统、脊髓中央管和蛛网膜下隙内。它处于不断地产生、循环和回流的动态平衡，其循环途径为侧脑室脉络丛产生的脑脊液，经室间孔流向第三脑室，与第三脑室脉络丛产生的脑脊液一起，经中脑水管流入第四脑室，再往正中孔和外侧孔流入蛛网膜下隙，经蛛网膜颗粒渗透到硬脑膜窦。

（三）脑和脊髓的血管

1. 脑的血管

在颈深层标本上观察。椎动脉起自锁骨下动脉，向上依次穿过第6至第1颈椎横突孔，向内弯曲经枕骨大孔进入颅腔。在脑血管标本上观察。在延髓与脑桥交界处两侧椎动脉汇合成基底动脉。椎动脉的分支主要有脊髓前动脉：自椎动脉分出后，沿脊髓腹侧下行至脊髓。

基底动脉行于脑桥基底沟处，在脑桥上缘分为两条大脑后动脉，其主要分支有：①小脑下前动脉由基底动脉起始部发出，分布于小脑下面前部。②小脑上动脉，由基底动脉末端发出，经动眼神经后下方行向外侧，分布于小脑上面。③大脑后动脉，为基底动脉的终支，在小脑上动脉的上方，并与之平行向外侧，经动眼神经前上方绕大脑脚行向外后，分支供应枕叶及颞叶等。

颈内动脉：颈内动脉经颈动脉管进入颅内，通过海绵窦，在视交叉外侧，分为大脑前及大脑中动脉。在脑血管的标本上继续观察。①大脑前动脉：在视交叉前方，可见两条几乎垂直走向的动脉，轻轻拉起视交叉可见此两动脉从颈内动脉发出后，至大脑纵裂转向上后方，分支分布于大脑半球额叶和顶叶内侧面皮质，左右两大脑前动脉在进入大脑纵裂前由一短支连通，此短支称前交通动脉。②大脑中动脉：在视交叉两侧是颈内动脉的直接延续，在颞叶与额叶间行向外侧经外侧沟前端绕至大脑半球背外侧面，分支分布于颞叶前部及额叶、顶叶外侧面之大部，其中包括躯体运动、躯体感觉和语言中枢。③后交通动脉：起自颈内动脉末段，是连接颈内动脉和大脑后动脉的一对动脉，通常相当细小。④脉络丛前动脉：细长，沿视束腹侧向后行，在侧脑室下角处进入脑室，参与构成侧脑室脉络丛，并分支供应海马、苍白球及内囊后脚。

大脑动脉环：两侧颈内动脉末段、大脑前动脉与大脑后动脉的起始段及连接各动脉之前、后交通动脉，在脑底形成环状吻合，称为大脑动脉环。

由大脑前、中、后动脉发出进入半球深面的小支总称中央支，重要者有：豆状核纹状体动脉，由大脑前及大脑中动脉起始部发出，穿前穿质进入脑实质内，分支供应尾状核、壳和内囊的大部。轻轻拉起视交叉可见大脑前动脉发出前中央支，轻轻拉开颞叶的内侧，见到大脑中动脉发出的中央支，分别穿前穿质的前、后部进入脑内。

脑的静脉不与动脉伴行，分浅深两部，深静脉收集大脑深部的血液，合成一条大脑大静脉，在胼胝体压部下方，找到此静脉，可见它注入直窦。浅静脉，分布于脑的表面，主要收集大脑皮质及部分髓质的血液，均注入附近脑的硬脑膜窦。

2. 脊髓的血管

取脊髓标本观察。见脊髓前、后动脉发自椎动脉颅内段，脊髓前动脉左右两支很快合成一条，沿前正中裂下行，左右脊髓后动脉分别沿两侧后外侧沟下行；脊髓的静脉注入硬膜外隙的椎内静脉丛。

十、脑和脊髓传导通路

教师示教脑和脊髓的传导通路模型，了解传导通路的基本概念和感觉、运动传导通路的特点。

思 考 题

1. 总结手的神经支配。

2. 简述大脑皮质的功能定位。

3. 简述颈丛的主要皮支。

4. 内囊膝和后肢通过哪些主要纤维束？内囊膝和后肢损伤可出现什么症状，压迫哪些主要纤维束？

（郭　宇　张雨生）

附　　录

附 录 一

人体解剖学实验教学规范

人体解剖学实验教学以形态展示为主，功能验证为辅，是解剖学教学的重要环节，在提高学生实践能力、创新能力和协作能力等方面具有理论教学不可替代的作用。要保证良好的实验教学效果，就必须规范实验教学过程。实验过程的规范化，是对教师和学生双方而言的，学生是主体，教师应积极引导学生完成整个实验。

一、规范实验教学准备

教师要完成实验教学任务，使教学按预定计划、目标进行，就必须根据教学目标及教学大纲的要求，规范实验教学准备。

1. 准备教学内容

老师不仅要钻研教材，阅读相关的教学参考书，还要明确实验教学的目的和要求，对教学中将要使学生巩固和加深理解哪些知识，培养学生什么样的能力等作到心中有数。

2. 准备教学对象

学生是教学的主体，实验教学效果如何最终由学生的学习效果来反映。教师对学生的情况不了解，教学脱离学生的实际情况，必将影响学生的"学"。要根据学生的基础知识以及专业的要求，估计学生在实验课时可能产生的难点、疑点，并为学生设计、编写相应的实验辅导提纲。只有深刻了解学生，才能有的放矢地去启发引导学生，实验教学才能落到实处。

3. 准备教学方法

教学方法是处理教学内容、组织教学活动、实现教学目的的方法和手段。不同的教学内容往往需要采取不同的教学方法，要注重学生对实验知识、实验方法和技能的运用，调动学生学习的积极性，培养学生分析问题和解决问题的能力。

二、规范学生课前预习

学生在做实验之前，应提前预习本次实验的内容，根据实验大纲和实验指导要求，对实验项目做到心中有数；而教师在实验之前，应向学生提供一个启发式指导提纲，让学生顺着这个提纲提出的问题去分析、发现并解决问题，改变学生以往盲目依赖性思维为自觉主动性思维，充分调动学生学习的积极性。

指导教师在课前要检查学生的预习情况，要求学生预习后才能进实验室做实验。通过规范的课前预习检查，使学生对预习的重要性有充分的认识，课前自觉阅读有关理论并积极思考，从而使学生有"目的"地来上实验课，带着"问题"来上实验，通过实验解决"问题"。课前预习是学生主动学习的第一步，是提高实验教学质量的重要保证。

三、规范实验教学过程

1. 教师理论引导

实验教学中，教师的引导作用首先体现在教师是教学的设计者和策划者。针对解剖学实验教学的特点，每次实验课前，首先根据教学大纲的要求确定实验课的知识目标，即必须重点观察的人体结构。其次是科学设计每次教学的思维目标，即如何结合人体结构知识培养学生的空间思维、形态与功能相联系的思维、基础与临床相结合的思维。

根据知识目标和思维目标的要求，简要讲解每次实验课要重点观察的解剖结构，提示标本观察的方法，以病例引导、启发学生思考某些结构与临床的联系。如在观察心脏时，采用新鲜猪心为实验材料，让学生自己动手解剖各个心腔，比较心房、心室的结构差异，辨认房室瓣和动脉瓣的形态特点，并设置临床问题"房室瓣关闭不全时各心腔内压有何变化？血流方向有何改变？"等。通过强调、启发和设疑，激发学生的学习兴趣，引导学生在教师设计的范围内自然而然地实现知识目标和思维目标。

2. 自主观察标本

教学过程中，教师的"导"只是外在协助，学生的学习主动性才是学习的内在动力。在这些逻辑思维过程中，知识转化为思维能力，这是思维目标实现的过程。必须安排充分的时间和充足的学习资源，让学生自主、主动地观察和认识解剖标本，这一环节一般不能少于 50min。

采用"小小组"形式学习和观察标本。综合考虑每个学生的特点，在学生自愿基础上，尽可能根据性别、学习成绩、学习积极性等因素进行分组，原则上每 3～4 人组成一学习"小小组"，每个"小小组"内尽可能做到男女搭配、好生差生混合。分组学习能大大调动每个学生的学习积极性，充分发挥每个学生的主体作用。组内合作与交流通过思维的碰撞往往能迸发出智慧的火花；在合作过程中团队精神潜移默化，为培养良好的合作能力提供了理想的载体。

3. 教师示范教学

学生经过观察、比较和思考，对知识目标或多或少有了感性认识。这时，首先需要教师的准确评估，对学生的认知程度作出评价。在此基础上，教师根据学生认知上的不足加以正确教导。因此，此步往往需要先提问 5～6 位学生，每位学生回答 2～3 个认知层次的问题。如果绝大多数学生回答理想，说明本次实验课的认知要求大多数学生基本能达到，接着就可以提出 1～2 个思维能力层次的问题。如当学生掌握了全身主要静脉的分布以后，我们设立了这样一个思维问题："从手背静脉滴注青霉素，药物经哪些血管和器官最后到达阑尾？"如果大多数学生回答错误，说明本次实验课的思维要求相对较难，必须在标本示范教学中加以重视和强调。

4. 指导观察标本

教师的示范和引导使学生的感性认识部分转化为一定程度的理性认识，而理性认识必须回到实践指导实践才能升华为理论。因此，这个环节提醒学生再次观察标本，启发、引导学生积极思考思维目标层次的问题，加强思维能力的锻炼和培养。对于学生的提问，尽可能间接回答，诱导、启发学生反复思考。在实践中经常有学生发现，人体内有些结构存在明显变异，有些则有明显的个体差异，针对学生的质疑和发现，以科学的态度，严谨的治学精神一一加以解释，有些罕见的变异，鼓励学生摄下照片，必要时作个例报道，这大大激发了学生求知探索的兴趣，也培养了学生实事求是的科学精神。

5. 抽查考核总结

经过以上四个环节的教与学，大多数学生的认知能力和思维能力都不同程度地得到了锻炼与提高。为检查和评估教学效果，必须抽查考核，从中发现问题，查缺补漏。一般而言，这个环节的抽查不同于教师示范教学中的提问抽查，重在检查和考核学生的思维能力，以自我评估教师思维教学目标的完成情况。根据考核抽查结果，教师作简要的总结。

四、规范实验报告书写

实验报告是学生对整个实验工作的全面总结，是学生在实验过程中理论水平、动手能力的直接成果，撰写实验报告的过程就是对学生综合思维能力的培养。因此指导学生撰写规范的实验报告也是基本技能训练的一项内容。具体要求见实验报告书写要求。

综上所述，要提高解剖学实验的教学质量，必须规范实验教学各个环节，充分发挥教师的指导作用，在实验教学中，采取相应的措施发挥学生的主观能动性，培养学生的科学思维和科学态度，把实验课程全面地推向素质教育的基点上。

（马志健）

附录二

人体解剖学学习方法

对于初次接触解剖学的大学新生来说，普遍存在的问题是不知道如何学习，所学的知识记不牢固，学习效果总是不理想。因而感到迷惑，不知所措。为什么一个身经百炼高考中榜的学子会有这样的问题呢？可以肯定不是智商和记忆力有问题。是什么原因影响了我们的学习呢？

人体解剖学的知识系统、知识结构与高中时代的数、理、化存在很多的不同。因此，我们获取知识的方式、思维方式、记忆方式受到了新的挑战。人体解剖学是一门形态学科，也是一门实践性很强的学科。人体解剖学内容主要是描述性的，它所叙述的是人体的形态、位置、毗邻、结构和功能。人体的每一个"部件"都是有形的（形态）、有空间定位的（位置）、有邻居的（毗邻）、有一定结构和功能的，且相互之间又是有联系的。这些知识绝大部分是直观的，涉及到空间定位和形态描述。而这些知识又是通过尸体解剖、临床手术、动物实验等方法积累起来的，而非通过对事物的推理、演译产生，也非通过分析、演算所得。正因为如此，我们需要重新检讨思维习惯、探讨学习方法。本文只就学习方法谈谈四个方面的体会。

一、学会观察

解剖学的知识主要是来源于尸体解剖和观察，所以我们获取解剖学知识是也必须通过对标本、模型的观察。死记硬背书本就像瞎子摸象，始终明白不了大象是什么样子，这种知识就像花拳秀腿，无太多用途。观察标本，一要勤，二要巧。勤能补拙，多看多摸多想，总会出成绩的。能巧就能省时，有事半功倍之效，但熟才能生巧，所以勤是基础。

观察解剖标本与观察一般物件不同，讲究解剖方位、内外结合（形态和内部结构），同中求异、结构与功能联系。初学者根据书本的描述观察标本，首先要善于将文字性的描述转变成形象的东西，形成空间概念。有一定基础以后，要学会将观察的内容用文字记录下来。再进一步就要善于用找出每一件标本的个体特征。实际上带有研究性质的观察，就是要寻找个体特征，即差异。病人之所以为"病人"是因为他与正常人不同，一个医生要善于寻找这种不同。

二、学会看书

解剖学教材以叙述性文字和插图为主，插图占了一半左右的版面。读解剖学教材时决不能死背文字而不看图，一定要将文字描述和图片结合起来读，读懂了插图就获得了知识的多半。另外，解剖学教材的文字不容易朗朗上口，要做摘录，将重点的东西摘录下来，稍加归纳整理，便于复习、记忆。

三、学会听课

听好一堂课，比自己看书的效果肯定要好，因为老师是花过大量精力备课的。一般而言，重点、难点是老师着重要讲的地方，把握了这两点，可以节约很多时间干别的事情。要听好课，最好先有预习，了解要讲解的主要内容。没有时间预习，哪怕浏览一遍也好。听课时要集中在"听"和"看"上。看，指的是看板书，看幻灯，而不是看书，只有在必要时才看看教材，只有这样，思维才能跟着老师走。一堂课的开头和结尾尤为重要，这两个时段一般会有概括性提示和总结，一定要把握好。

听好课的另一重要方面是做好笔记。由于多媒体教学的普及，老师已经很少写黑板了，讲课的速度也就快了，这为做笔记带来了困难。解剖学课件多是以图片和动画为主，很少会有整段、整句的文字，做起笔记来更感困难。所以现在的学生做笔记的很少，能做好笔记的则更少。我认为，做不好课堂笔记是课堂学习效果差的主要原因。做笔记，首先要养成习惯，有了习惯才能做好笔记。有的同学总是只记下几个标题，有的则把所有的版书全抄下来，结果影响了听课，这都不是好的方法。我认为应该记下来的内容是：经过老师归纳总结过的、反复提到的、强调的、重要的概念、给出的其他重要信息、你认为重要的、你感受兴趣的。做笔记可用专用的笔记本（绝不要多科混杂记录），也可以做在书上。不管何种形式，课后一定要花点时间进行整理，以求完整，便于以后的复习。拷贝下来老师的课件，根据课件整理笔记也是一种好方法。

四、学会思考

学习是为了应用，学习解剖学尤其如此。对我们所接触到的每一方面的解剖知识都应加以认真思考。如我们看到胃的形态，就可以问一问为什么是囊状的？幽门括约肌起什么作用？其体积和形态与饮食习惯有关系吗？又如，我们看到一件标本和书上的描述有差异，就应该问一问这是个体差异还是变异呢？对其功能有影响吗？有什么临床指导意义呢？再如，为什么找不到准确的心的结间束形态学依据呢？

活跃的思维、正确的思考来源于知识的积累，所以学习解剖学时一定要花少量的时间涉猎一些相关的参考资料（如生理学、临床解剖学、外科学、法医学等），以开拓视野、培养兴趣。

学无定法，但学要得法。说的是人各有异，学习方法因人不同。尽快找到适合于自己的学习方法才是提高学习效果的关键。

（劳梅丽）

附录三
人体解剖学网络课程使用方法

人体解剖学网络课程是我院 2007 年率先建立 15 门主干网络课程之一,作为自主学习的平台,人体解剖学教学的重要组成部分,在本学科教学发挥了重要的作用。要求同学们能熟练地应用人体解剖学网络课程。

首先进入海南医学院校园网主页 http：//210.37.79.1/,点击右上角"自主学习",点击左侧"网络课程",进入"Blackboard"界面,输入用户名和密码(首次应用网络课程的同学,用户名和密码都是学号,密码可以通过其下面"忘记了密码"进行修改),进入到你所注册课程的页面(提示：若你所注册的课程里没有人体解剖学,请及时到教研室教学秘书处反应)。点击"人体解剖学",进入"人体解剖学网络课程",可以看到左侧有以下版块：课程首页、课程通知、教师信息、课程文档、作业测试、交互协作、病例/PBL 库等。课程文档、作业测试及病例/PBL 库的资料可以通过点击右键,选取"另存为"文档进行下载浏览,其他一些内容若不能下载,可以直接点击打开。下面是主要版块的内容。

课程首页：本课程的描述和本课程的学习方法。

课程通知：本课程的学习要求,资料信息更新通知。

课程文档：教学大纲、授课计划、教案、多媒体课件、授课录像等。

作业测试：各单元测试题,可在线测试或者习题下载。有些班级要在网络课程课程上考核,就在此版块。

交互协作：里有"讨论版",教师和同学可以建立话题,互相讨论本学科问题。在此版块,教师可以及时回答同学提出的疑问。

病例/PBL 库：供同学们讨论的 PBL 病例在此版块,请及时下载。

医/名家故事：著名解剖学家的故事。

特色项目：中、英文的病例,创新项目。

自学版块：授课计划中自学内容的课件、教案和要求。

此外尚有外部连接(其他解剖学网站)和标本复习等版块。

通过进入网络课程,下载课程的资料或者进行网上学习。通过授课计划,了解理论课和实验课授课地点时间,授课进展。通过教学大纲、教案、多媒体课件、授课录像等,进行课程内容的预习和复习。通过作业测试,检查学习效果。通过讨论版,提出和解答疑问，与老师和同学进行交流。通过下载 PBL 病例和自学版的学习要求而及时完成学习任务等。

（劳梅丽）

附录四
人体解剖学实验报告书写方法

实验报告是对一堂实验课或一项实验内容的书面总结报告。一份好的实验报告要能全面反映实验的目的、过程、结果及对相关结果的分析和总结。

写好实验报告是实验课环节中重要的一环。通过书写实验报告，能够进一步巩固实验成果，提升学习效果，培养对事物的分析概括能力，培养实事求是的科学作风。

本文就实验报告的写作谈两个方面的问题。

一、实验报告写作所要遵循的两项基本原则

1. 实事求是的原则

实验报告属于科学研究的报告，一定要真实反映实验的过程和内容，也就是要实事求是，不能照抄教材内容（实验内容和结果不可能和教材完全相同），也不能抄袭他人的结果，更不能杜撰实验过程和结果。

2. 科学的原则

解剖学实验是一种科学实践过程，按照教材和实验指导进行的实验是符合科学规范的，所以实验报告也必须符合科学的原则。就系统解剖学来说，科学原则应该包括有确定的观察对象（活体、标本、模型），科学的观察测量方法，科学的结果计算归纳方法，科学的推理以及用词符合科学的规范（使用解剖学和医学术语）。

二、实验报告写作的基本要求

系统解剖学实验，属于观察性实验，对照教材和实验指导的描述观察活体、模型和标本，目的是使我们对人体的结构有直观的认识，而不是停留在纯理论的阶段。同时也是为了培养我们观察事物、分析问题的能力。比如说，骨由骨膜、骨质、骨髓以及神经血管构成。只有通过对标本的观察，我们才可能真切地认识到以上各种结构的形态、所处的位置以及它们之间的关系。又如空、回肠和结肠的区别，也只有通过观察不同的肠管，找出它们外观上的差异，我们才会对书上的描述有认同感。这里就观察性实验报告的各个组成部分的要求作一简单阐述。

1. 实验目的

实验目的并不等同于教学大纲，要求简明扼要地概括出本堂实验课所要达到的主

要目的。比如呼吸系统的观察，主要目的是观察呼吸系统的构成，观察喉的位置、构成、分部及喉腔的各部的形态，观察气管、主支气管的位置及结构，观察双肺的位置、形态、分叶。

2. 观察对象

写明具体的标本、模型，必要时写明来源、性别、年龄等情况。如骨的构造的观察，一般使用新鲜猪骨，心传导组织的观察使用的是牛心标本，舌的观察可在活体上进行。

3. 实验步骤及方法

因为系统解剖学的观察实验主要是在已经解剖好的标本上进行，此项可略写。但是如果有的实验需要进行尸体解剖或进行结构的测量，就需要写清楚主要步骤，内容包括借助的解剖和测量工具、解剖的体位、解剖的方法步骤，观察测量的方法、指标。

4. 结果

此部分是实验报告的核心内容，应详写。

观察性实验报告就应该写出所观察到的主要内容，也就是实验结果。实验结果应该和实验目的相符。对于结果的描述首先应该真实可靠、准确无误，其次要做到高度概括，简明扼要，主次分明。结果可以用文字描述，也可以用绘图、照片表示，还可以列表归纳。采取什么方式要根据内容的特点、我们自己的喜好。但是，不管用何种方式，都有一定的规范和要求，不能随意。如果用文字表述，用词要规范，言简意明。用绘图表示，要求用铅笔绘制，比例恰当、大小适中、线条清楚、层次分明、标注准确，对于每一个图应有图序、名称，将其写在图的正下方。图可以先绘制在绘图纸上，剪贴到报告本中。类别可分、各类间有差异的结果可用列表归纳。要求采用三线表，线条要平直，表的每行两端顶格，表中缩写要在表的下方注明，表序及表的名称置于表的上方，如果表中涉及数值，要用国际通用度量衡，注明单位。详见范例。

5. 结论

研究性实验报告一定要有结论或小结。系解实验报告可省略此项。如果要写，应该是对结果的高度概括和总结。结论要适当、可靠。

6. 讨论

讨论就是对结果的分析，这种分析是建立在已有的理论、事实基础上的。结合所得结果，分析它对现有理论、事实的意义（或补充、或修正、或反对）和该结果预示的科学价值和应用价值。解释要清楚，论据要充分，推理要恰当。解剖学观察的实验结果，可能对于解剖学本身和临床应用有着科学和应用的意义。但是，教学实验因观察的标本数量有限，不具备分析推演的基础。因此，此部分可以以专题讨论的方式书写，目的是拓展知识面，锻炼分析问题的能力。一般情况下，带教老师会根据实验内容拟出数道讨论题，供我们思考。要写好讨论，不但需要有扎实的解剖学知识，还需要看一些参考资料。因此，认真对待这一部分的写作，对培养我们的综合素质大有益处。

部分院校并不要求写系统解剖学实验报告，有的则是以做习题代替报告写作，我认为这些做法值得商榷。

实验报告中"表"的范例：

表 n　成年各部椎骨的比较

椎骨类别	椎体	横突	棘突	关节突	椎孔	其他
C						
T						
L						
S						
Co						

注：C，颈椎，不包括寰椎和枢椎；T，胸椎；L，腰椎；S，骶椎；Co，尾椎

附件：系统解剖学实验报告的格式

题目（居中）

报告人（居中）（如果使用报告本此项可免），时间

一、目的要求

二、观察对象

三、观察步骤（必要时写）

四、结果（详写）

五、讨论（必要时应展开对结果意义的分析讨论，亦可由带教老师结合实验内容布置讨论题）

六、结论（必要时写）

（易西南）

人体解剖学名词生僻字读音

汉字及拼音	同音字	汉字及拼音	同音字	汉字及拼音	同音字
胳 gē	歌	裸 luǒ	瘰	蒂 dì	第
轴 zhóu	妯	括 kuò	阔	缲 sǎn	散
胫 jìng	劲	蕾 lěi	垒	眦 zì	自
腘 guó	国	杓 sháo	勺	奇 jī	鸡
踝 huái	怀	指 zhí	值	qí	其
腓 féi	肥	菱 lín	灵	糜 mí	迷
髌 bīn	宾	筋 jīn	金	虹 hóng	洪
跗 fū	夫	鞘 qiào	俏	瞳 tóng	同
跖 (蹠) zhí	值	匝 zā	咂	睑 jiǎn	简
楔 xiē	些	膈 gé	格	砧 zhēn	真
骰 tóu (shǎi)	投 (色)	睾 gāo	高	厌 yān	艳
骺 hóu	喉	腋 yè	业	泌 mì	密
廓 kuò	扩	孜 zī	资	盏 zhǎn	展
韧 rèn	任	颊 jiá	夹	丸 wán	完
盂 yú	鱼	孑 jié	节	憩 qì	气
膝 xī	希	咀 jǔ		蔓 ①màn	曼
皱 zhòu	昼	嚼 jué	决	②wàn	万
襞 bì	壁	臂 ① bì	避	椆 lú	驴
肘 zhǒu	帚	② bei		褶 zhě	者
蕈 xùn	迅	龈 yín	银	勃 bó	驳
峡 xiá	狭	阜 fù	付	络 luò	落
雍 yōng	拥	腮 sāi	腮	壳 ①ké	咳
穹 qióng	穷	釉 yòu	诱	②qiào	俏
贲 bēn	奔	黏 nián	年	睫 jié	结
痔 zhì	致	阑 lán	兰	襻 pàn	判
胰 yí	移	脾 pí	皮	涎 xián	贤

汉字及拼音		同音字	汉字及拼音		同音字	汉字及拼音		同音字
毗	pí	皮	橄	gǎn	感	束	shù	术
嗅	xiù	绣	榄	lǎn	懒	索	suǒ	所
镫	dèng	邓	闰	rùn	润	胼	pián	便
屏	píng	评	绒	róng	荣	胝	zhī	之